圖文普及本

三國演義

中華書局

□
出版
中華書局（香港）有限公司
香港北角英皇道 499 號北角工業大廈一樓 B
電話：（852）2137 2338　傳真：（852）2713 8202
電子郵件：info@chunghwabook.com.hk
網址：http://www.chunghwabook.com.hk

□
發行
香港聯合書刊物流有限公司
香港新界荃灣德士古道220-248號
荃灣工業中心16樓
電話：（852）2150 2100　傳真：（852）2407 3062
電子郵件：info@suplogistics.com.hk

□
印刷
中華商務彩色印刷有限公司
香港新界大埔汀麗路36號
中華商務印刷大廈14樓
電話：（852）2666 4888　傳真：（852）26664889
電子郵件：info@candcprinting.com

□
版次
2002 年 10 月初版
2024 年 8 月第 31 次印刷

□
ISBN：978-962-231-199-2

目 錄

第一章 桃園結義

東漢末年，皇帝昏庸，宦官掌權，朝政日非，天下大亂。

宦官亂政，牽動天下，造成民不聊生，便爆發了農民起義。當時，有個名叫張角的人建立了太平道，到處散佈民謠："蒼天已死，黃天當立。歲在甲子，天下大吉。"他帶領四五十萬人起義，一律頭紮黃巾，稱為黃巾軍，起兵殺奔幽州。

幽州太守劉焉十分驚慌，急忙找校尉鄒靖商量。鄒靖說："張角兵多，我們兵少，怎麼能抵擋得住？我們應當趕緊招兵買馬，才是辦法。"

劉焉聽了鄒靖的話，立即下令招兵，貼出布告。布告在涿縣貼出時，驚動了當地的一位英雄。他姓劉，名備，字玄德，是漢朝中山靖王劉勝的後代，不過當今家中已經破落了。劉備早年喪父，與母親相依為命，依靠織草蓆、賣麻鞋謀生。到了十五歲時，母親才讓他出門讀書。

劉備為人厚道，言語不多，喜怒不動聲色，歡喜結交天下豪傑。他身高七尺五寸，兩耳垂肩，雙手過膝。他家的附近有一棵又高又大的桑樹，遠遠望去，樹冠很像皇帝座車上的車蓋。風水先生見了這棵桑樹說："這家人中一定會出貴人。"幼年的劉備聽到了這話，洋洋自得。他和鄉間的小伙伴一起在桑樹下玩耍，曾經指着桑樹口出豪言壯語："等我將來做了皇帝，一定要乘坐有這種車蓋的車！"

劉焉貼布告招兵的那一年，劉備已經二十八歲了。他在街上看了招兵的布告，不由得長長地歎了一口氣。就在這時，忽然聽到背後有人大聲吼道："歎氣有何用？男子漢大丈夫不去為國家出力，在這裏歎氣算什麼名堂！"

劉備販屨 王宏喜 畫

劉備回頭一看，只見眼前站着一個黑臉大漢，身高八尺，長得豹頭環眼，滿臉絡腮胡子，說話聲音像打雷似的。劉備見他相貌威猛，就請問他的姓名。

那個黑臉大漢回答："我姓張，名飛，字翼德，家中有不少田地，殺豬賣酒，歡喜結交天下的英雄好漢。剛才見你看了布告，唉聲歎氣，不知道你究竟有什麼為難之處？”

劉備回答：“我叫劉備，和當今皇帝是同宗的子孫。今天看了布告，知道黃巾軍來攻打幽州，有心保衛家鄉，可惜我無能為力，所以歎氣。”

張飛説：“你不必為此感到為難。我家中很有錢，完全可拿出錢來招兵買馬，建立軍隊，與你同舉大事。你看怎麼樣？”

劉備聽了，十分高興，就和張飛一起來到酒店中，一面喝酒，一面談論舉兵的大事。他倆正喝得起勁的時候，忽然看到一位紅臉大漢，推着一輛車子，來到店門口歇下，大踏步走進店內坐定，大聲嚷道：“快拿酒來，我還要趕進城裏去參軍呢！”

劉備抬頭一看，只見這位大漢身高九尺，棗紅色臉皮，丹鳳眼，臥蠶眉，一把漂亮的長胡子飄拂胸前，相貌堂堂，威風凜凜。劉備連忙站起身來，邀請他一起同桌喝酒。那紅臉大漢並不推託，爽快地坐下，對劉備、張飛説：“我姓關，名羽，字雲長，河東解良人。因為家鄉惡霸仗勢欺人，被我殺了，有家不能回，就逃難在外，闖蕩江湖已經有五六年了。今天聽説太守招兵備戰，特地趕去報名。”

劉備一聽，十分高興，覺得三個人都想到一塊兒去了。他將剛才自己與張飛的談話內容告訴關羽。關羽聽了，也很高興，願意和劉備、張飛一起幹大事。這裏店小人雜，商量事很不方便，張飛提議大家到他的莊園裏去，痛痛快快地喝一頓酒。劉備、關羽接受了邀請，一同隨張飛去了莊園。

到了莊園裏，張飛重擺酒宴。三人邊喝邊談，越談越投機，彼此都覺得相見恨晚。這時，張飛說：“難得我三人情投意合，難捨難分。我的莊園後面有一座桃園，這幾天花開一片，十分茂盛。明天我們三人一起去桃園，祭告天地，結拜為兄弟，同心合力去幹一番事業，不知兩位認為怎麼樣？”

劉備、關羽聽了，同聲叫好。

第二天，劉、關、張三人一起來到桃園，張飛早已在那裏準備好黑牛白馬，作為祭禮。三人點燃香燭，一起對天起誓：“劉備、關羽、張飛三人，雖然不是一母所生，但今天願結為異姓兄弟。從今往後，同心協力，救困扶危，上求報效國家，下求安撫百姓。不求同年同月同日生，但願同年同月同日死。皇天后土，作為見證。如果有誰背信棄義，天打雷轟！”

桃園結義 陳全勝 畫

三人立誓後，拜劉備為大哥，關羽為二哥，張飛為三弟，這就是歷史上有名的桃園三結義。

三人祭罷天地，又

重新宰牛擺酒，將鄉裏三百多好漢請到桃園中，痛痛快快地一起喝酒，在酒席上決定成立一支軍隊來保土安民。

要成立軍隊，就得有人有馬有兵器。現在雖然有了人，但缺少馬匹。劉備正為這件事發愁，恰巧有兩位富商趕了一羣馬經過此地，因為前有黃巾軍阻攔，只得到莊上投宿。劉備趕緊帶了關羽、張飛一齊出莊迎接，擺了豐盛的酒席請他們赴宴。酒席中劉備説想成立軍隊保衛鄉土，可惜缺少馬匹。兩位富商一聽，慷慨地送給劉備五十匹好馬，五百兩金銀，一千斤鐵。

劉備送走兩位客人後，馬上叫工匠來打造兵器。工匠們替劉備打造了雙股劍，為關羽打造了一把重八十二斤的青龍偃月刀，為張飛打造了一杆丈八點鋼矛。三人又各自置辦了一副鎧甲，募集了五百多名鄉勇當兵，一路投奔幽州太守劉焉去了。

三義飲酒 戴敦邦 畫

第二章

怒鞭督郵

黃巾起義被鎮壓下去了。

劉備雖然立了不少功勞，但是他沒有向朝廷中掌權的宦官送禮行賄，結果只能眼睜睜地看別人當大官，撈肥缺。他最後被派到定州安喜縣當一名小小的縣尉。

劉備到任以後，不欺壓百姓，平日裏和關羽、張飛兩人情同手足，同桌吃飯，同牀睡覺。關羽、張飛兩人對劉備既尊敬又忠心。劉備在大庭廣眾中坐着與別人談話，關羽、張飛在旁邊侍立，一立就是半天，兩人始終沒有露出絲毫厭倦的神色。

三個多月以後，朝廷降下一道詔旨，強調凡是只憑攻打黃巾軍立功而當上縣級長官的人，一律淘汰下去當老百姓。這實際上是上面的大官向下級官吏敲詐勒索的花招，但劉備竟無動於衷，坦然對待。

不久，督郵巡行各縣，考察政績，來到安喜縣。劉備趕緊帶着關羽、張飛出城迎接。三個人在城門口等候了半天，才見那督郵神氣活現地騎馬過來。

劉備慌忙上前，恭恭敬敬地向督郵行禮。誰知那督郵傲慢地坐在馬上，兩眼朝天，對劉備愛理不理，只是把手中的鞭子指了一下，就算是對劉備行禮的回答了。站在劉備身後的關羽、張飛見這種盛氣凌人的樣子，氣得要死，恨不得動手揍這個家伙一頓。劉備一見關、張二人動怒，擔心他們對督郵不客氣，得罪了頂頭上司可不是鬧着玩的！於是，他勸關、張二人先回去，自己跟隨在督郵後面，一路陪送到館驛。

拜見督郵　焦成根 畫

到了館驛，督郵大模大樣地高高地坐在靠背椅上，聽任劉備在堂前的台階上侍立。他一言不發，上來就先給劉備一個下馬威。劉備耐心地站立，猜不透他將要耍什麼威風。過了半天，督郵沉着臉突然問劉備："劉縣尉是什麼出身？"

劉備恭敬地回答："我是本朝中山靖王的後代，自從在涿縣起兵以後，大大小小打了三十幾次仗，立了不少功勞，才得到了今天的職位。”督郵兩眼一瞪，冷笑一聲，虎起臉來喝道：“劉備！你狗膽包天，竟敢冒充皇親，虛報功績！現在朝廷降詔，正是要淘汰你們這批濫官污吏！”

劉備不敢與他爭辯，只得連聲稱是，輕手輕腳地退了出去。劉備回到縣衙門以後，與縣吏商量。縣吏告訴他說：“督郵發威，無非是敲竹杠而已。縣尉只要重重地送上一筆財禮，就什麼事也沒有了。”劉備苦着臉說：“我兩袖清風，哪裏去搞這筆財禮給他？”

督郵見劉備不送好處給他，就存心要劉備的好看。第二天，督郵在館驛中提審縣吏，逼縣吏誣告劉備殘害百姓。那個縣吏為人正直，不肯冤枉好人。督郵就將他捆了起來，關押在館驛裏逼供。劉備知道這件事後，幾次到館驛求見督郵，想替縣吏說情，但每次都被看門的人擋住，不讓他進去。

卻說張飛見督郵作威作福，看在眼裏，恨在心裏。那一天，張飛獨自一人在酒店裏喝了幾杯悶酒。他騎馬返回時，經過館驛門前，看到有五六十個老人在門前痛哭。張飛覺得奇怪，上前探個究

怒鞭督郵 顏梅華 畫

竟。

老人們你一言，他一語，道："督郵拷打威逼縣吏，想要誣陷劉縣尉。我們前來苦苦求情，誰知竟遭毒打！"

張飛一聽，心頭直往上冒火，雙目圓睜，牙齒咬得咯吱咯吱響。他翻身跳下馬來，往館驛中闖進去。看門的想攔阻，被張飛順手一推，就跌倒在地，爬不起來。

張飛直奔後堂，看見督郵正坐在廳上，而縣吏被棍棒打得皮開肉綻，死去活來。張飛見了，怒氣沖天，大喝一聲："害民賊！你認得我嗎？"

督郵還來不及開口説話，張飛早已大踏步上前，一把揪住他的頭髮，拖出館驛。那督郵四腳朝天，狼狽不堪。百姓們見了，拍手稱快，一窩蜂地跟在後面看熱鬧。

張飛一口氣將督郵拖到縣衙前，將他綁在拴馬樁上，從柳樹上扯下枝條，使勁朝督郵的雙腿抽打。柳條鞭打斷了，就換一根再抽，一連抽斷了十幾根，打得督郵哭爹叫媽，殺豬似地嚎叫起來。

劉備正坐在縣衙裏悶悶不樂，忽然聽到縣衙門前的喧鬧聲，就問門外發生了什麼事。手下人回答："張將軍綁住一個人在痛打。"劉備馬上出門去看，一見綁着的人是督郵，不禁大吃一驚，連忙叫道："三弟，住手！快把督郵大人放下來！"張飛怎肯停手，邊打邊罵："什麼大人小人！這種害民賊，打死了拉倒！留在世上只會坑害人。"

督郵看見劉備到來，苦苦哀求道："劉縣尉，快來救我！快來救我！"

劉備心軟，怕鬧出人命來，急急忙忙勸張飛停手。張飛不敢不聽大哥的話，就停了手。

這時關羽也趕來了。他對劉備說：“大哥立了許多大功，只不過當了一個小小的縣尉，今天還要受督郵的侮辱。壞人當道，沒有英雄豪傑的容身之地。我看不如將督郵殺了，棄官歸鄉，今後看機會再另圖發展。”

劉備認為關羽的話不無道理，就取來縣尉的官印，把它掛在督郵的頸上，痛責他說：“你貪贓枉法，魚肉百姓，作惡多端，本來應該一刀殺死，為民除害。今天暫時先饒了你這條狗命。官印還給你，你給我滾罷！”他叫張飛解掉綁在督郵身上的繩子。那督郵被鬆綁後，連滾帶爬，十分狼狽地溜走了。

劉備勸止　戴宏海 畫

督郵偷雞不着蝕把米，不禁又羞又惱，回去後添油加醋，告了劉備一狀。太守立即下令捉拿劉、關、張三人，可是劉、關、張三人當天就離開了安喜縣，揚長而去。

第三章 董卓進京

東漢末年，朝中分為外戚與宦官兩派。外戚一派以大將軍何進為首。他是皇帝的舅父，手中執掌兵權。宦官一派，是以張讓為首的十常侍。何進軟弱無能，在與宦官的較量中處於劣勢，想借董卓這個外力清除宦官十常侍集團。這正好給董卓提供了一個篡權的機會。

董卓當時官任西涼刺史，擁有重兵，為地方實力派，是個性情殘暴的野心家。他接到何進召他帶兵進京的密詔，十分高興，立即點起兵馬，向洛陽進發。路上恰巧遇見少帝和陳留王。董卓立即以保駕為名，帶兵進入京城洛陽。

外戚和宦官這兩派爭權，兩敗俱傷，何進與十常侍先後死去。董卓趁機將何進過去所掌管的軍隊全部接收過來，進一步增強了自己的實力，控制了朝廷。

董卓每天大模大樣帶

劍出入宮廷，根本不將皇帝放在眼裏。事實上，他也正在打算廢除少帝，立九歲的陳留王為帝，以便讓他獨自一人把持朝政。他找謀士李儒商量，李儒勸他趁朝中無人作主的時候，趕快動手，免得夜長夢多，遲則生變。

董卓接駕 戴宏海 畫

第二天，董卓在溫明園中大擺筵席，朝中的公卿大臣畏懼董卓的權勢，沒有人敢不到。董卓等到百官到齊以後，才慢悠悠地騎馬來到溫明園，腰間掛着劍，殺氣騰騰地入了席。百官們嚇得連大氣也不敢出，乖乖地低頭喝悶酒。酒過三巡，董卓一揮手，音樂停止，侍從們不再斟酒。這時，董卓厲聲說道："我要說一句話，請大家靜聽。"

大家趕緊放下了酒杯，側着耳朵聽董卓講話。

董卓說："皇帝是萬民之主，必須要有威儀。當今皇上懦弱無能，不如陳留王聰明好學。今天我要廢掉當今皇帝而立陳留王，不知大家認為怎麼樣？"

大臣們面面相覷，都不贊成這種做法，但是誰都不敢出頭。這時，荊州刺史丁原實在忍不住了，一把推開桌椅，站了出來，怒氣沖沖地指着董卓大聲叱責："你是什麼人，竟敢說出這種話來？當今皇上是先帝的嫡子，又沒有犯什麼錯誤，為什麼要妄自談論廢立？你是不是企圖篡位？"

董卓把眼一瞪，沉下臉說："順我者昌，逆我者亡。我看你今天是不想活了。"他一邊叱責，一邊拔出劍來，想殺死丁原。這時，李儒看見丁原背後站着一個人，長得牛高馬大，威風凜凜，手執方天畫戟，雙眼惡狠狠地盯住董卓。李儒十分機靈，趕緊勸住董卓，說是今天歡聚飲酒，不宜談論國事。眾大臣也都來勸。丁原就氣呼呼地騎上馬走了。

丁原走後，董卓餘怒未消，大聲問百官："你們大家認為我說的話有沒有道理？"

尚書盧植挺身而出說："明公錯了。當今皇上年齡雖小，但無過失。今天要廢嫡子，立庶子，天下人怎麼能夠心服？再說，明公不過是一個外郡刺史，從來沒有參與過國政。今天提出廢立的主張，難道不怕大家懷疑你有篡位的野心嗎？”

董卓見又有一個人站出來反對他的主張，不禁大怒，拔出劍來走上前去，要當場殺死盧植。大臣們攔勸說：“盧尚書的威信很高，名氣很大。今天殺了他，天下震驚，對明公的聲譽不利。”董

呂布叫陣 戴宏海 畫

卓聽了，把劍插回鞘中。司徒王允出來打圓場說："廢立大事，不應當在酒後商量，還是換一個日子再議論吧。"

百官不歡而散。董卓手按劍柄站在溫明園的門口，忽然看見有一人躍馬執戟，在園外來回奔馳，十分威猛。董卓問李儒："他是什麼人？"李儒回答："這個人名叫呂布，是丁原的義子，武藝高強，天下無敵，主公最好能回避一下。"董卓聽後，只好悄悄地回到園內躲了起來。

第二天，丁原帶領軍隊在城外向董卓挑戰。董卓率軍出城應戰。丁原指着董卓罵道："國家不幸，宦官弄權，害得百姓受難。你沒有一尺一寸的功勞，竟敢妄言廢立，搞亂朝廷，真是狗膽包天！"董卓還沒有來得及回答，呂布持戟飛馬殺過來，勇猛非常，沒有人能抵擋得住。董卓慌忙逃跑，軍隊大敗，一連退了三十幾里才站住腳跟。董卓召集手下的謀士商議，說："我看呂布勇冠三軍，無人能敵。如果他到了我的手下，我就可以橫行天下了。"

謀士李肅說："主公不必為此擔憂。我與呂布是同鄉，知道這個人勇而無謀，見利忘義。主公只要肯將那匹日行千里的赤兔馬送他，再加上金珠寶物，一定能夠讓呂布背叛丁原來投降主公。"

董卓問李儒："這個主意怎麼樣？"

李儒說："主公想取得天下，又何必吝惜一匹好馬？"

於是，董卓痛快地將赤兔馬交給李肅，又交給他一千兩黃金，幾十顆明珠與一條玉帶。李肅帶着金珠、玉帶、赤兔馬去見呂布，呂布一見金珠玉帶，已經心動，再一見赤兔馬，更是心花怒放。李肅又說董卓只要呂布肯到他那裏去，一定重用，給大官做。呂布見奶就是娘，立即答應投靠董卓。

當天夜裏，呂布闖進丁原營帳，丁原正在燭光下看書。他看見呂布進帳，問："我兒來這裏有什麼事？"呂布放下臉來說："我是堂堂七尺男兒，怎麼肯做你的兒子？"丁原說："你為什麼要變心？"呂布並不回答，上前一刀砍了丁原的頭。第二天，他拎着丁原的頭去投奔董卓。

董卓喜出望外，大擺酒席，隆重迎接呂布的到來。董卓封呂布為騎都尉，又賜給他金甲、錦袍。呂布十分感激，情願做董卓的乾兒子。

兩人情投意合，狼狽為奸，董卓的威勢越來越大了。

董卓認為時機已經成熟，重新將大臣們請來赴宴，命令呂布率領一千多名全身武裝的軍士，將四周包圍起來。酒過三巡，董卓手按劍柄說："當今皇上懦弱無能，我決定把他廢為弘農王，立陳留王為皇帝，如果有誰反對，立刻推

董袁反目　戴宏海 畫

出斬首！”

羣臣嚇得身子發抖，沒有人敢表示反對。中軍校尉袁紹挺身而出，說：“你想廢嫡立庶，明擺着是想謀反！”

董卓發怒說：“天下事由我來作主。我想怎樣辦就怎樣辦，有誰敢不聽我的話！你難道認為我的劍不鋒利嗎？”

袁紹也拔出劍來說：“你的劍鋒利，我的劍也不見得不鋒利！”

兩人在酒席上拔劍打了起來。董卓想殺掉袁紹，李儒勸他說：“廢立大事還沒有最後定下來，不能亂殺人。”袁紹提劍告辭百官出門，奔向冀州去了。赴宴的各位大臣為了保命，都隨聲附和董卓的主張。

九月初一，漢少帝登殿，董卓拔劍在手，當眾宣佈：“天子懦弱無能，應當廢掉，另立陳留王為皇帝。”說完，他喝令衞士把少帝拉下殿來，朝北跪下。少帝痛哭，羣臣無不悲慘淒戚。

尚書丁管憤怒地罵道：“董卓狗賊！我要和你拚命！”他舉起手中的象笏朝董卓擊去。董卓勃然大怒，喝令衞士將丁管推出斬首。丁管罵不絕口，至死神色不變。

九歲的陳留王劉協當上了皇帝，他就是漢獻帝。董卓當上了相國，上朝不拜，帶劍進殿。後來，他對漢少帝仍沒有放過，又命李儒帶武士用毒酒強灌，毒死了少帝。

從此，董卓搶掠財物，誅除異己，動輒殺人，無惡不作。京城洛陽籠罩在一片恐怖之中。

第四章

捉放曹

曹操，字孟德，小名叫阿瞞。他的父親曹嵩，本姓夏侯，因為當了宦官曹騰的養子，所以才改姓曹。

曹操從小非常頑皮，不肯用功讀書，到處打架惹禍。他叔父見他整天遊玩放蕩，不求上進，十分看不慣，就向曹嵩告狀。曹嵩聽了，也很生氣，就將曹操喊來，狠狠地教訓了一頓，嚴肅地指出今後必須接受叔父的管教，不准再在外面惹是生非。

叔父小看了曹操，他才不那麼願意服從叔父的管束呢！這個機伶鬼善於玩弄花招，想出了一條惡計來騙叔父上當。有一次，曹操看見叔父向他走過來，就趕緊倒在地上，故意裝出中風的樣子。叔父信以為真，大吃一驚，連忙去告訴曹嵩。曹嵩聽說兒子中風，急急忙忙趕來察看，誰知曹操早已站立起來，鮮蹦活跳，十分精神，哪裏有半點生病的跡象？曹嵩感到很奇怪，就問曹操，曹操委屈地說："孩兒從來沒有得過中風這種毛病。叔父對我有偏見，橫挑鼻子豎挑眼，總是冤枉我，孩兒我有口難辯呢！”曹嵩見他説得十分誠懇，就相信了他。從此以後，曹操無論幹了什麼壞事，叔父知道後去告訴曹嵩，曹嵩總是將信將疑。於是，曹操就可以整天在外面任性放蕩了。

曹操這個人很有魄力，敢作敢為，當時有不少人很看重他，認為天下將亂，只有曹操才是安定天下的人才。汝南有個許劭，評價人物十分精當，名聲非常響亮。曹操特地去拜訪他，虛心地向他求教，問道："你看我是個什麼樣的人？"許劭不肯回答。曹操再一次懇求許劭對他作出評價。

許劭不慌不忙地吐出了十個字："治世之能臣，亂世之奸雄。"曹操哈哈大笑，似乎很滿意這個評價。

曹操在二十歲時，當上了洛陽北部尉。他一上任，就在縣城的四門各掛了十幾根五色棒。凡是有人犯禁，不管地位多高，權勢多大，一律用棒責打。這樣一來，沒有人敢犯禁，京城的治安秩序馬上變得好了起來，曹操的威名從此遠震四方。

董卓進京後，把持朝中的大權，作威作福，文武百官和百姓都對他側目而視，敢怒而不敢言。渤海太守袁紹派人送密書給司徒王允，要王允設法除掉董卓。王允借口過生日，請朝中對董卓不滿的官吏到家中赴宴。當天晚上，王允忽然哭了起來。赴宴的文武百官吃驚地問："王司徒今天過生日，為什麼忽然感到悲傷？"王允説："今天不是我的生日，只因為想同大家商量國家大事，又恐怕董卓起疑心，所以借口作壽請大家來。董卓上欺天子，下壓羣臣，亂殺百姓，看來漢朝天下要斷送在他的手裏了。"

在座眾官聽了王允的話，也都跟着一齊流淚痛哭。但是，驍騎都尉曹操卻拍手大笑説："哭？哭有什麼用！從黑夜哭到天明，再從天明哭到黑夜，能將董卓哭死嗎？”

王允發怒説：“你也是漢朝的臣子，今天居然不思報國，反而嘲笑大家。”曹操説：“我笑的是在座各位只知道哭，卻想不出一條計策來。我曹操雖然沒有什麼本事，但願意去砍掉董卓的頭，為天下萬民除害。”

王允聽了，十分高興，問：“你有什麼好辦法？”

曹操説：“董卓對我很信任。我聽説你府上有一口七寶刀，請你借給我進相府去刺殺董卓，我為此死而無怨！”王允説：“你能夠這樣去做，天下人都要感謝你呢！”他親自向曹操敬酒，同時將寶刀取來給曹操。曹操也不客氣，拿了寶刀後，將酒一飲而盡，起身辭別大家，出府去了。

第二天，曹操帶着寶刀來到相府。董卓在小閣中接見曹操，呂布侍立在旁邊。董卓問曹操：“我叫你來見我，你為什麼來得這樣遲？”曹操説：“我的馬太差勁了，跑不快。”董卓就叫呂布去挑一匹好馬來送給曹操。呂布離開小閣，曹操想拔刀刺去，但又怕董卓力氣大，不敢輕舉妄動。董卓很胖，坐得有點累了，就側身躺在牀上，臉朝裏，背向曹操。曹操一看，這是個好機會，就拔刀去刺董卓。不料董卓從牀上鏡子中看見曹操在背後拔刀，急忙回身問曹操：“你想幹什麼？”

這時，呂布已經牽馬來到門外。曹操一見情勢不妙，急中生智，連忙跪下，雙手捧刀説：“我有寶刀一把，特地來獻給丞相。”董卓接過刀一看，果然是把寶刀，就交給呂布收下了。董卓帶曹操出屋看馬，曹操請求讓他騎上馬試試這匹馬的腳力。董卓同意了。曹操迫不及待牽馬走出相府，快馬加鞭，溜之大吉。

董卓與呂布馬上意識到，曹操獻刀是假，行刺是真，又聽說曹操已經騎馬逃出東門，不禁大怒。董卓立即下令各州縣捉拿曹操，於是各地城門口都張貼曹操的畫像，凡捉住曹操的人，賞金封侯。

曹操獻刀 楊宏富 畫

曹操出城，往家鄉飛奔逃去，路上經過中牟縣，被守關的士兵捉住，縛送到縣令那裏。中牟縣令陳宮是個忠義之士，佩服曹操有行刺董卓的勇氣和報國的忠心，在半夜偷偷解掉曹操的縛繩，棄官不做，與曹操一起出逃。

陳宮與曹操兩人改裝易服，騎馬逃了三日，來到成皋。曹操說當地有個叫呂伯奢的，是他父親的結拜兄弟，可以到他家中投宿。於是兩人到莊中拜見呂伯奢，告訴他關於行刺董卓和在中牟縣被捉住又被陳宮放掉的經過。呂伯奢留兩人住宿，起身入內，過了半天出來，對陳宮說："家中沒有好酒，無法招待客人，我要到西村買酒去。"接着，他便匆匆騎驢離去。

曹操與陳宮坐着等候，忽然聽到莊後有磨刀的聲音，曹操說："呂伯奢這次去買酒，行動可疑，不可不防。"他拉陳宮一起去偷聽，只聽得有人說："縛起來殺掉，怎麼樣？"曹操說："不出我之所料，今天如果不先下手，我們一定要被抓起來了。"於是，他與陳宮一起拔劍闖進去，不分青紅皂白，見人就殺，一連殺了八個人，最後搜查到廚房裏，看見有一頭豬被縛住四隻腳，正準備殺了招待客人。陳宮埋怨曹操："你真是太多心了！今天錯殺了好人！"

這時，兩人自知闖了大禍，不敢逗留，急忙出莊，騎馬離去。走了不到二里路，只見呂伯奢騎着毛驢過來，驢身上掛了兩瓶酒，手裏拿着蔬菜和水果，叫住他們說："兩位為什麼要匆匆離去？"曹操說："我是官府通緝的罪犯，不敢久留。"呂伯奢說："我已經吩咐家裏的人殺一口豬招待你們，快快回去，吃了飯，睡一宿，明天再走也不遲。"曹操用手一指，對呂伯奢說："你看是什麼人來了？"呂伯奢回過頭去看，曹操趁機將呂伯奢一劍殺死。

陳宮大吃一驚，責備曹操說："剛才已經錯殺了他家裏人，現在為什麼還要殺他本人？"曹操說："呂伯奢回到家裏，看見那麼多人被我們殺死，必定要帶人來追，這一下我們就要倒霉了！"

陳宮聽了，搖頭說："明明知道已經錯殺了人，還要一錯再錯，亂殺好人，真是太不應該了。"曹操也同時放下臉來，沉聲說道："寧教我負天下人，休教天下人負我。"

當夜行數里，月明中敲開客店門投宿。喂飽了馬，曹操先睡。陳宮尋思："我把曹操當作好人，棄官跟他，原來是個狠心之人！今日留之，必為後患。"便要拔劍來殺曹操。再轉念一想："事已至此，殺之無益。不如棄而他往。"於是插劍上馬，不等天明，自投東郡去了。

伯奢遇害　孟慶江 畫

天亮，曹操醒來後發現陳宮已不辭而別，暗自尋思道："此人見我說了這兩句話，對我產生了不滿情緒，因而棄我而去。此地不宜久留，必須趕緊離開這個是非之地方妥。"於是日夜兼程、馬不停蹄地向陳留方向逃奔。

第五章 大戰呂布

曹操回到家鄉後，散了家財，招兵買馬，高舉反對董卓的大旗，不久就聚集了上萬人馬。渤海太守袁紹知道曹操起兵以後，帶了三萬兵馬，來與曹操會合。大家一致推選袁紹為盟主，這是因為袁紹出身名門，號召力大，又是最先反對董卓搞廢立的人。袁紹任盟主後，就任命弟弟南陽太守袁術總管糧草，接濟各營，又任命長沙太守孫堅為先鋒，攻打汜水關。

孫堅帶兵殺到離洛陽不遠的汜水關。董卓召集眾將商議，呂布挺身而出，說："父親不必憂慮。關外諸侯，人數雖多，不堪一擊。我願帶兵去攻打，將他們的頭都砍了下來，掛在洛陽城門示眾。"

董卓聽了，十分高興，哈哈大笑說："我有呂布，可以高枕無憂了。"這時，有人高聲嚷道："殺雞何用牛刀？我願領兵去打前陣。不是我說大話，殺這些人的頭，就像囊中取物一樣容易。"

董卓抬頭看去，原來是華雄。這個人身

高九尺，長得虎背熊腰，兇猛得很。董卓高興地封華雄為驍騎校尉，率領步兵、騎兵共五萬人，星夜趕赴汜水關迎敵。

孫堅攻打汜水關，一上來打了好幾個勝仗。孫堅派人向盟主袁紹報捷，順便到袁術那裏催糧。誰知袁術妒嫉心很重，再加上有人挑撥説如果讓孫堅率先攻破洛陽立大功，他如虎添翼，恐怕沒有人再能控制住他了。袁術認為這話很有道理，就故意不給孫堅送去糧食，存心要拖垮孫堅的隊伍。孫堅軍隊缺少糧食，後方又不肯接濟，軍心大亂。華雄得到這一情報，兵分兩路，連夜偷襲。孫堅沒有防備，慌慌張張地上馬應戰，正好遇上華雄，兩人交戰沒有幾個回合，華雄的副手李肅帶了另一路軍隊從孫堅背後殺來，放起一把把火，孫堅的營寨火光沖天，一片混亂。

孫堅眼見情勢不妙，只得狼狽逃走。華雄在背後緊追不放。孫堅連射兩箭，被華雄一一躲過，射第三支箭時，用力太猛，竟將弓弦拉斷了，只得丢下斷弓，拍馬而逃。孫堅戴着紅頭幘，十分醒目。華雄指揮人馬，望着紅頭幘緊緊追去。孫堅部下愛將祖茂很着急，叫道："主公，快脱下紅頭幘，與我對換，戴上我的頭盔，再衝出去吧！"於是，兩人對換以後，再分頭向外衝。華雄只知道望紅頭幘追，孫堅趁機從小路脱身。祖茂估計孫堅已經走遠了，便脱下紅頭幘，掛在沒有燒盡的樹樁上，自己悄悄躲進樹林裏。

華雄在月光下遠遠望見紅頭幘，帶兵四面包圍，下令向紅頭幘射箭。射了半天，不見有什麼動靜，方知中計。華雄拍馬上前，取下了紅頭幘。這時，祖茂從樹林中衝出，揮舞雙刀向華雄背後砍去。華雄猛一轉身，大喝一聲，將祖茂一刀砍下馬來。華雄乘勝追殺，一直殺到天亮時，才收兵回關。

袁紹聽説孫堅打了敗仗，大吃一驚，連忙請各路諸侯一起來商議。各路諸侯面面相覷，誰也不敢主動提出與華雄交戰。

這時，華雄用長竿挑着孫堅的紅頭幘在外面罵戰。袁紹問：“誰敢去戰華雄？”南陽太守袁術手下的驍將俞涉挺身說道：“小將願往！”袁紹就讓他出陣迎戰。

過了片刻，小軍報來：“俞涉與華雄戰了沒有三個回合，被華雄斬了。”眾人一聽，膽戰心驚。這時，冀州刺史韓馥說：“我有上將潘鳳，必定能斬掉華雄。”

袁紹急忙下令潘鳳出戰。潘鳳手提大斧上馬，去了沒有多少時候，小軍飛馬來報：“潘鳳又被華雄斬了。”各路諸侯聽到了這個消息，大驚失色，束手無策。袁紹歎了口氣說：“可惜我的上將顏良、文醜沒有來。只要有一人在這裏，又何必怕那個華雄！”

袁紹話音剛落，忽然聽見階下有

關羽請戰 王家訓 畫

一個人大聲呼喊："我願意去斬取華雄的頭獻上！"眾人一看，這個人身高九尺，髯鬚長二尺，丹鳳眼，臥蠶眉，棗紅臉，聲如洪鐘，威風凜凜，立在帳前。

袁紹問："這是誰？"

公孫瓚説："他是劉備的義弟關羽。"

袁紹問："他目前身居何職？"

公孫瓚説："他跟隨劉備充當馬弓手。"

袁術為人一向勢利，他大喝道："你欺我各路諸侯沒有大將嗎？小小一個馬弓手，竟敢口出狂言！"

袁紹説："我們派一個馬弓手出戰，必定會遭到華雄的恥笑。"

曹操説："這個人儀表堂堂，華雄怎麼能知道他只是個馬弓手？"

關羽説："我如果斬不了華雄，請斬我的頭。"

曹操佩服關羽膽氣粗豪，親自倒了杯熱酒，請關羽喝了上馬。關羽説："等我打完仗回來再喝不遲。"他飛身上馬出寨。帳內各路諸侯只聽見外邊鼓聲震天，一片喊殺聲。袁紹正要派人去探聽消息，關羽已經騎馬返回，下馬入帳，把一顆血淋淋的人頭扔在地上。大家一看，正是華雄的頭。曹操高興地向關羽敬酒，當時杯中的酒還是溫熱的呢！

董卓聽説華雄被殺，發兵二十萬人，分為兩路：一路下令李傕、郭汜帶兵五萬，把守汜水關；另一路由他自己帶領十五萬兵馬，把守離洛陽城五十里路的虎牢關。董卓命呂布帶領三萬人馬，在關前紮營，扼住諸侯進兵的中路。

袁紹下令公孫瓚等八路諸侯去攻打虎牢關。呂布作戰英勇，武藝高強，一連殺死好幾名戰將，沒有人能夠抵敵得住他。那一天，呂布又來諸侯陣前挑戰，八路諸侯齊出迎戰。北平太守公孫瓚拍馬挺槊，親自與呂布交戰，沒有幾個回合，抵擋不住，只得敗走。呂布騎馬緊緊追趕，那赤兔馬日行千里，飛走如風，很快便趕上了。呂布舉起方天畫戟望公孫瓚的背心刺去，旁邊騎馬衝出一條黑臉大漢，環眼圓睜，手中挺丈八蛇矛，大吼一聲："三姓家奴休走，燕人張飛在此！"

呂布見了，棄了公孫瓚來戰張飛，連戰五十幾個回合，不分勝負。關羽見張飛勝不了呂布，便舞起八十二斤重的青龍偃月刀，與張飛一起夾攻呂布。三匹馬成丁字兒廝殺，又戰了三十個回合，仍還是打不敗呂布。

這時，劉備也拍馬衝向呂布，舉起雙股劍上前助戰。劉、關、張三兄弟圍住呂布，像走馬燈那樣地輪番交手。八路人馬都看得目瞪口呆。戰了一陣，呂布眼看招架不住

呂布出陣　王家訓 畫

了，就朝劉備的臉虛晃一戟。劉備急忙向旁邊躲閃，呂布趁機一拍赤兔馬，衝出了包圍圈，倒拖畫戟，飛馬逃了回去。

劉、關、張三人哪裏肯放，拍馬在後面追趕。八路人馬喊聲大震，一齊掩殺過去。趕到關前，只見呂布已經逃進關內，關上飄動

三英戰呂布　戴敦邦 畫

着青羅傘蓋。張飛大叫："這是董卓！快殺上關去，抓住董賊，斬草除根！"劉、關、張帶領兵馬攻打虎牢關，關上箭射如雨，衝不上去，只得收兵回營。

這一仗打勝了。八路諸侯擺酒席給劉、關、張賀功。

董卓見呂布吃了敗仗，引誘孫堅投降又沒有成功，知道自己打不過袁紹的盟軍，就回到洛陽，搶了數千車金銀財寶，帶着漢獻帝和朝中大臣，將都城遷往長安。他臨走前，在洛陽城內放了一把火，把宗廟、宮殿、園林、官衙、庫房等，全都燒得一塌糊塗。

第六章 大鬧鳳儀亭

董卓劫持漢獻帝與文武百官到了長安以後，更加作威作福。他以“尚父”自居，平時進出都用天子的儀仗，儼然皇帝一樣。他別筑郿塢，窮奢極慾，又兇殘無比，殘殺降卒以取樂，誅殺大臣而揚威。

司徒王允見此情景，整日坐立不安，越想越愁悶。夜深月明，他扶着拐杖走進後花園，立在荼蘼架旁邊，對天流淚。這時，忽聽到牡丹亭邊有人長吁短歎，引動了他的好奇心。他輕手輕腳走過去一看，原來是歌女貂蟬。

貂蟬突然聽見聲響，吃了一驚，回頭一看，原來是主人王允，連忙跪下説道：“大人從小把我養大，恩情比海還深。我就是粉身碎骨，也難以相報。近幾天見大人愁眉不展，悶悶不樂，必定是為國家大事煩心。如果大人有用得上我的地方，我萬死不辭。”

王允激動得用拐杖連連搗地，説：“難得你一個小女子竟有報國之心。你起來，隨我進屋去。”他帶領貂蟬進屋，叫貂蟬坐下，自己對着貂蟬跪下叩頭。貂蟬嚇得連忙跪在地上，問：“大人為什麼要這樣？”

王允說：“董卓有篡位的野心，滿朝文武都對他無計可施。董卓有個義子，名叫呂布，十分驍勇。這兩個人都是好色之徒。我想用一條連環計，先將你許嫁給呂布，再將你獻給董卓，使他父子為了搶奪你而翻臉火拚。”貂蟬一聽，立即痛快地答應了。

第二天，王允拿出祖傳的明珠，命能工巧匠嵌造金冠一頂，派人送給呂布。呂布非常高興，親自到王允府中拜謝。王允早已準備好美酒佳餚，殷勤地招待呂布。呂布說：“我只是相府的一名家將，司徒是朝廷中的大臣，為什麼對我這樣敬重？”王允笑笑說：“當今天下只有將軍才是獨一無二的英雄。我王允敬重的不是將軍的職位，而是將軍的才能呀！”

貂蟬拜月　華三川 畫

呂布聽了，哈哈大笑，十分得意。王允頻頻勸酒，將呂布捧得高高的，阿諛奉承，盡說好話。呂布越聽越高興，越喝越起勁。就在這時，王允叫貂蟬出來敬酒，說道：“孩兒，勸將軍多喝幾杯，我們一家全靠着將軍呢！”

呂布一見貂蟬長得如此美貌，連魂靈兒也被勾去了。呂布請貂蟬坐，貂蟬假裝害羞，説要回到閨房去。王允説：“將軍是自家人，孩兒不妨坐下，用不着多避嫌疑。”貂蟬就坐在呂布旁邊。呂布連骨頭都酥掉了，一杯接一杯地不斷飲酒，目不轉睛地盯住貂蟬看，恨不得將貂蟬一口吞到肚子裹去。

王允一看時機到了，便説道：“我有意高攀，想把小女送給將軍為妾，不知將軍意下如何？”呂布求之不得，正中下懷，立刻向王允下拜，説道：“岳父大人在上，請受小婿一拜！”王允趕緊將他扶起説：“待老夫揀個黃道吉日，將小女送到府上。”呂布再三拜謝，告別王允回府去了。

過了幾天，王允又把董卓請到家中喝酒。董卓帶了一百餘名甲士進入堂上，甲士們手中持戟，分為兩行站立左右。王允進酒作樂，盡找董卓歡喜聽的話來説，使董卓十分高興，暢懷痛飲。到了傍晚，董卓已經喝得有點迷迷糊糊了。就在這時，王允叫貂蟬出來，在酒席前翩翩起舞。貂蟬舞姿曼妙，董卓看得眼都發直了。貂蟬跳完了舞，董卓把她叫到面前細看，越看越覺得迷人。他問王允：“這個女子是誰？”王允説：“她是我家的歌女貂蟬。”董卓又問：“能唱嗎？”王允就叫貂蟬唱了一曲。董卓聽了，讚不絕口。貂蟬又殷勤勸酒。董卓問：“幾歲了？”貂蟬回答：“十六歲。”董卓色迷迷地笑道：“長得真美，像是個天上的仙女！”王允趁機説：“太師如果歡喜，不知肯收下貂蟬嗎？”董卓説：“你若是肯將她送我，那真是太謝謝你了。”王允當即命人備車將貂蟬送進相府，董卓也立即起身告辭回府。

呂布知道這件事以後，怒氣沖沖來找王允，責問他為什麼一女許配兩家？王允解釋說是董太師來到他家，提出貂蟬許配他義子呂布，他這個當公公的應該看一看。貂蟬拜見董太師以後，太師說："今日良辰，吾即當娶此女回去，許配呂布。"抬了就走。王允這樣一說，呂布真的以為董卓替他娶親。誰知橫等豎等，不見有何動靜。他跑到相府去打聽，大家說是太師已經與接來的新人同房了。這一下把呂布氣得牙痒痒的。他悄悄進入董卓臥房的後窗邊往裏偷看。貂蟬正好在窗下梳頭，從鏡子裏看到了呂布，連忙皺起雙眉，將羅帕掩面，裝作傷心流淚的樣子。呂布見了，心如刀割，對董卓十分不滿。

呂布探窺 潘寶子 畫

不幾日，董卓上朝議事，呂布執戟相隨，心裏只惦着貂蟬。他看見董卓與漢獻帝談話，估計短時間結束不了，就溜了出來，急急忙忙地跑進相府去找貂蟬。貂蟬約他在後花園中鳳儀亭邊相見。

呂布提着方天畫戟前往，立在鳳儀亭的曲欄旁邊。過了片刻，貂蟬來到，一見呂布，便淚流滿面，悲悲切切地説："我自從許配將軍以後，平生願望已經得到了滿足，誰想太師起了不良之心，強佔我的身子。我恨不得馬上自殺，只是為了想再見將軍一面，説出我的心裏話，所以才忍辱偷生到今天。今天見到將軍，我的心願已了。現在我別無他求，只願死在將軍的面前，表明我的心跡。"貂蟬説完話，手攀曲欄，望荷花池便跳。

呂布慌忙將貂蟬抱住，流着淚説："我知道你愛我的苦心了，何必自殺！"貂蟬説："我今生不能與君為妻，但願來世能夠成為夫妻。"呂布説："我今生不能娶你為妻，決不是英雄！"貂蟬説："我在這裏度日如年，將軍快將我救出去吧！"呂布説："我現在是偷空出來的，恐怕老賊要疑心，馬上得走了！"貂蟬説："將軍這樣害怕老賊，看來我永遠沒有重見天日的那一天了！"她邊説邊流淚，楚楚可憐。呂布見了，十分憐惜，將戟放在一旁，回身抱住貂蟬，用好話安慰。

董卓回頭不見呂布，心中懷疑，連忙趕回相府，一直找到後花園，撞見呂布和貂蟬在鳳儀亭摟抱在一起，不禁怒吼一聲。呂布放開貂蟬，回身便逃。董卓拿起畫戟，要刺呂布。呂布走得快，董卓身子胖，走不動，便把畫戟遠遠地擲向呂布，呂布反手一下將畫戟打落在地上，飛也似地逃出後園。

董卓走進臥房，氣呼呼地問貂蟬："你這賤人，為何私通呂布？"貂蟬哭訴道："我在後花園看花，呂布突然進來調戲我，我急忙避開，他提着畫戟追我到鳳儀亭。我想投荷花池自殺以保全名節，被他一把抱住。這時，正好太師趕來了。"

董卓聽了，將信將疑，説道："我把你賞給呂布，成全你們，怎麼樣？”貂蟬哭着説：“我已經是太師的人了。今天卻把我賜給家奴，我寧死不辱！”她拔出掛在壁上的寶劍，就要自刎。董卓慌忙奪去她的寶劍，對她百般安慰。

第二天，董卓帶貂蟬往郿塢去，文武百官都來相送，呂布也混在人羣裏。貂蟬在車中望見呂布，就拿起手絹擦眼淚，裝出傷心的樣子，呂布眼望車子遠去，心裏猶如刀絞一般。就在這個時候，王允來邀呂布一起去飲酒消愁。

王允見呂布已酒醉了，就挑撥説：“此事乃將軍與老夫之恥辱。老夫是無能之輩，不去提它了。可惜將軍是蓋世英雄，居然也受這種侮辱！”呂布怒氣沖天，拍案大叫：“我不殺掉董卓這個老賊誓不為人！”王允説：“以將軍之才，的確不是董太師所能限制。將軍如果能為國除暴，必定流芳百世，是扶助漢室的忠臣。”呂布對天發誓，堅決表示願意聽從王允的安排。

鳳儀亭私會 戴敦邦 畫

王允派能言善辯的李肅前往郿塢假傳詔書，說是要讓位給董卓當皇帝。董卓信以為真，高高興興地上車回京。

第二天，董卓得意洋洋地駕車入朝。王允一見董卓來了，大喝一聲："反賊來到，武士們快動手！"話音剛落，一百餘名武士蜂擁而上，刀劍直向董卓刺去。董卓身穿厚甲，胸背受到保護，只被刺傷了臂膀。他從車上滾了下來，大聲呼喊："我兒呂布快來救我！"

呂布應聲趕到，大叫道："老賊，看戟！"呂布的畫戟刺穿了他的喉嚨，董卓頓時氣絕身亡。

董卓屍體暴露於街頭，百姓過者，莫不手擲其頭，足踐其屍。卓屍肥胖，看屍兵士以火放在他的肚臍中為燈，膏流滿地，行人都拍手稱快。

呂布帶兵進入郿塢，先去見貂蟬，然後殺了董卓全家。王允召集百官，擺酒慶賀，長安城內軍民一片歡騰。

董卓被殺 王家訓 畫

第七章 三讓徐州

曹操招安到黃巾軍二十幾萬人，挑選其中的精鋭編成“青州兵”，成為他手下最能打仗的一支隊伍。朝廷因為曹操鎮壓起義有功，加封他為鎮東將軍。

曹操勢力強大，威震山東，就派泰山太守應劭去迎接他的父親曹嵩到駐地兗州來。曹嵩帶着弟弟曹德與一家老小四十餘人、僕從一百多人，裝了一百多車金銀財物，浩浩蕩蕩往兗州而去。路上經過徐州，徐州太守陶謙熱情接待曹嵩一家人，一連擺了兩天酒。曹嵩上路時，陶謙親自送出城門，還派都尉張闓帶了五百兵護送。

張闓見曹嵩一家帶了那麼多金銀財寶，起了賊心，就與部下商議，在半路上將曹嵩一家全部殺盡，搶了一百多車金銀財物，與五百人一起逃奔到淮南去了。

曹操得知這一消息以後，哭得天昏地黑。他率領大軍殺奔徐州，下令打下這座城池，將城中百姓全部殺光，一個不留。兵臨徐州城下，陶謙只得在陣前向曹操解釋：自己原是一番好意，不料張闓起了賊心，做出這種傷天害理的事來。但是，曹操根本聽不進去，亂罵陶謙老賊匹夫，發誓要報殺父之仇。

曹操興兵 曾毅 畫

兩軍正要交戰，天上忽然起了一陣狂風，飛沙走石，雙方只得各自收兵。

陶謙眼見全城軍民都要遭殃，只得派人去向北海孔融、青州田楷求救。孔融又請劉備出兵支援，劉備說自己兵微力薄，請孔融帶兵先走一步，自己必須到公孫瓚那裏借兵。於是，孔融、田楷的人馬先到徐州，但懼怕曹兵兇猛，只敢遠遠地紮下營寨。曹操看見來了兩路人馬，也不敢輕舉妄動。

劉備向公孫瓚借了兩千人馬，又借到了公孫瓚的部將趙雲。於是，劉、關、張率領三千人馬為前部，趙雲率二千人馬隨後，來到徐州。劉備去見孔融。孔融說："曹兵勢大，曹操又善於用兵，目前還是先觀察一下再說。"劉備說："恐怕城中缺糧，不能長久支持下去。我派關羽、趙雲率領四千人馬在你帳下聽令，我與張飛殺奔曹營，衝進徐州城去與陶謙太守商量一下，看下一步應當怎樣辦。”

孔融聽從劉備的主張，堅守陣地。劉備、張飛帶領一千人馬，衝破曹兵的包圍圈，進了徐州城。陶謙將劉備接進府衙，見劉備儀表軒昂，性格豁達，見解深刻，的確是個難得的人才，便有意把徐州讓給劉備。他派人取來徐州太守的牌印，恭恭敬敬送到劉備面前。劉備嚇了一跳，說："這是什麼意思？" 陶謙說："當今天下大亂，你是漢室宗親，應當努力扶保朝廷。老夫年邁無能，情願將徐州相讓。"

劉備不肯接受，說自己是為了大義而來相助的，如此這般，豈不讓人懷疑有吞併徐州的野心？陶謙再三相讓，劉備堅決不肯接受。陶謙手下的謀士糜竺建議："眼前兵臨城下，還是先商議退兵之策要緊，等到局勢平定以後，再來談這件事吧。"陶謙只好將牌印暫時先收了起來。劉備說："我先寫封信給曹操，勸他和解。如果曹操不肯聽，再和他廝殺也不遲。"

曹操在軍中接到劉備的信，看了以後，拍案大罵："劉備算是老幾？竟敢寫信來勸我！字裏行間還嵌着骨頭譏諷我！"他下令斬掉來使，加緊攻城，但是還沒有來得及這樣做，忽然有流星探馬來飛報，說是呂布乘虛而入，攻破兗州，進據濮陽，形勢十分危急。曹操見老窩被呂布佔領了，十分驚慌。謀士郭嘉勸他不如向劉備賣個順水人情，答應退兵，先去收復兗州，免得前後受敵。

曹操想想也只能這樣做了，就同意了劉備的要求。

陶謙見曹操退兵了，十分高興，連忙設宴慶賀，孔融、田楷、劉、關、張、趙等人都參加了這一盛會。宴會結束時，陶謙把劉備請到上座，拱手對大家說："老夫年邁昏庸，兩個兒子又不成器，擔負不起國家的重任。劉使君是皇室的同宗，德廣才高，可以管領徐州。老夫卸了責任，也好安心養病。"

劉備聽了，連忙搖手說："我為了大義才來救援徐州，現在如果把徐州佔為己有，豈不要被天下人所恥笑？"這時麋竺勸劉備說："當今天下大亂，正是建功立業之時。徐州戶口百萬，物產富庶，劉使君不必推辭。"劉備說："這件事我絕對不敢答應。"

大家都勸劉備接受徐州，劉備就是不肯。關羽說："既然陶公誠心誠意讓徐州，大哥不如先暫且將徐州管起來再說。"張飛更是按捺不住性子，叫嚷起來："又不是咱大哥強要他的徐州，他好意相讓，大哥又何必苦苦推辭？"劉備仍是咬緊牙關，始終不肯答

二讓徐州 曾毅 畫

應。陶謙再三推讓，最後還是讓不成徐州。他只得請求劉備暫時駐兵小沛，保護徐州。大家都勸劉備留在小沛駐軍，劉備方才答應。

劉備與關羽、張飛來到小沛以後，修理城牆，安撫百姓，深得民心。

陶謙六十三歲了，過了不久，忽然得了重病，眼看快不行了。於是，他召集麋竺、陳登來病牀前商議後事。麋竺說："曹兵雖然退走，明年春天必定會捲土重來。府君兩次讓徐州給劉備，劉備不肯接受，這是因為府君的身體還算健康。現在府君病重，這次再將徐州讓給劉備，劉備就不該推辭了。"陶謙認為這話很有道理，就派人去小沛請劉備來徐州商議軍務。

劉、關、張來到了陶謙的病牀前面。陶謙躺在牀上，有氣無力地對劉備說："老夫病情嚴重，眼看是朝不保夕了。希望明公以漢家城池為重，接受徐州的牌印。這樣，老夫就是死去也安心了。"

劉備說："您為什麼不傳給兩個兒子呢？"陶謙說："我兩個兒子都不成器。老夫死後，還望明公對他倆加強教育。"劉備仍是推託，陶謙以手指心而死。

徐州上下為陶謙舉辦喪事，結束後，眾頭領捧着徐州牌印送交劉備。劉備仍然推辭。第二天，徐州百姓擠在府衙前一致要求劉備來接管徐州，劉備才接下了徐州的牌印。他委託孫乾、麋竺為從事，陳登為幕官，將原來駐紮在小沛的兵馬全部調進徐州城內，出榜安民，當上了徐州牧。

第八章 曹操遷都

董卓被殺以後，餘黨李傕、郭汜帶兵反撲。呂布有勇無謀，中了埋伏，吃了敗仗，只得逃走。王允被殺死。長安城落到李、郭的手裏。

李傕和郭汜把持朝政，一個自封為大司馬，一個自封為大將軍，飛揚跋扈。

太尉楊彪、大司農朱俊對漢獻帝說："曹操有二十餘萬人馬，謀臣武將有幾十人。如果他能到長安來，一定可以扶保朝綱，剿除李、郭奸黨。"漢獻帝流着淚說："我受李、郭二賊的氣是夠多的了。如果能將這兩個賊殺死，那就是上天保佑我了。"楊彪說："我們先讓李、郭二賊自相殘殺，然後召曹操帶兵進京，掃清賊黨。"漢獻帝同意了他們的建議。

第二天，楊彪的妻子到郭汜家裏串門，對郭汜的妻子說："郭將軍與李大司馬夫人的風流韻事，外間有人傳來傳去。這件事如果給李大司馬知道，一定要惹出大禍來！夫人可得想辦法，斷絕他們的往來才對呀！”郭妻本來妒心很重，就信以為真。

一天，郭汜又要到李傕家中去飲酒，郭妻硬是不放他走，要他留在家中。李傕等了好久，不見郭汜來，就派人送酒菜到郭家去。郭妻暗中在酒菜裏放了毒藥。郭汜正要下筷，郭妻攔住說：“外人送來的酒菜，怎麼能隨便吃呢？”她把酒菜讓狗先嘗，這條狗立刻倒在地上死了。這樣一來，郭汜就對李傕產生了疑忌。

又有一天，李傕在退朝時熱情地邀請郭汜到他家喝酒，一直喝到夜裏才散席。郭汜醉得連腿都站不直了，回到家裏，忽然覺得肚子痛。郭妻說：“這一定是李家酒菜中投了毒！”她下令將糞汁灌進郭汜的口中，郭汜嘔吐了一陣，方覺得好受些。

郭汜光火了，心想李傕無緣無故要謀害我，如果不先動手，一定會遭到他的毒手，性命難保。他暗中調集人馬，要殺李傕。李傕也

李傕劫駕　曠昌龍 畫

不是省油的燈，得知這一消息，怒氣沖沖地調動手下人馬來殺郭汜。

雙方在長安城裏打了起來，趁機對居民搶劫擄掠，在混戰中狠狠地撈上一票。李傕的侄子李暹帶兵包圍皇宮，將漢獻帝、伏皇后搶走，押着他們進了郿塢。郭汜帶兵進宮，搶走宮女，放火燒掉了宮殿，一路追到郿塢搶奪漢獻帝。從此以後，李傕、郭汜每天都要惡戰一場。雙方實力相當，難分勝負。一連打了五十幾天，死掉的人不知有多少。楊彪、朱俊帶了六十幾名大官來勸雙方停戰，結果被郭汜扣押了起來。眾官說："我們為好而來，勸雙方講和，為什麼要這樣對待我們？"郭汜說："李傕可以劫天子，我為什麼就不可以劫公卿？"

漢獻帝被劫到郿塢以後，被監視得很嚴，連飯也吃不飽，度日如年。一天，僕射皇甫酈來見漢獻帝，漢獻帝知道他能言善辯，又是李傕的同鄉，就叫他去李、郭兩邊講和。皇甫酈分別見了李、郭兩人，希望他們講和，可是雙方都不答應。特別是李傕，認為自己的實力比郭汜強，非要滅掉郭汜不可。

李傕的軍隊中大多是西涼人，還有不少是羌人。皇甫酈是西涼人，在西涼兵中很有威信。皇甫酈見李傕不肯講和，就對西涼兵說："李傕不肯講和，想殺了天子造反，誰跟從他，就成了反賊，後患無窮。"西涼兵聽了皇甫酈的話，議論紛紛，軍心開始動搖起來。李傕的心腹賈詡很同情漢獻帝的遭遇，對李傕的做法很看不慣。他暗中告訴羌人將領說："天子知道你們是忠義之人，下詔命你們回家鄉去，將來自然會有重賞。"羌人將領聽了賈詡的話，就帶領部下回西羌去了。

李傕十分迷信，平時經常請女巫在軍隊內擊鼓降神。賈詡暗地裏對漢獻帝說："李傕這個人貪而無謀，目前兵散心虛，可以加封他官爵去安他的心，使他不致對皇上為難。"於是，漢獻帝下詔，封李傕為大司馬。李傕高興極了，認為這是女巫求神祈禱的功勞，重賞女巫，卻不賞兵將。他部下的騎都尉楊奉很不滿意，大怒說："我們出生入死，替他賣命，功勞反倒比不上一個女巫！"他就帶領人馬投奔西安去了。

這樣一來，李傕的勢力就衰落下去了。郭汜這一邊也打得精疲力盡。就在這時，陝西的張濟帶領大軍來到，要給李、郭講和，誰不依從，他就打誰。李傕、郭汜只好答應講和。

張濟見長安因為李、郭交戰，一片破敗景象，就請漢獻帝遷回洛陽去。漢獻帝同意這個建議，下詔封張濟為驃騎將軍。郭汜放公卿出營，李傕也放出天子。天子與百官由原來的御林軍幾百人護送，往洛陽進發。

郭汜與李傕害怕天子和百官回到洛陽後，會召集諸侯來討伐他們。目前張濟兵據長安，不能輕易離開，他倆決定一起合兵去追殺漢獻帝。幸虧漢獻帝在路上遇到楊奉、董承兩支軍隊，在他們的拚死奮戰下，車駕總算平安到達洛陽。

洛陽城內一片廢墟，很多人只能吃樹皮、草根。李傕、郭汜隨時都有可能再度向洛陽殺來，洛陽無兵無糧，無法抵御。大臣們奏明漢獻帝，派了一名使臣到山東召曹操進京保駕。

漢獻帝的詔書，完全投合曹操的心意。原來曹操也有挾天子以令諸侯的打算。他下令全軍出動，連夜趕路，奔往洛陽。

李傕、郭汜果然向洛陽殺來。漢獻帝嚇得膽戰心驚，傳令起駕，向山東逃跑。百官都沒有馬騎，只能隨駕步行。出了洛陽，走了沒有多遠，遇到曹操派出的先鋒夏侯惇率騎兵來到，接着是曹洪帶領大隊步兵趕到。這時，李、郭大軍正好尾隨殺來。夏侯惇和曹洪分為兩翼，馬軍先出，步兵在後，盡力攻擊。李、郭部隊大敗，四散潰逃，被斬首一萬餘人。

夏侯惇率軍護衛漢獻帝回到洛陽。接着，曹操帶領大隊人馬也到了。曹操入城後，進宮去拜見漢獻帝，自稱有精兵二十餘萬，一定能消滅李、郭二賊。漢獻帝封曹操為司隸校尉、錄尚書事，主持

商議遷都　曠昌龍 畫

朝政。

李傕、郭汜見曹操遠道而來，很想一鼓作氣，速戰速決，將曹操的軍隊打垮。他們派李傕的侄子李暹、李別到曹操陣前去挑戰。曹操部下猛將許褚飛馬過去，一刀先斬死李暹。李別嚇得馬失前蹄，也被許褚斬了。許褚拎了兩個人頭回陣，曹操拍拍他的背說："你真是我的樊噲呵！"

接着，曹操率三軍兵馬一齊殺出，李傕、郭汜抵敵不住，大敗而逃。曹操親自拿着寶劍押陣，連夜追殺。李、郭向西奔逃，西涼兵潰不成軍。

曹操收兵回營，仍舊駐紮在洛陽城外。董昭向曹操建議："明公興義兵以除暴亂，入朝輔佐天子，功勞極大。但是朝中這些大臣、武將各有各的打算，未必都肯服從。留在洛陽，恐有不便。不如遷都許昌，倒是個上策。"曹操笑笑說："我原來就有這個想法，只不過怕大臣們反對。"董昭說："這件事好辦，就說是洛陽缺少糧食，所以要搬遷到許昌去，在那裏可以得到周圍地區的糧食接濟。"

曹操將遷都的事奏稟漢獻帝，漢獻帝只得聽從，大臣們誰也不敢反對。於是，揀了一個日子，起駕遷往許昌。大隊人馬剛到許昌，李傕、郭汜的部將就前來拜見曹操，獻上了李傕、郭汜的人頭。曹操十分高興，重重賞賜了他們。

曹操在許昌建造宮殿，修筑城郭、官府和倉庫，自封為大將軍武平侯。滿朝文武，大多是曹操的人。從此，朝中大權落到了曹操的手中。

第九章

鵲巢鳩佔

呂布帶着殘兵敗將來到徐州投奔劉備。劉備認為：“呂布是當今英勇之士，應當出城迎接。”糜竺說：“不行。呂布是虎狼之徒，收留了他，勢必傷人！”劉備說：“上次如果不是呂布攻下了兗州，曹操怎麼肯從徐州城下退兵？現在他有困難來投奔我，怎能不念舊恩？”張飛說：“哥哥心腸太好了。不管怎麼說，對呂布不可不防。”

劉備帶領部下，出城三十里路去迎接呂布，與呂布一起騎着馬並肩進城。大家進入州衙廳內坐下後，呂布說：“我現在來投奔使君，想和使君共同幹一番大事業，不知您認為怎麼樣？”

劉備說：“陶太守最近逝世，徐州無人管領，所以才讓我暫時代理太守這個職位。今天將軍到徐州來，理應讓給將軍來掌管。”說完話，就將牌印送到呂布面前。

呂布喜出望外，美滋滋地伸手去接牌印，猛一抬頭，看見站在劉備背後的關羽、張飛怒髮沖冠、劍拔弩張。呂布連忙搖手，裝出笑臉推辭說："我呂布不過是一介勇夫，怎麼配做州牧呢？"

第二天，呂布擺酒回請劉備。劉備帶了關羽、張飛一同前去。觥籌交錯、酒酣耳熱之際，呂布賢弟長賢弟短叫個不絕。張飛聽了，瞪起眼睛吼道："我哥哥是金枝玉葉，你是什麼人，敢稱我哥哥為賢弟！你來，我和你鬥三百回合！"劉備連忙喝住，關羽將張飛勸了出去。

劉備向呂布道歉說："三弟酒後狂言，請兄長原諒！"呂布閉緊嘴唇不說話。酒席散了

呂布投徐 傅伯星 畫

以後，呂布送劉備出門。張飛躍馬持槍而來，大叫："呂布，我和你大戰三百回合！" 劉備急忙叫關羽勸阻張飛。

呂布眼看在徐州耽不下去了，就來向劉備告辭，說要投奔別處去。劉備急忙勸道："三弟冒犯將軍，改日讓他來向將軍賠罪。現在請將軍到小沛暫時先住下來。糧食軍需，我自會按時送上。"呂布謝了劉備，帶領人馬到小沛去了。

曹操知道呂布投奔了劉備，就採納了謀士提出的"二虎競食"之計。他奏請漢獻帝，任命劉備為徐州牧；同時又給劉備寫了一封密信，叫劉備殺掉呂布。可是，劉備看了曹操的密信，知道曹操挑撥他與呂布自相火併，就將這封信給呂布看了，並且向呂布表示決計不做這種不仁不義之事。

劉備不殺呂布，謀士又向曹操獻上一條"驅虎吞狼"之計。謀士對曹操說："丞相可以派人到袁術那裏，說劉備私上密表，打算攻取南郡。袁術一定會發怒而攻劉備。丞相再正式下令，命劉備征討袁術。劉、袁雙方一打起來，呂布一定會打劉備的主意。"曹操一聽很高興，決定依照這一計策去做。

劉備接到朝廷要他起兵征討袁術的詔書以後，明知這是曹操在搞陰謀詭計，可是又不敢違抗，只得帶兵出征袁術。然而，留下誰來守徐州呢？劉備一下子很難作出決定。張飛自告奮勇說："小弟願意守城！"劉備說："三弟守不得徐州，你歡喜喝酒，喝醉了酒亂打士卒，造成軍心不穩；再說你處事輕率，一意孤行，聽不進別人的勸告。我不放心。"張飛說："小弟從今以後，不飲酒，不打軍士，聽人勸告，難道還不行嗎？"糜竺說："只恐怕三將軍心口不能相符。"張飛生氣地說："我跟哥哥多年，從來沒有失過信，你為什麼要小看我？”劉備見張飛發怒，只得同意他守徐州，但還是不放心，留下陳登協助張飛，要陳登叮囑張飛早晚少喝酒。

劉備安排停當，帶領三萬人馬，離開徐州往南陽進發。

張飛守徐州，過了沒有幾天，老脾氣又發作了。一天，他請各位官吏赴宴。大家坐定後，張飛開口說道：“我哥哥臨出發前，吩咐我少飲酒。明天起大家戒酒，但今天大家必須一醉方休。”他說完了，就與眾官一個一個輪流乾杯。他敬酒到了曹豹面前，曹豹說：“我從來不沾酒。”張飛發怒說：“天殺的，你為什麼不飲酒？我今天偏要你喝！”曹豹怕了，只得乾了一杯酒。張飛勸完了一遍酒，自己一氣又喝了幾十杯，醉得舌頭也有點大了，還要起身一一敬酒。曹豹說：“我實在喝不下去了。”張飛發怒說：“我叫你喝，你不喝。這是違抗我的將令，我要打你一百鞭！”曹豹求饒說：“張將軍，看在我女婿面上，饒了我吧！”

張飛問：“你女婿是誰？”曹豹說：“我女婿是呂布。”張飛不聽則已，一聽呂布這個名字，立刻火冒三丈，吼道：“我本來不想打你。你用呂布來壓我，我偏要打你！打你，就是打呂布！”他命軍士將曹豹打了五十鞭，打得曹豹皮開肉綻，兩眼發白。大家苦苦求情，方才停止。

席散，曹豹深恨張飛，連夜寫信派人到小沛送給呂布，叫他今夜趁張飛酒醉，偷襲徐州。呂布看了信後，連忙請陳宮來商量。陳宮說：“小沛地方太小，不是久居之地。天賜良機，今天如果失掉攻取徐州的機會，將來後悔也來不及了！”

呂布覺得有理，立刻帶領人馬悄悄來到徐州城下。曹豹早已在城上等候，立即下令打開城門。呂布當先拍馬殺入，手下兵馬緊跟着一齊衝了進去，殺聲震天。張飛在府中醉得呼呼大睡。兵士們連忙把他搖醒，說是呂布已經殺進城來了。張飛慌忙穿戴盔甲，提起丈八蛇矛往外走，剛騎上馬，呂布人馬已到，正好迎面撞上。張飛的酒還沒有醒，打不過呂布，只得退走。呂布知道張飛英勇，不敢逼得太緊。張飛貼身的十八名騎兵保着他向東門殺出，連劉備的家眷都來不及帶走。

夜襲徐州 傅伯星 畫

鵲巢鳩佔，呂布一舉佔領了徐州城。

第十章 轅門射戟

張飛率領殘兵餘卒逃到盱眙，來見劉備，將呂布夜襲徐州的事詳細說了一遍。眾人聽了，大驚失色。劉備倒是保持了平常心，鎮定地說："得到徐州固然不必得意忘形，失去徐州也不必為此而憂心忡忡。"

關羽急切地問："嫂嫂在哪裏？"張飛吞吞吐吐地說："都陷在城裏了。"關羽急得跺腳，埋怨張飛說："你當初要守城時，拍胸脯說了些什麼話！兄長吩咐你的又是些什麼話？現在將城池失陷了，嫂嫂也丟失了，該怎麼辦呢？"

張飛無地自容，拔出劍要自殺。劉備急忙上前抱住，奪下劍來丟在地上說："我們三人桃園結義，不求同日生，但願同日死。今天雖然丟失了城池和家小，終有補救的辦法，賢弟又何必為此而去自殺？"

袁術知道呂布襲取了徐州，連夜派紀靈來見呂布，許願送給他糧食五萬斛，馬五百匹，金銀一萬兩，綢緞一千匹，要他夾攻劉備。呂布見利忘義十分高興，立即派高順帶了五萬兵，從背後去攻擊劉備。劉備一見情勢不妙，急忙乘陰雨天撤兵。高順毫不費力取得盱眙後，就向紀靈索討袁術答應送的糧食、馬匹、金銀、綢緞。紀靈支吾搪塞。呂布心中疑疑惑惑，感覺到袁術大概要賴帳。就在這時，袁術來信說："等到捉住了劉備，我再將答應送的東西送過來。"呂布氣得要命，大罵袁術言而無信，立即就想帶兵去攻袁術。陳宮勸他說："袁術兵多糧廣，現在不能攻他。我們不如請劉備回到小沛駐紮，幫我們共同對付袁術。" 呂布聽了陳宮的話，就派人去迎接劉備回來。

劉備遭到袁術的部隊襲擊，損失了不少人馬。就在這時，正好遇見了呂布派來的使者，十分高興。關羽、張飛勸道："呂布這個人言而無信，他講的話不能當真。" 劉備說： "他既然以好心待我，我為什麼要去懷疑他？ "

呂布事先派人送還劉備的家眷。劉備帶兵回到徐州。張飛恨呂布，不肯跟劉備進城，就保着劉備的家眷到小沛去了。呂布見了劉備說： "我並不想奪你的徐州城，只因令弟張飛喝醉了酒要亂殺人，我怕他出事，所以代你來守徐州城。"劉備說："我早就想將徐州讓給兄長了。"呂布假意要將徐州還給劉備。劉備再三推辭，自願駐兵在小沛。呂布派人送糧食、布匹到小沛去，作為劉備軍隊的給養。這樣一來，劉備、呂布兩家又重新和好了。

袁術對徐州虎視眈眈，很想奪取到手。但是，呂布與劉備聯手，力量強大。先攻劉備吧，又怕呂布記住上次賴帳的事，會幫助劉備抵御。於是，他派韓胤為密使，運了二十萬斛粟去送給呂布，要求呂布在袁術攻劉備時按兵不動。呂布收到大批糧食，十分高興，隆重接待韓胤。袁術立即派紀靈為大將，率領大軍去攻小沛。

劉備得到消息以後，召集大家商議。張飛説："兵來將擋，水來土掩。我去出戰，保管殺得紀靈片甲不回！"孫乾説："小沛兵少又缺糧，怎麼能夠抵敵袁術的軍隊? 倒不如寫信向呂布告急，求他出兵相救。"張飛説："呂布這個家伙哪裏肯來救我們！"

劉備想了一下，還是認為孫乾説得對，就寫信向呂布求救。呂布接到信後，找陳宮商量。兩人一致認為：上回袁術送糧食來，目的是為了要呂布不救劉備。現在劉備來求救，如果不救，袁術吞併掉劉備，接下來就要攻呂布了。因此，呂布親自帶兵，奔赴小沛去救劉備。

劉備求救 傅伯星 畫

紀靈率領幾萬人馬到達沛縣東南，紮下營寨。劉備手下只有五千餘人，只得勉強佈陣安營。忽然探子來報，呂布帶兵來救劉備。紀靈趕緊寫信給呂布，責備他言而無信，答應了的話不算數。呂布接信後，微笑着說："我有一條妙計，可以使袁、劉兩家都不怨恨我。"於是，他立即派人邀請紀靈和劉備赴宴。

劉備接到呂布的邀請，立刻就要動身前往。關羽、張飛都說："哥哥不可去，呂布這個人不可靠。"劉備說："我待他不錯，他一定不會害我。"他說完了，上馬就走。關羽、張飛不放心，跟着一齊去。他們到了呂布那裏，呂布請劉備入帳就座，關羽、張飛手按劍柄，立在劉備的背後。這時，呂布部下來報，紀靈已經來到。劉備聽了，大吃一驚，想躲開。呂布說："我今天特地請你們二人來商量，你們誰也不要走，千萬別多心。"劉備雖然沒有起身，但心裏畢竟惴惴不安。

這時，紀靈下馬進寨，看見劉備在軍帳內安坐，同樣也大吃一驚，轉身就走。呂布部下竭力挽留，也挽留不住。呂布大步向前，一把扯住，就像老鷹捉小雞似地將他拖了回來。紀靈大驚失色，說："將軍難道要殺我嗎？"呂布說："不是。"紀靈說："是不是要殺掉劉備？"呂布說："也不是。"紀靈說："這也不是，那也不是，究竟又是為了什麼？"呂布說："劉備與我呂布是兄弟，現在受到將軍的逼迫，所以我來救他。"紀靈說："這樣說來，你是要殺我了？"呂布說："哪裏有這回事！我呂布平生不好鬥，但歡喜勸架。我今天就來為你們兩家勸架講和。"紀靈說："請問你想怎麼勸架？"呂布說："我自有道理。"於是，呂布拉紀靈進帳與劉備相見。呂布坐在中間，讓紀靈坐在左邊，劉備坐在右邊，隨即吩咐設宴。

酒過三巡，呂布開口說道："你兩家看在我面上，大家都撤兵不打了吧！”劉備低着頭不說話。紀靈說：“我奉了主公之命，率領十萬大軍，專門來捉拿劉備，怎麼可以撤兵？”張飛氣得哇哇叫了起來，拔出劍來，指着紀靈破口大罵。關羽急忙攔住張飛，說是看呂將軍究竟有什麼打算，到時候再與紀靈拚殺也不遲。

呂布放下臉來說：“我今天是來勸解講和的，不是教你們殺來殺去！”這邊紀靈忿忿不平，不肯講和；那邊張飛口口聲聲要拚殺。就在這時，呂布大吼一聲：“拿我的畫戟來！”手下人送上畫戟，呂布提在手裏。紀靈、劉備倆嚇得臉都白了，以為呂布要翻臉動武。誰知呂布不慌不忙地說：“我勸你們兩家不要殺來殺去了，現在來看老天爺是什麼態度？”他派手下人把畫戟拿到轅門外邊很遠的地方插了起來。呂布回過頭來，對紀靈、劉備說：“轅門離我這裏有一百五十步。如果我一箭能夠射中畫戟上的小枝，你們兩家就得罷兵；如果我射不中，雙方就各自回營，準備打仗。誰不聽我的話，我就幫他的對方來打他。你們看怎麼樣？”

紀靈聽了，心中暗想：“畫戟插在一百五十步以外，距離那麼遠，哪裏能射得中？我不妨先答應下來，等他射不中時，我再動手也不遲。”於是，紀靈爽快地一口答應。劉備當然不會反對，只是擔心呂布射不中。

呂布請雙方坐下，各人再喝一杯酒。接着，呂布下令手下拿過弓箭來。劉備心驚肉跳，暗中禱告：“老天爺，快讓呂布一箭射中吧！”

呂布悠悠閒閒地站了起來，挽起袖子，把箭搭在弦上，扯滿了弓，叫一聲“着”，將箭射了出去。那箭像流星般飛去，只聽得遠遠傳來“叮”的一聲，那箭正好射中畫戟上的小枝。在場的將校，齊聲喝采。呂布哈哈大笑，把弓往地上一扔，左右兩隻手分別握着紀靈與劉備的手説："這是老天爺不准你們兩家打仗呢！"接着，他喝令手下軍士説："快斟酒！大家各飲一大杯！"

劉備滿心歡喜，紀靈卻憂心忡忡，他對呂布説："將軍的話，我不敢不聽。只不過我回去以後如何交代？恐怕主公不肯相信我的話。"呂布説："你不必擔心，我會寫信給你主公。"

轅門射戟 傅伯星 畫

呂布當場提筆寫信交給紀靈，紀靈垂頭喪氣地先走一步。呂布等紀靈走後，就對劉備説："今天如不是我，你就得完蛋了。"劉備一再道謝，然後帶着關羽、張飛回到自己的營寨。

袁術礙於呂布插手，無計可施，只好撤兵。這一場仗當然也就沒打起來。

第十一章 割髮代首

袁術在淮南，地廣糧多，又從孫策手中拿到了傳國玉璽，認為天命所歸，就自說自話當起皇帝來了，並將自己的兒子立為東宮太子。後來聽說呂布不僅反悔婚事，還將使者韓胤押赴京都許昌，被曹操斬了。袁術大怒，拜張勛為大將軍，統領二十餘萬大軍，分兵七路，進攻徐州。

要說打仗，呂布英勇兇猛，沒有人是他的敵手。加之韓暹、楊奉陣前倒戈，袁術軍隊內部亂了起來。於是劉備派關羽帶兵從袁術的後方殺來。三管齊下，袁術的軍隊大敗，潰不成軍，狼狽不堪。袁術帶了殘兵敗將逃回淮南去了。

曹操聽說袁術缺少糧食，就想乘虛攻擊。他出兵南征，親自率領十七萬大軍，派人去會合孫策、劉備與呂布，共同攻打袁術。

袁術得知曹操帶領大軍到來，就派了五萬兵作先鋒，一上來就吃了個大敗仗，逃回壽春城中。這時，探子來報，説是孫策派水軍攻打江邊西面，呂布率兵攻東面，劉備、關羽、張飛帶兵攻南面，曹操親自率領十七萬大軍攻北面。壽春城四面受圍困，袁術急得不得了，連忙召集手下文武官吏來商議。長史楊大將建議："敵軍兵多，雙方實力相差懸殊，不如堅守住壽春城，不與敵軍交戰，時間一長，敵軍的糧食供應不上，必然生變。陛下不妨率御林軍渡過淮河，一來可以解決糧食供應問題，二來可以避過敵軍的兵鋒。"袁術認為有理，留下李丰等四名將領帶十萬兵守壽春，自己帶了其餘兵卒和金銀財寶渡過淮河去了。

曹操的軍隊有十七萬人，每天要耗費大量糧食，當時周圍各郡遇到災荒，糧食接濟不上。一個多月過去，壽春城攻不下來。曹操軍隊的糧食快吃完了，很難再堅持下去。曹操向孫策借來了十萬斛米，但是仍舊不夠十七萬人的口糧供應。管糧倉的官名叫王垕，他向曹操稟報："兵多糧少，怎麼辦？"曹操説："用小斛發放糧食，先解決眼前的困難再説。"王垕説："這不是克扣軍糧嗎？士兵們如果鬧了起來，怎麼辦？"曹操説："我自有辦法。"

王垕依照吩咐去做，用小斛發放糧食。曹操派人去探聽士兵們的情緒，士兵們無不嗟怨，指責丞相騙人，克扣大家的口糧。羣情激憤，軍心動搖。於是，曹操悄悄召王垕到他那裏，開口就説："我要向你借一樣東西，用來穩定軍心，希望你不要捨不得借。"王垕説："丞相要借什麼東西？"曹操説："我要借你頭顱來示眾。"王垕大吃一驚説："我沒有犯罪呀，丞相為什麼要殺我？"曹操説："我也知道你沒有罪。但是我不殺你，軍隊必定要發生叛亂。你死去以後，我一定好好照顧你的家屬。”王垕還想求饒，曹操已喝令刀斧手將他推出門外，一刀斬了，將頭懸掛在高竿上，還貼出了榜文，說王垕貪污軍糧，中飽私囊，所以按照軍法處斬。這一下，士兵們出了一口氣，就不再怨恨統帥曹操了。

第二天，曹操下令給各營將領：“三天內不併力破城，一律斬首！”曹操親自到城下督戰，監督各軍將士搬土運石，填塞壕溝，

袁術犯愁 王家訓 畫

城上亂箭射下，密如雨點。有兩名裨將害怕了，為了避箭而逃回，曹操拔出劍來，親手將這兩名裨將斬了。於是大小將士奮勇向前，軍威大振。曹軍爭搶上城頭，斬關落鎖，打開城門，大隊人馬衝了進去，李丰等四名將領都被活捉，曹操下令一律斬首示眾。

他正想乘勝追趕袁術，謀士荀彧勸他暫時收兵回到京都，等明年春天麥子熟了以後，軍糧充足，再來消滅袁術。曹操猶豫不決，這時流星快馬來報："張繡依託劉表，氣勢猖獗，南陽、江陵各縣又反叛了。"於是曹操决定退兵。

曹操回到京都許昌以後，調兵遣將，親自率領大軍去攻打張繡。他在行軍路上看見田裏的麥子已經熟了，老百姓因為躲戰禍而逃避在外，不敢在田裏割麥。曹操就派人去通知村民和守土官吏："現在是麥子熟了的時候，我為了征討叛逆，不得已而出兵。大小將校，行軍時應當避開麥田。凡是有人踐踏麥田的，一律斬首。"老百姓聽了，都高興地稱頌丞相英明。官軍經過麥田，嚴守軍紀，不敢踐踏麥子。誰知曹操騎馬經過時，麥田裏突然飛起一隻斑鳩，跨下的馬受驚，竄進麥田，踩壞了一大片麥子。

曹操立即停下馬來，喊行軍主簿到跟前，要他擬定自己踐踏麥子之罪。行軍主簿説："這怎麼行？哪能對丞相定罪？"曹操説："為什麼不可以？軍法是我制定的。我自己犯了法，如果不定罪，眾將士心中不服。"他説完話，就拔出劍要自刎，被眾將士攔住。

這時，曹操手下的謀士郭嘉説："按照《春秋》大義，刑不上大夫。丞相是統帥，率領大軍，怎麼可以自殺？"曹操想了半天，説："既然這樣，我暫且免去死罪吧！"他用劍割掉自己的頭髮，高高舉起説："割髮代首，算是權宜之舉吧！"他派人將頭髮傳給

割髮代首　王宏喜 畫

三軍將士看，説是丞相踐踏麥子，本來應當斬首示眾，現在為了要統領大軍，割髮代首示眾。

這樣一來，三軍將士無不嚴守軍紀，遵從軍令。這樣的軍隊當然有很強的戰鬥力。曹操率軍與張繡的軍隊交戰以後，有勝有負，雖然也曾中計吃過敗仗，但最後還是戰勝了劉表與張繡的聯軍。

第十二章

呂布殞命

曹、劉聯合攻打呂布，戰爭開始時，呂布不僅驍勇過人，信心十足，而且依仗優勢兵力，很快擊潰劉、關、張的軍隊，使他們棄城而走，連曹操也奈何他不得。

陳宮出外打獵的時候，抓到了曹操派到劉備那裏去的使者，在他身上搜出了劉備給曹操的回信，信中說是一定配合曹操攻打呂布。呂布看了信，又驚又怒，立即將那名使者斬首。他派出陳宮、臧霸等人攻佔山東，高順、張遼去攻打小沛的劉備，命宋憲、魏續去攻佔汝、潁二地。他自己統率中軍，作為以上三路人馬的接應。

劉備得到消息以後，立即派簡雍連夜趕到京都許昌向曹操求救。曹操的先鋒夏侯惇、夏侯淵領兵五萬，來救小沛。夏侯惇一馬當先撞見高順，兩人交戰，高順敗下陣來，夏侯惇追上一槍刺去，呂布的偏將曹性暗中放出一箭，射中夏侯惇右眼。夏侯惇大叫一聲，用力拔箭，連眼珠也一起拔了出來。他把眼珠放在嘴裏嚼吃，咽下肚裏，挺槍拍馬向曹性衝去，一槍將他刺死。高順指揮軍隊從後面殺來，曹軍大敗。

這時，呂布率領主力部隊趕到了，兵分三路，攻打劉備、關羽、張飛三寨。關羽、張飛抵擋不住，退到山上駐紮。小沛被呂布率兵攻破，劉備落荒而逃。

劉備在路上遇見曹操親自率領的大軍，就跟隨曹軍一起來進攻呂布。曹軍一路上節節勝利，勢如破竹，一直打到蕭關。呂布親自出征，命陳珪守徐州。其實陳珪和陳登父子倆早已成了曹操的內應，呂布竟然一點沒有覺察。陳登暗中對父親說："如果呂布戰敗逃回，父親不要放呂布進城。"陳珪說："呂布的家屬都在徐州，心腹很多，怎麼辦？"陳登說："我自有辦法。"於是，他去見呂布，說："徐州無險可守，四面受敵。我軍應當將錢糧轉移到下邳去。如果徐州被圍，下邳有糧可救。這件事應當早作打算。"呂布不知是調虎離山計，卻認為有理，就下

拔矢啖睛 陳明大 畫

令宋憲、魏續保護他的家屬與錢糧一起轉移到下邳去，自己帶兵與陳登去救蕭關。

半路上，陳登心懷鬼胎，要求呂布讓他先走一步，借口到蕭關去打探曹兵虛實。呂布同意了。於是，陳登就單身先走，進關去見陳宮。到了晚上，陳登寫了三封信縛在箭上，射下關去，約曹操一見火起，就來攻關。

第二天，陳登辭別陳宮，飛馬來見呂布，說是關上諸將都想獻關投降曹操，將軍務必在黃昏時殺去救應。呂布相信了陳登的話。陳登又進關見着陳宮，造謠說："曹兵已經抄小路進入關內，將軍恐怕徐州有失，要你們趕快回去援救。"陳宮也信以為真，帶領大家離開蕭關去救徐州。陳登在關上放起火來，呂布乘黑夜殺到，陳宮的軍隊和呂布的軍隊在黑暗裏自相殘殺。曹兵望見號火，一齊殺到，乘勢攻擊，呂布一直殺到天明，方知中計，急忙與陳宮一起逃回徐州。只見徐州城門緊閉，亂箭射下，糜竺站在城頭上說："你奪了我主公的城池，現在該還給我主公了。"呂布只得帶兵到小沛去。半路上，遇見高順、張遼帶兵來到。呂布問："你們為什麼離開小沛？"高順、張遼回答："陳登說主公被圍，叫我們趕來解救。"陳宮說："你們又中了陳登這個奸賊的計了！"呂布說："我一定要殺掉這個奸賊！"他率兵趕緊奔到小沛，只見城上遍插曹兵的旗號，原來曹軍已經乘虛而入，佔領了小沛城。

呂布大怒，正想攻城，忽然聽到背後一片喊殺聲，原來是關羽、張飛兩支軍隊殺來了。呂布前後受敵，只得與陳宮一起殺出條血路，直奔下邳。

曹操得了徐州，十分高興，親自帶兵進攻下邳。陳宮對呂布說："曹操遠來，不能持久作戰。將軍可以率領步兵、騎兵在城外駐紮，我帶餘下的兵守城。曹操攻將軍，我從背後攻曹操。曹操攻城，將軍從後面來援救。曹操顧前不能顧後，十天半月以後，曹操的軍隊沒糧食吃了，這時可以一舉擊破。"呂布認為陳宮的話很對，就回家收拾戎裝。呂布的妻子嚴氏拖後腿，不准他到城外去駐守。呂布聽了妻子的話，猶豫不決，三天不出門。陳宮去見呂布，說："曹操的軍隊四面包圍，如果不早出城，一定會受困。"呂布捨不得丟下妻妾出城，說："我想來想去，覺得遠出不如堅守。"

曹操攻城兩個月了，始終沒有攻下來，心裏十分焦急。謀士郭嘉建議："只要掘開沂河、泗水這兩條河，河水灌進城去，下邳城就可以攻下來了。"曹操覺得此計很好，就下令把營寨駐紮在高地，派兵掘開河堤，沂河、泗水的河水衝進下邳城。下邳城除了東門無水，其餘各門都被水淹了。士兵們報告呂布，呂布只顧自己喝酒，說："怕什麼？我有赤兔馬，渡水如走平地。"

呂布的話很快在軍隊裏傳開，引起了將士們的反感與不滿，覺得呂布太自私，不顧將士們的死活。再加上呂布因為連吃敗仗，心情不好，脾氣暴躁，為了一點小事就將手下的將領侯成打得死去活來，皮開肉綻。眾將領都垂頭喪氣，感到寒心。

宋憲、魏續來探侯成的傷勢，侯成流着淚說：“這一次如果沒有你們勸解，我是死定了。”宋憲說：“呂布只顧自己和老婆、孩子，不把我們當人看。”魏續說：“兵臨城下，水衝城門，我們大家眼看保不住命了。”

宋憲說：“呂布無仁無義，我們離開他吧！怎麼樣？”魏續說：“不如將呂布捉了起來，獻給曹丞相，倒是大功一件。”侯成說：“呂布所倚靠的，不過是那匹赤兔馬。你們兩位真想獻出城門，活捉呂布，我就先將赤兔馬偷出來去見曹丞相。”

三人商議定了。當天晚上，侯成到馬房裏偷走了赤兔馬，飛奔向東門。魏續看見侯成來了，立即打開城門放走。侯成到曹操那裏，獻上赤兔馬，說清楚宋憲、魏續願意作為曹兵的內應，插白旗作為標誌，準備獻出城門。

白門被擒 陳明大 畫

第二天一早，呂布發現赤兔馬被偷走，大發雷霆，要將魏續治罪。這時，曹兵前來攻城，來勢兇猛，呂布只得親自抵敵。這一仗從清晨打到中午，曹兵才退了下去，呂布累得筋疲力盡，便把畫戟擱在一旁，坐在城樓上休息，不知不覺在椅子上睡着了。宋憲將呂布的衛士都趕了出去，與魏續一起動手，用繩索將呂布捆了起來，緊緊縛住。呂布從睡夢中驚醒，連忙喊手下衛士來救他，都被宋憲、魏續殺散。兩人在城上舉起白旗一招，曹兵來到城下。宋憲把呂布的畫戟扔下城去，打開城門。曹兵一齊衝了進來。高順、張遼守在西門，被大水包圍，逃不出去，都被曹兵活捉了。陳宮向南門逃跑，也被曹兵抓住。

曹操進城後，立即下令堵住河堤，使水退去。他與劉備一起坐在白門樓上，下令提審俘虜。呂布被縛得像隻粽子那樣地押了上來。呂布大叫："縛得太緊了，請鬆一下繩子！"曹操冷笑說："縛猛虎不得不緊。"

押了高順上來，曹操下令斬首。押陳宮上來時，曹操冷笑說："老朋友，好久不見了！當初你為什麼要離開我？"陳宮說："你心術不正，所以我離開你。"曹操說："就算我的心術不正，可是你為什麼去投奔呂布？"陳宮說："呂布有勇無謀，但不像你奸詐陰險。"曹操說："你自以為足智多謀，現在還有什麼說法？"陳宮瞪了呂布一眼說："這個人不聽我的話，否則怎會落到今天的下場？"

曹操想勸降陳宮，說："現在你看怎麼辦？"陳宮挺胸說："今天我準備一死。"曹操說："你死了，你的老母、妻子怎麼辦？"陳宮說："聽憑你處置好了，你想怎麼辦就怎麼辦。"他說完話，大踏步下樓。曹操站了起來，裝模作樣送他下樓。陳宮睬也不睬，並不回頭。曹操吩咐手下人說：“立刻送陳宮的老母、妻子到京城養老。誰不認真執行，就砍掉他的腦袋！”

陳宮聽了，仍舊不開口，伸出脖子讓刀斧手砍頭，神色不變。在場的人見了，都流下了眼淚。

曹操送陳宮下樓時，呂布趁機對劉備說：“現在你是座上客，我是階下囚。你幫我求求情吧！”劉備點了點頭。曹操上樓以後，呂布向曹操哀求：“丞相，我徹底服了你了！你當大將，我當副職，打遍天下無敵手，天下就都是你的了！”

曹操回頭問劉備：“你看怎麼樣？”

劉備不僅不替呂布求情說好話，反而提醒曹操說：“明公難道忘了丁原、董卓的前車之鑒了嗎？”

呂布又氣又急，惡狠狠地盯住劉備說：“你這小子最不講信用！”正巧刀斧手押着張遼上樓來。張遼見呂布貪生怕死，就呵責說：“呂布匹夫，死就死嘛，怕什麼！”

曹操下令，用布將呂布勒死，然後斬首。

温侯殞命 陳明大 畫

煮酒論英雄

第十三章

曹操把持朝政，獨攬大權，他手下謀士勸他自己當皇帝。

劉備為了提防曹操謀害他，儘量韜光養晦，不鋒芒外露，使別人認為他胸無大志。他每天足不出戶，在後園種菜，親自動手，澆水除草，滿園的青菜長得碧綠鮮嫩，很是討人歡喜。關羽、張飛對劉備說："大哥不去關心天下大事，卻一門心思種起菜來，這是為什麼呀？"劉備笑笑說："我自有道理。現在你們搞不清楚，將來自然會明白的。"於是，關羽、張飛也就不作聲了。

有一天，關羽、張飛到城外去射箭，劉備一個人在後園種菜。許褚、張遼帶了幾十人來到菜園，對劉備說："丞相請你去。"劉備吃了一驚，連忙問："有什麼要緊事？"許褚說："丞相只叫我來請你，沒有說是因為什麼事。"劉備不知是凶是吉，只好硬着頭皮跟他們走。

曹操見了劉備，笑容滿面地說：“你在家幹好大的事啊！”劉備嚇得臉色如土，一身冷汗，心裏撲通撲通直跳。還沒等他開口，曹操握住他的手，拉着他往後園走去。劉備提心吊膽，猜不出曹操葫蘆裏賣什麼藥。到了後園，曹操説：“你學會種菜可真不容易呀！”劉備這才放下心來説：“閒着沒事幹，消遣消遣罷了。”

劉備種菜 王宏喜 畫

後園裏長着一片梅林，枝頭梅子青青。曹操對劉備說：“去年出征張繡時，天氣很熱，路上缺水，將士們都很口渴。我當時用鞭向前一指，説是前面有座梅林。將士們想到梅子那股酸勁，就滿口生津，忘了口渴。剛才我看到梅子青青，觸景生情，想起了往事，覺得青梅不可不賞，正好有新製佳釀，所以邀請你到小亭相會。”劉備聽到這裏，才安下心來。

兩人來到小亭中，那裏桌上已放置了酒和青梅。曹操與劉備兩人對面坐下，舉杯痛飲。飲到半醉時，天上黑雲密佈，狂風亂起，眼看要下一場大雨。侍從指出天邊的雲像一條龍，曹操與劉備一起憑欄觀看。

曹操對劉備說：“你知道龍的變化嗎？”

劉備說：“不太清楚。”

曹操說：“龍能大能小，能升能隱。大則興雲吐霧，小則隱介藏形。升則飛騰於宇宙之間，隱則潛伏於波濤之內。龍之為物，好比是世上的英雄。你闖蕩江湖，經歷四方，見過世面，一定知道誰是當世的英雄。”

劉備說：“我在朝廷供職，哪裏有閒功夫能去結識天下英雄？”

曹操說：“你不結識人，至少也應當聽過他的名字。”

劉備說：“淮南袁術，兵多糧足，可以算是英雄了吧？”

曹操笑笑說：“袁術是墳中的枯骨，我早晚必定活捉了他！”

劉備說：“河北袁紹，四世三公，門下故吏遍天下。現在虎踞冀州之地，部下能人極多，他可以算是英雄了

煮酒論英雄 陳全勝 畫

吧？”

曹操冷笑說：“袁紹看上去厲害，其實膽子極小，好謀而不能決斷，幹大事卻害怕犧牲，見小利倒連命也不要了。他根本不能算是英雄。”

劉備說：“劉表名列八俊之內，威鎮九州，可以算是英雄嗎？”

曹操說：“劉表虛名在外，有名無實，不是英雄。”

劉備說：“孫策血氣方剛，江東領袖，該是英雄了吧？”

曹操說：“孫策依靠的是他父親的英名，不能算是英雄。”

劉備說：“益州劉璋呢？”

曹操說：“劉璋不過是一隻看家狗，怎麼能算是英雄！”

劉備說：“張繡、張魯、韓遂這些人怎麼樣？”

曹操哈哈大笑：“這種庸庸碌碌的小人，不值一提。”

劉備說：“這些人如果都不能算是英雄，我就不知道有誰是英雄了。”

曹操說：“凡是英雄，必須胸懷大志，腹有良謀，有包藏宇宙之機，吞吐天地之志。”

劉備說：“誰能稱得上英雄呢？”

曹操用手指了一下劉備，又指了一下自己，笑着說：“當今天下英雄，只有你和我兩個人呀！”

劉備聽了，滿以為自己的韜晦之計被曹操識破了，不禁大吃一驚，慌得手都發抖了，連筷子也拿不住，掉在了地上。這時，天上嘩啦啦下起了大雨，雷聲隆隆，聲勢驚人。劉備從從容容地低頭拾筷子，趁機掩飾自己的驚慌說：“今天雷聲真厲害，嚇得我連筷子也拿不住了。”曹操笑着說：“男子漢大丈夫也怕天上打雷嗎？”劉備說：“打雷起風意味着天氣有大變化，上有天象，下應人事，怎麼能不怕呢？”就這樣，他將掉落筷子的原因輕輕巧巧地掩飾過去了。曹操見到劉備這樣膽小，也就不再懷疑他有什麼雄心大志了。

大雨剛停，有兩個人衝進後園，手提寶劍，直向小亭闖過來。曹操的衞士竭力攔阻，也還是擋不住這兩個人。曹操一看，是關羽、張飛。原來他倆從城外射箭回來，聽說劉備被許褚、張遼請進丞相府去了，只怕發生意外，慌忙來相府打聽消息，他們衝進後園，看見劉備和曹操對坐飲酒談天，才算放下心來。

聞言失箸　戴敦邦 畫

曹操問：“你們來幹什麼？”

關羽說：“聽說丞相和兄長在這裏飲酒，

我們兄弟特地來舞劍助興。”

曹操笑笑說：“我這裏又不是鴻門宴，用不到項莊、項伯來舞劍。”劉備也笑起來了。曹操對手下人說：“快取酒來，給兩位樊噲壓驚。”關羽、張飛各喝了一大杯酒。過了一會兒，劉備帶着關羽、張飛告辭曹操回家了。

在路上，劉備說：“我在菜園裏種菜，是為了使曹操認為我是個胸無大志的庸人，卻料不到曹操竟指我為英雄，使我驚慌得連筷子也丟了。我正擔心曹操因此而懷疑我，所以用怕雷聲作為借口，總算是給我掩飾過去了。”關羽、張飛都齊聲說：“大哥的見識真高！”

韜晦只是權宜之計，一旦被識破，就有滅絕之災。劉備處在曹操嚴密監視之下，隨時都有被殺害的可能。何況他又擁護衣帶詔，參加董承除奸護國的秘密組織。不久，他看準時機，借口去攻打袁術，經過曹操批准後，帶領五萬人馬奔赴徐州前線。關羽、張飛在馬上問劉備：“兄長這次出征，為什麼慌慌張張地走得這樣快？”劉備說：“我是籠中鳥、網中魚，這一次出征好比是魚入大海，鳥上青天，不再受網和籠的牽絆了，怎麼能不快走？”

曹操很快就後悔了，派人去追，但劉備以“將在外，君命有所不受”為由，拒絕返回。劉備在徐州前線打敗了袁術以後，就帶領兵馬留在徐州，有了徐州這塊立足之地，就不再回到曹操那裏去了。

第十四章 擊鼓罵曹

曹操打算派人寫信招安劉表。賈詡說："劉表歡喜與文人來往，應當找一個有名的文人去當說客，才容易使他歸順。"曹操問誰去比較適合。謀士們推薦孔融，認為他名氣大，才學高，是出使劉表的最佳人選。但是，孔融卻舉薦禰衡，說禰衡要比自己高明十倍。

禰衡，字正平，平原人，那一年才只有二十四歲，和孔融是好朋友。孔融對他很推崇，誇獎他才思敏捷，聰明過人，過目不忘，品學兼優，而且為人正直，有膽有識，嫉惡如仇。

曹操召見禰衡。禰衡見了曹操，只是站着拱手作了個揖，並沒有伏在地上跪拜。曹操心裏不高興了，認為這個年輕人太狂。於是，他就存心擺威風，不叫禰衡坐下，讓他站着說話。

別看禰衡年紀輕，他才不買你曹丞相的帳呢！他抬頭朝天，長長地歎了一口氣說："天下這麼大，為什麼連一個人才也沒有啊？"

曹操知道禰衡的話中有骨頭，在挖苦他手下沒有人才，就笑着說："我手下的人都是當今天下的英雄，怎麼能説沒有人才？"禰衡聽了，微微一笑說："我很想聽聽有哪些人才？"

曹操說："荀彧、荀攸、郭嘉、程昱，足智多謀；張遼、許褚、李典、樂進，勇不可擋；呂虔、滿寵，任職從事；于禁、徐晃，充當先鋒；夏侯惇是天下奇才；曹仁是世上福將。這些人難道不都是人才嗎？"

禰衡聽了，嘿嘿冷笑，説："丞相説的這些人物，我對他們都很了解。像荀彧這種人只配去吊唁喪事，探望病人，荀攸只配去看守墳墓，程昱只配當門房，郭嘉只會念文章，張遼可以叫他去敲鑼打鼓，許褚可以叫他去放牛牧馬，樂進只配讀狀子，李典只配去送信，呂虔可以去磨刀，滿寵可以去養豬，于禁只配砌牆搬磚，徐晃只配去殺豬宰狗，夏侯惇是'獨眼將軍'，曹仁是'要錢太守'。其他人統統是衣架、飯囊、酒桶、肉袋！"

禰衡將曹操手下的文臣武將貶得一文不值，曹操氣得要命。他怒氣沖沖地說："別人都不行，你又有什麼本事？"

禰衡仰天大笑，盛氣凌人地説："我上知天文，下知地理，三教九流，無不通曉。我上可以為皇帝治理天下，下可以像聖賢那樣教化人間，怎麼能與那些庸俗的小人相提並論呢！"

當時張遼正在曹操身邊，禰衡嘲笑他只配敲鑼打鼓，連帶他的同事都被説成是一批沒用的草包，他已經火冒三丈。現在見禰衡如此狂妄，看自己一枝花，看別人豆腐渣，氣得拔出劍來要殺掉禰衡。曹操向張遼丟了個眼色，張遼只得把劍插回劍鞘。

曹操轉過身子，不動聲色地對禰衡說："我這裏舉行宴會時，正好缺少一個打鼓的小吏，你就幹這個差事吧，怎麼樣？”這一手軟中有硬。你禰衡不是説張遼只會敲鑼打鼓嗎？現在就要你來打鼓，這叫做請君入瓮。曹操原來估計禰衡可能會拂袖而去，想不到禰衡並不推辭，很爽快地一口答應了。

禰衡走了以後，張遼説：“這個人狂妄透頂，出口傷人，為什麼不殺掉他？”曹操説：“這個人名氣不小。我今天殺了他，反被天下人認為我不能容人。他自以為了不起，我現在要他做個打鼓小吏，羞辱他一番，這樣做不是很好嗎？”

第二天，曹操大擺筵席，請了許多客人。酒過三巡，曹操叫禰衡進來打鼓，為眾賓客助興。按照規矩，鼓吏得換穿鼓吏的服裝，可是禰衡根本不理睬這套規矩，仍舊穿了原來的衣服，捲起袖子，當堂擊起鼓來。

禰衡擊鼓的鼓曲叫《漁陽三撾》。他打鼓的技巧很高。鼓聲咚咚，音節妙不可言，抑揚頓挫，淵淵有金石之聲，客人們聽得如痴如醉，莫不慷慨流淚。鼓聲剛停，曹操的侍從喝問：“你為什麼不換上鼓吏的服裝？”禰衡不動聲色，當着曹操和文武百官的面，將全身衣服脱去，光溜溜地站在那裏。客人都用袖子遮住臉。禰衡才慢騰騰地穿起了一條褲子。

曹操氣得要命，大聲叱責：“大庭廣眾之下，太無禮了！”禰衡説：“什麼叫無禮？上欺天子，下壓羣臣，這才是真正的無禮。我無非是讓大家看我的身體是清白的而已，有什麼不對？”

曹操説：“你是清白的，誰是骯髒的呢？”

禰衡冷笑一聲説：“你分不清誰是賢人，誰是笨蛋，是眼睛髒；你不讀詩書，是嘴巴髒；你聽不進別人的忠告，是耳朵髒；你不懂得過去和現在，是身子髒；你容不得別人，是肚內髒；你想謀皇篡位，是內心髒。我是天下名士，你卻叫我打鼓，就好比歷史上陽貨瞧不起孔子一樣。你想做出一番事業，怎麼可以這樣地小看人呢！”

曹操被禰衡臭罵一頓，胸中怒火騰騰，但還是控制住自己，手指禰衡，壓下怒火說：“現在派你當使者到荊州劉表那裏去，你能勸劉表來投降，我就讓你作公卿的大官。”

禰衡歎笑 陳明大 畫

禰衡拒絕到荊州去，可是曹操下令準備三匹馬，左右兩匹馬上各騎着一名武士，兩人挾住禰衡坐在中間的馬上，強迫禰衡前往。同時，曹操又叫文武百官到東門外為禰衡擺酒送行。

曹操手下謀士荀彧對文武百官說：“等一會兒，禰衡來了以後，大家不要起身，掃掃他的面子，殺殺他的傲氣！”一忽兒，禰衡到了，下馬入座，謁見眾官。眾官端坐不動。禰衡在這時放聲大哭。荀彧問：“你為什麼要哭？”禰衡說：“我見到的都是棺材，怎麼能不哭？”眾官說：“我們是死屍，你就是沒頭的狂鬼。”禰衡說：“我是漢朝的臣子，不做曹操的黨徒，怎麼會沒有頭呢？”

大家都氣得不得了，要動手殺掉禰衡。荀彧勸阻大家說：“他是無名鼠輩，殺他只怕弄髒了刀！”禰衡針鋒相對地回答：“我是老鼠，尚有人性。你們連人味也沒有了，比老鼠還不如！”

擊鼓罵曹 陳明大 畫

禰衡到了荊州，說話仍是尖酸刻薄，對劉表連譏帶諷。劉表心中很不高興，就派他到江夏去見黃祖。有人對劉表說："禰衡對主公諷刺挖苦，很不尊重，主公為什麼不殺他？"劉表說："禰衡幾次羞辱曹操，曹操不殺他，派他到我這裏來，是想借我的手殺他，讓天下人認為我劉表氣量狹窄，殺害賢人。我才不上這個當呢！我今天派禰衡到黃祖那裏去，目的是為了讓曹操知道我的見識高，決不是個傻瓜！"

禰衡到了江夏，黃祖因為他是名士，待他還算客氣。有一天，兩人在一起喝酒，都喝醉了。這時黃祖問禰衡："京都許昌有哪些可以稱道的人物？"禰衡說："大兒孔融，小兒楊修。這兩個人以外，再也沒有什麼值得一提的人物了。"黃祖問禰衡："你看我這個人怎麼樣？"禰衡說："你好比是廟裏的神像，雖然別人祭祀你，但是你一點也不靈驗。"黃祖大發脾氣說："什麼？你以為我是木偶嗎？"他馬上喝令士兵將禰衡拉出去砍頭。禰衡臨死時仍然罵不絕口。

曹操知道禰衡遇害的經過以後，高興地說："臭儒生，舌頭像把利劍，結果殺死了自己！"

第十五章 關羽降曹

劉備得到曹操率領二十萬大軍進攻徐州的消息後，急得團團轉，不知道怎麼辦才好。張飛說："曹兵遠來，十分疲勞。今天晚上去偷營劫寨，一定會馬到成功。"當夜，劉備與張飛兵分兩路，去偷襲曹軍的營寨。

誰知曹操早已估計到劉備會來偷營劫寨，事先設下埋伏。張飛一馬當先，衝進曹營，忽然四面火光沖起，殺聲震天，張遼、許褚等八路人馬殺來。張飛左衝右突，前遮後擋，一個人怎麼能打得過八名虎將？何況張飛所帶的兵大多是曹操的舊部下，一見情勢危急，紛紛投降。張飛想逃回小沛或者徐州、下邳，但路都已被曹軍截斷，只得殺開一條血路，帶了幾十名騎兵，逃往芒碭山去了。

劉備那裏的情況也並不比張飛好。他帶兵剛到達曹營的寨門，忽然從後面衝出一支軍隊，攔腰截斷了他的一半人馬。接着，夏侯惇、夏侯淵先後趕到。劉備慌忙突圍退出，帶了三十幾名騎兵，抄小路到青州投奔袁紹去了。

劉備、張飛兩支軍隊都被殺散，曹軍當夜就佔領了小沛，接着又長驅直入，攻下徐州。曹操與手下謀士商議下一步的行動。荀彧說："關羽保護劉備家屬，死守下邳。如果不快去攻下來，恐怕會被袁紹佔領。"曹操說："關羽的武藝、人材都很突出，我一直想將他收歸到我的部下來，不如派個人去勸他投降吧！"郭嘉說："關羽這個人很講義氣，決不會背叛劉備，一定不肯投降，恐怕去勸他投降的人倒會被他殺掉。"張遼說："我與關羽有交情，願意去充當說客。"程昱說："關羽有萬夫不擋之勇，對付他得用智謀。應當用計先使他進退無路，然後再去勸說他投降。"曹操問："計從何來？"程昱就說了自己的打算。曹操聽了，十分高興，就依照他的辦法去做。

於是，曹操派徐州投降過來的劉備部下幾十人，到下邳去假投降關羽。關羽統統收留了下來。第二天，夏侯惇到下邳城下挑戰，關羽守城不出。夏侯惇就叫士兵在城下罵關羽是膽小鬼，只敢當縮頭烏龜。關羽哪裏經得起這種侮辱，帶了三千人馬，開城出戰。夏侯惇與關羽作戰時，邊戰邊退。關羽追趕了二十里路，覺得不對，怕下邳城出事，就帶兵回去。只聽得一聲炮響，左有徐晃，右有許褚，將關羽截住，夏侯惇又帶兵殺回，三人合力將關羽圍住，不放他回城。關羽一直殺到天黑，只得在一座土山上駐紮，暫時先休息一下。曹兵團團將土山圍住。關羽站在山頭上，遠遠望見下邳城中火光沖天，原來是那些假投降的兵卒偷開城門，放進曹軍。曹操佔領下邳以後，命部下放起火來，目的是為了使關羽見了，心神不定，喪失鬥志。關羽望見下邳城火光沖天，心中發急，連夜幾次衝下山來，都被亂箭射回。

到了天亮的時候，曹操派張遼上山去勸關羽投降。關羽見張遼上山，就問他："你是來攻打我的嗎？"張遼說："不是。"關羽又問："你是來幫我的嗎？"張遼說："也不是。"關羽問："那麼，你到這裏來究竟想幹什麼呢？"張遼說："昨天夜裏，我軍已經攻破下邳，曹丞相下令保護好劉備的家眷。"

關羽生氣地說："你明明是來當說客的。大丈夫視死如歸，決不會投降。你快下山去，我立即下山與你交戰。"張遼大笑說："你說這話，難道不怕被天下人所笑？"關羽說："我為忠義而死，天下人怎麼會笑我呢？"張遼說："當初桃園結義，發誓共生死。現在劉備打了敗仗，你就去戰死；如果劉備重新出山，要你去幫助他，你卻已經死了，豈不背負了當年的誓言？劉備將家眷託付給你，你去戰死，兩位夫人沒人可以依賴。你只顧自己一死了事，對得起劉備嗎？"關羽考慮了半天，說："你說我應當怎麼辦呢？"

張遼說："現在四面都是曹丞相的兵，你如果不投降，必定死去。不如先投降曹丞相，同時打聽劉備的消息。如果知道了他的下落，就可以去投奔他。這樣一來可以保住兩位夫人，二來不背棄桃園結義的誓約，三來可以保留住有用之身，將來為國盡忠。你看怎麼樣？"

關羽雖然置個人生死於度外，但對劉備家眷的安危不得不委曲求全，權衡再三，說："我有三個條件，丞相能夠同意，我就投降。"張遼說："你將它說出來聽聽。"關羽說："第一，我只投降漢朝，不投降曹操。第二，用劉皇叔的俸祿來贍養他的家眷。第三，我一旦知道劉皇叔的下落，不管千里萬里，都要前往尋找。”

張遼回去見到曹操，將經過情形說了一遍。曹操對前兩個條件沒有異議，但對第三個條件卻搖頭說：“他遲早要走，我養他有什麼用處？”張遼說：“他要回去找劉備，是因為劉備待他好。你要是待他比劉備還好，還怕他不跟你嗎？”曹操一想也對，就對三個條件都同意了。

張遼再到山上，對關羽說是曹操同意了他的三個條件。關羽帶了幾十名騎兵來見曹操，曹操親自到轅門迎接。關羽又重提三個條件，曹操說：“我已經答應了，怎麼會失信？”關羽又提出如果打聽到劉備的下落，一定要去尋找，到時候恐怕來不

張飛劫營　賀友直

及告辭，希望能夠原諒。曹操說："劉備如果還在，聽憑你去找他，決不攔阻。"第二天，曹操下令班師回朝。關羽請兩位嫂嫂上車，路上由自己保護。

曹操故意讓關羽與二位嫂嫂同住一個房間，關羽舉着燭火立在門外，從黃昏站到天亮，毫無倦色。曹操對關羽不由得越來越敬服了。

秉燭達旦 陳白一 畫

到了許昌以後，曹操對關羽十分優待，三日一小宴，五日一大宴，還送給他許多綢緞和金銀器皿，又送美女十人去服侍關羽。關羽把美女連同金銀器皿、綢緞等，全部交給兩位嫂嫂。曹操知道後，更加佩服關羽是個了不起的人物。

有一天，曹操見關羽的戰袍已經舊了，就派

人按照他的身材做了一件新戰袍送去。可是關羽把新衣服穿在裏邊，外面仍舊穿着那件舊袍。曹操問他為什麼這樣節省，關羽說："舊袍是劉皇叔賜給我的，不敢以丞相的新袍而忘了兄長的舊袍。"曹操讚歎說："真是不愧為義士呀！"但心中其實很不是滋味。

又有一天，曹操看見關羽的馬很瘦，就把呂布的那匹赤兔馬送給關羽。關羽十分高興，立刻向曹操再拜稱謝。曹操有點弄不懂了，說："過去我送給你美女十人，你不下拜。今天我送你一匹馬，你卻高興得再拜稱謝，這不是重馬而輕人嗎？"關羽說："這匹赤兔馬能日行千里，我一旦知道大哥的下落，騎馬趕去，當天就能見面。"曹操聽了哭笑不得。

劉備逃到青州，袁紹親自出城迎接。劉備整天愁眉不展。袁紹問他："為什麼不開心？"劉備說："關羽、張飛下落不明，妻子又落在曹操手裏，怎麼能不發愁呢？"袁紹很同情劉備，曹操又是他的最大敵人，於是他派顏良為先鋒攻打白馬坡，還親自率領大軍，開往黎陽。

曹操聽說袁紹來攻他，就親自帶五萬兵去抵擋。顏良來陣前挑戰，曹操下令宋憲出戰，被顏良一刀砍了。曹操又命魏續出戰，又被顏良一刀殺死。曹操最後下令猛將徐晃出戰，交戰了十個回合，徐晃打不過顏良，敗退回營。曹營眾將都嚇得目瞪口呆。

顏良英勇無敵，曹操心中愁悶。程昱說："有個人一定能打敗顏良。"曹操問是誰，程昱回答是關羽。曹操說："我怕他立了功以後要離開我。"程昱說："關羽如果殺了顏良，袁紹一定會遷怒劉備並殺了他。劉備死掉了，關羽投奔到哪裏去啊？"曹操聽了，十分高興，就派人去請關羽出戰。

關羽來見曹操，曹操說是顏良連殺二名猛將，勇不可擋。正說話間，顏良來挑戰。關羽說："我願取顏良的頭來獻給丞相。"他說完話，騎上赤兔馬，提了青龍偃月刀，直衝敵陣。袁紹的兵馬就像決開一個口子，紛紛向兩旁退去。赤兔馬跑得很快，顏良還沒有看清楚衝上來的人是誰，關羽已經一刀將他的頭砍下，掛在馬頭頸的下面，殺出陣來，如入無人之境。關羽回到曹營，把顏良的頭獻給曹操。曹操誇讚說："將軍真是天神啊！"

文醜被斬 張鴻飛 畫

過了幾天，曹操奏請漢獻帝，封關羽為漢壽亭侯。

袁紹聽說大將顏良被關羽殺死，極其氣憤，怪罪劉備。劉備說："天下面貌相同的人很多，明公怎能斷定這位紅臉胡子長的曹營武將一定是關羽呢？”袁紹一向優柔寡斷，覺得劉備的話也有道理，就不再追究了。劉備要求袁紹讓他同大將文醜一起去攻打曹操，袁紹同意了。但是，文醜認為劉備一直吃敗仗，是個倒霉蛋，不要劉備跟他在一起，寧願分出三萬兵給劉備。於是，劉備帶了三萬人馬跟隨在文醜後面。

曹操派張遼、徐晃二人去迎敵文醜。文醜彎弓搭箭射張遼，一箭射中了馬的面頰，那馬前蹄跪地，將張遼掀翻了下來。文醜回馬來殺張遼，徐晃舞起大斧，截住文醜，廝殺起來。文醜後面兵馬衝到，徐晃眼看抵敵不過，就撥轉馬頭回營。文醜沿河追趕，只見關羽提刀飛馬奔了過來，大喊：“賊將不要逃走！”文醜與關羽交戰，只有三個回合，就打不過關羽，撥轉馬頭逃走。關羽馬快，追上文醜，手起刀落，把文醜一刀劈死。曹操立即指揮人馬衝殺過去。袁軍大敗，糧草、馬匹都被曹軍奪去。

第十六章 千里走單騎

劉備知道關羽果然在曹操那裏後，就派密使陳震來到許昌，向關羽遞交了親筆信。信中責問關羽為什麼不遵守桃園結義的誓約。關羽看了信，淚流滿面說："我哪裏會貪圖富貴而背信棄義呢？過去實在是因為不知道兄長的下落呀！"陳震說："你既然不背棄舊盟，那麼隨我去見劉備吧！"關羽說："大丈夫做事應當光明磊落。我來得明白，走得也要明白。等我向曹操告別以後，立即侍奉兩位嫂嫂到袁紹那裏去見大哥。"

關羽就請示了劉備的兩位夫人，隨即到相府去向曹操告別。曹操在門口高掛回避牌，避而不見，不讓關羽告別。關羽悶悶不樂地回到府中，下令過去跟隨他到許昌來的老兵，收拾車馬，打點行李，準備隨時動身；吩咐手下人將所有曹操賞賜的東西，統統留下，決不帶走一件。

第二天，關羽再到相府去告別，相府門口仍舊高掛回避牌，又碰了一次壁。關羽一連去了幾次，始終見不到曹操。關羽又去拜訪張遼，想託張遼代向曹操稟告此事。誰知張遼也閉門謝客，託説是生病。關羽想："這是曹丞相不讓我走呀！但我已經作出了走的決定，怎麼可以久留在這裏呢？"於是，他寫了一封信來向曹操告辭，信中提醒曹操曾經答應了他的三個條件，現在自己知道劉備的下落，決不能違背過去的盟約。新恩雖厚，舊義難忘。所以他特地寫信告別，希望丞相能夠諒解。他寫完了，差了一個人去相府投書，一面將歷次所受金銀，一一封存在庫中，將漢壽亭侯的官印掛在堂上的中梁，然後請劉備的二位夫人上車。他自己跨上赤兔馬，手上提着青龍偃月刀，帶領當初跟隨他到許昌來的那些舊人馬，護送車輛，出了北門。守城門的人阻擋，不放他們出城。關羽怒目橫刀，大喝一聲，守城門的人紛紛退避，四散奔逃，眼睜睜地看着他們出城而去。

曹操在府中與大家一起商議關羽要走的事，手下人送上了關羽給曹操的信，接着北門守將報告關羽帶了二十餘人，奪門而出；關羽宅中人來報告，關羽封金掛印，美女十人留在內室，帶了原來跟隨來的人和隨身行李，出北門去了。曹操部下諸將都對關羽很佩服，張遼、徐晃更是關羽的好朋友，只有蔡陽對關羽不服氣。他在這時挺身而出説："我願帶領三千鐵騎，活捉關羽，獻給丞相。"

曹操此時知關羽去意已決，無法留住，就做出一種寬仁厚愛的姿態，又借此教育部屬，他説："不忘記原來的主人，來去明明白白，這是大丈夫的行為，希望你們都能將他作為榜樣。"又轉過頭對張遼説："關羽封金掛印，不愛財寶，不貪官做，我很欽佩。你先去請他留步，我將給他送行，這個人情做到底吧！"

張遼單騎匹馬，去追關羽。關羽要護送兩位夫人，走得很慢。

他見張遼追來，問道：“你是追我回去嗎？”張遼說：“沒有這回事。丞相知道你要走，特地來送行，叫我先來請你留步。”關羽說：“就是丞相帶鐵騎來，我也只能與他決一死戰！”這時，曹操帶着幾十名將領騎馬趕來。關羽見他們手中都沒有兵器，方始放心。

曹操說：“你怎麼走得如此倉促？”

關羽在馬上躬身回答：“我原來的主人在河北，必須儘快趕去。屢次到相府辭行，得不到拜見，所以封金掛印，留書告辭，希望丞相不要忘記過去所說過的話。”曹操說：“我要取信於天下，怎麼能說話不算數。你是天下義士，我福氣不夠，留不住你。這裏有錦袍一件送你，表示我的一點心意。”

掛印出城 戴宏海 畫

曹操叫一個將領下馬，雙手捧過袍去。關羽怕其中有詐，不敢下馬，用青龍刀尖挑過戰袍，披在身上，謝過曹操，立即轉身朝北走了。

歸路漫漫，行程迢迢。關羽護送着兩位嫂嫂和隨行車輛，來到東嶺關。守關的孔秀問："將軍到哪裏去？"關羽回答："到河北尋找我大哥去。"孔秀説："河北袁紹是丞相的對頭冤家。你要出關，有沒有丞相的文憑？"關羽説："走得匆忙，沒有向丞相討得文憑。"孔秀説："沒有文憑，要等我派人向丞相請示後，方可放行。"關羽説："這樣一去一來，豈不耽擱了我的行程？"孔秀説："這沒有辦法，必須要這樣做。"關羽説："你不讓我過關嗎？"張秀説："你要過去，就得將其他所有的人都留下來作為人質。"

關羽聽了，怒氣沖沖，舉刀要殺孔秀。孔秀退進關去，點齊兵馬，殺下關來。關羽與孔秀交戰，只有一個回合，就將孔秀殺死。他對孔秀的部下説："你們去對曹丞相説，孔秀要害我，所以我殺了他。"

關羽帶着一行人馬繼續前進，來到洛陽。洛陽太守韓福帶了一千人馬在關口把守，問："來的是什麼人？"關羽説："我是漢壽亭侯關羽，請你讓我過關。"韓福説："有沒有曹丞相的文憑？"關羽説："走得匆忙，來不及討取。"韓福説："如果沒有文憑，那就屬於逃竄了，不能過關。"關羽火起來了，説："東嶺關的孔秀已經被我殺死了，你也想找死嗎？"韓福説："誰來替我將關羽抓起來？"牙將孟坦騎馬衝出，舉起雙刀向關羽殺來，被關羽一刀殺死。韓福放出一支暗箭，射中關羽左臂。關羽用牙齒咬住箭杆拔出箭來，飛馬奔向韓福，手起刀落，將韓福連肩帶背斬為兩截。

關羽用布紮住左臂傷口，帶着隨行車馬，連夜趕到汜水關。守關的將領卞喜將關羽接到關前鎮國寺內，他在那裏已經埋伏好二百多名刀斧手，想在這裏暗害他。鎮國寺的和尚中有個叫普淨的，是關羽的同鄉。他用手舉身上所佩的戒刀，向關羽丟了個眼色，關羽懂得了他的用心，叫手下的人拿着刀緊跟着自己。

卞喜請關羽在法堂赴宴，關羽問卞喜："你請我吃飯，是好意還是惡意？"卞喜還來不及回答，關羽已經望見四壁埋伏有刀斧手，就向卞喜喝罵："我當你是好人，你竟敢害我！"卞喜大叫："大家快動手！"刀斧手剛想動手，已經被關羽殺死了好幾個人。卞喜逃走，被關羽追上，一刀劈為兩段。那些刀斧手見主將被殺死，都四散逃走了。

滎陽太守王植與韓福是兒女親家，聽説關羽在洛陽殺了韓福，就懷恨在心，決意替韓福報仇。但當關羽到了滎陽，王植卻在關口笑臉相迎。關羽説起到河北尋兄之事，王植説是路上辛苦，請早點到舍館休息。關羽送兩位嫂嫂到舍館後，叫大家早點休息，因為一

路上實在太累了。

王植暗中吩咐手下的胡班說："關羽背叛丞相，逃往河北，一路上殺死太守和守關將校，死罪難饒！這個人武藝高強，英勇難敵。你今晚帶一千兵卒圍住舍館，一人一個火把，到了三更，一齊放火，不管是誰，統統燒死。"胡班依令在舍館周圍堆滿了乾柴，只等到了約定時間就放起火來。或許是出於某種好奇心，胡班想去看看關羽究竟是什麼模樣，就輕手輕腳走進舍館，看見關羽坐在正廳，在燈下看書，相貌堂堂，猶如天神。關羽發覺有人，就問是誰。胡班進去拜見關羽，說自己是滎陽太守的部下，名叫胡班。關羽說："你是不是許昌城外胡華的兒子？"胡班說："是啊！"關羽就說他自己曾在胡華家住宿，胡華曾託他帶封信給他兒子胡班。於是，他尋出了胡華託他帶的書信，交給胡班。胡班看了信，知道關羽是他父親欽佩的忠義之士，就將王植的陰謀告訴關羽。關羽大吃一驚，趕忙穿戴盔甲，提刀上馬，請二位嫂嫂上車，出了舍館，

曹操送別 陳全勝 畫

來到城邊。胡班已經開了城門，關羽急忙催車出城，胡班仍然回去放火。

關羽一行人馬走了沒有幾里路，王植拍馬提槍，帶兵追來。關羽攔腰一刀，將王植砍死，追來的人馬都被他趕散。

關羽催車輛快走，繼續前進，來到黃河渡口。駐守在這裏的是曹操大將夏侯惇的部下秦琪。秦琪不肯放關羽渡河，關羽生氣地說：“你知道我在路上將那些攔截我的人殺了的事嗎？”秦琪說：“你只能殺那些無名下將，你敢殺我嗎？”

關羽說：“你比得過顏良、文醜嗎？”秦琪大怒，拍馬提刀，奔向關羽殺來。兩人只交戰了一個回合，關羽就將秦琪的頭砍了下來。於是，關羽命令秦琪的部下備好船隻請二位嫂嫂上船渡河。渡過黃河，就是袁紹的

夜讀春秋 趙志田 畫

地方了。

關羽渡過黃河，遇到孫乾從北面趕來，告訴關羽：劉備因為袁紹手下相互妒忌，明爭暗鬥，看來成不了大事，所以已經離開袁紹，到汝南去了。於是，關羽不去河北而轉向汝南。就在這時，夏侯惇帶領三百多名騎兵趕來，指責關羽殺了他的部將，要活捉關羽，獻給曹操。兩人正要動手時，一位使者飛馬趕到，大叫："丞相有令，放關羽過關！"

夏侯惇怒氣沖沖地說："丞相知道他沿路殺人嗎？"使者說："不知道。"夏侯惇說："既然不知道他殺人，我還得抓住他送給丞相。"他與關羽打了起來，不到十個回合，又有一位使者趕到，說他帶了丞相公文來到，放關羽過關。夏侯惇又問："丞相知道他沿路殺人嗎？"這個使者也說是不知道。夏侯惇說："既然不知道他殺人，我還是要抓他。"關羽與夏侯惇正要重新交鋒，張遼趕到，說是丞相聽說關羽斬關殺將，特地派他來通知各處關口，不要攔阻關羽。

張遼既然這樣說了，夏侯惇只得帶兵回轉。張遼與夏侯惇走後，關羽繼續往汝南前進。

這一路上，關羽勇闖五關，連斬六將。

第十七章
古城相會

關羽、孫乾護送劉備二位夫人往汝南進發。在山路上遇見一羣人馬衝出，擋住去路，為首的是一個滿臉兜腮胡子的黑臉大漢。那人見了關羽，拜倒在馬前說：“我叫周倉，原來在臥牛山佔山為王，久聞關將軍大名。今天遇到將軍，真是三生有幸。我不願佔山為王，情願在將軍手下當一名步卒，鞍前馬後，奔走效勞，死也甘心。”關羽見他黑面長身，但性子耿直，說話誠懇，是真心要跟隨自己，就在請示兩位嫂嫂並獲得同意以後，收留了他。周倉遣散了原來的部下，自己單身一人來到關羽身邊，執鞭隨鐙。

他們這支小小的隊伍又走了幾天，遠遠望見前面有一座山城。當地百姓告訴關羽：“這座城名叫古城。幾個月前有一位張飛將軍，帶了幾十名騎兵到這裏來，招兵買馬，現在已經發展到三千多人馬，附近各縣沒有人能是他的敵手。”

關羽聽了，高興地說：“我與三弟

自從在徐州失散以後，一直不知道他的下落，想不到今天在這裏重新相逢。”於是，他差遣孫乾先進城去通報，叫張飛趕快來迎接兩位嫂嫂。

孫乾進城，見了張飛，說清楚關羽已經護送劉備的兩位夫人在古城外等着，請張飛出城迎接。張飛聽了，一句話也不說，提起丈八蛇矛，跨上戰馬，帶了一千多人，從北門衝到城外。孫乾驚訝，又不敢問，只得隨出城來。關羽看見張飛到來，高興得不得了，拍馬上前迎接。誰知張飛怒睜雙眼，鬍鬚倒豎，舉起丈八蛇矛向關羽刺來。關羽大吃一驚，在馬上閃身躲過，大聲高叫：“三弟為什麼要這樣？難道已經將桃園結義忘掉了嗎？”

張飛喝道：“你這個不講義氣的家伙，居然還有臉來見我？真是不知羞恥！”關羽說：“我怎麼不講義氣！你不要血口噴人！”張飛說：“你背叛了大哥，投降曹操，封侯賜金，今天又想來騙我！我決不會放過你，一定要與你拚個死活！”關羽說：“你根本不了解情況，我對你也說不清楚。現在兩位嫂嫂在這裏，你可以自己問她們去。”兩位夫人在車上揭起簾子說：“三叔為什麼要這樣？”張飛說：“嫂嫂請稍等一下，等我殺了這個不講義氣的賊，然後請嫂嫂進城。”

甘夫人說：“二叔不知道你們的下落，所以暫時留在曹操那裏。現在知道你哥哥在汝南，特地送我們到這裏。三叔不要錯怪了他。”糜夫人說：“二叔留在許昌，是因為當時無路可走，被迫這樣做的。”張飛說：“兩位嫂嫂不要受他的蒙騙！自古忠臣不怕死，大丈夫怎麼可以投降新主人？”

關羽說：“三弟不要冤枉我。”孫乾說：“二將軍是特地來尋找三將軍的。”張飛喝道：“你怎麼也胡說八道起來了？他哪裏有好心？一定是來捉我的！”關羽說：“如果我來捉你，怎麼不帶兵馬來？”張飛用手一指說：“那邊不是兵馬來了嗎？”

關羽回頭一看，果然看見有一支人馬來到，雷鼓嘈嘈，雲旗獵獵，正是曹兵來了。張飛怒氣沖沖地說：“你現在還要抵賴嗎？”他挺起丈八蛇矛向關羽刺過去。關羽喊住他：“三弟停手！你看我斬掉來將，就知道我的真心了！”張飛說：“你果然有真心，我這裏擂完三通鼓，就要你斬掉來將！”關羽痛快地一口答應了。

不一會兒，曹兵到了，為首的正是蔡陽。他拍馬提刀大喝道：“你殺我外甥秦琪，卻原來逃在這裏！我奉丞相的命令，特地來抓你！”關羽二話不說，舉刀就砍。張飛親自擂鼓，只見一通鼓尚未結束，關羽大刀揮過，蔡陽人頭落地。曹兵士卒四散逃走，關羽活捉住舉旗的小卒審問，小卒說：“蔡陽聽說將軍殺了他外甥，十分忿怒，要來河北與將軍交戰。丞相不同意他這樣做，卻料不到在這裏遇到了將軍。”關羽聽了，叫這名小卒去對張飛說清楚經過情形。張飛向小卒仔細盤問關羽在許昌的表現。小卒從頭至尾，說了一遍，張飛方才相信。他扔掉長矛，滾下馬來，哭倒在地，向關羽賠不是。關羽下了馬，扶起張飛，兄弟兩個流着眼淚，互相訴說分手後的情況。

張飛把關羽和兩位嫂嫂迎接進古城，商量去汝南尋找劉備的事。張飛要跟關羽一同到汝南去，關羽勸他說：“你還是守住古城，保護兩位嫂嫂吧。等我和孫乾打聽到大哥的下落，再來找你相會。”張飛只好答應下來。

關羽和孫乾趕到汝南，沒想到劉備因為感到兵力單薄，回到河北找袁紹商量去了。關羽撲了個空，悶悶不樂。孫乾勸他：“將軍不要難受。只要前往河北去找到皇叔，大家就可以一同到古城相會了。”

關羽和孫乾返回古城，找張飛商量。張飛要和關羽一起到河北找劉備，關羽不同意，說：“有了這座城，我們就有了安身的地方，決不能輕易放棄。還是我和孫乾去袁紹那裏找大哥，你在這裏守住古城。”張飛說：“二哥斬了袁紹的顏良、文醜，怎麼可以到那裏去？”關羽說：“沒關係，我到那裏會見機行事。”他又回頭問周倉：“臥牛山那裏，你可以召集多少人馬？”周倉說：“四五百人吧。”關羽說：“我抄近路去尋大哥，你到臥牛山去將這支人馬找來，然後到河北，和我們會合。”周倉接受命令後，當天就出發了。

周倉投主 池沙鴻 畫

關羽和孫乾趕向河北，快要進入袁紹的地盤時，孫乾對關羽說："袁紹心胸狹窄，將軍不能輕易到他那裏去。不如讓我先去見了皇叔，再商量怎麼辦。"關羽認為有道理，就讓孫乾一個人先去。他自己就在前面的一所莊院中投宿，在那裏等待孫乾的消息。

孫乾走了以後，關羽來到莊院，一位老漢迎了出來。關羽說明了自己的來歷和到這裏來的經過。那老漢高興地說："我也姓關，名叫關定。久聞將軍大名，今天能夠拜見，可以說是緣份。"老漢關定留關羽住下，還向他介紹大兒子關寧和小兒子關平。

孫乾見到劉備，告訴他關羽、張飛的情況。劉備很想馬上趕去相會，又怕引起袁紹的疑心，反而走不了。於是，他請簡雍來商量。簡雍幫他出了個很好的點子，劉備就依計而行。

第二天，劉備去對袁紹說："劉表鎮守荊州、襄陽之地，兵精糧足，可以約他一起去攻打曹操。"袁紹說："我派人去約過他，但他不肯聽從。"劉備說："他與我是漢室同宗，我去勸他，他就不會推三阻四了。"袁紹聽了，十分高興，決定讓劉備出使到劉表那裏去。劉備臨走時，袁紹喊住他說："聽說關羽已經離開曹操，要到河北來。我要殺了他為顏良、文醜報仇。"劉備說："明公前日說要用他，所以我派人去喊他到這裏來，現在為什麼又要殺他呢？再說，顏良、文醜不過是兩隻鹿，關羽卻是一隻老虎。丟失掉兩隻鹿而得到一隻老虎，又有什麼值得遺憾的呢？"袁紹笑笑說："我剛才是在開玩笑呢！你可以派人叫他快點來。"劉備說："孫乾去召喚他快來就行了。"袁紹滿心歡喜，說是就這樣辦吧。

劉備告別以後，簡雍對袁紹說："劉備這一走，恐怕不會回來了。還是讓我跟他去吧，一來可以幫他去說服劉表，二來可以監視他的行動。”袁紹同意他的意見，就派簡雍跟劉備一起到荊州去。

劉備叫孫乾先走一步去通知關羽，自己與簡雍告辭袁紹，上馬出城。他倆快要走出袁紹統治地區時，孫乾已經在那裏等候，接了他們一起到關定的莊院。

關羽早已站在門外迎接，一見劉備來到，立即下拜。劉備拉住關羽的手，淚水流下了面頰。關定領了自己的兩個兒子在草堂前拜見劉備。劉備問他們的姓名，關羽說：“他與我同姓，有兩個兒子，大兒子叫關寧，學文；小兒子關平，學武。”

關公收子 池沙鴻 畫

關定趁這機會對劉備說：“我想讓小兒子關平跟隨關將軍，多少可以為國家出點力，不知道關將軍是不是肯收下他？”劉備問：“今年多大了？”關定說：“十八歲了。”劉備說：“長者是一番好意。我二弟還沒有兒子，就請令郎做我二弟的乾兒子吧，不知道長者認為怎麼樣？”關定十分高興，就叫關平拜關羽為父親，叫劉備為伯父。

劉備怕袁紹派兵追來，連忙收拾行李上路，關平隨着關羽走了。他們往臥牛山去會合周倉。在路上，遇見周倉身上帶傷，領着幾十個人走來。關羽領他去見劉備，問他怎麼會受傷，周倉回答：“臥牛山被一個騎白馬用長槍的人佔領了，我去勸伙伴來時，只有這幾十個人過來，其他人都聽那個將軍的號令。我不服氣，與那位將軍交戰，被他連勝幾次，我身上中了三槍，因此來報告主公。”

雲長表真心 池沙鴻 畫

於是，關羽一馬當先，劉備在後面跟着，直接奔往臥牛山。周倉在山下叫罵，果然有一位將領手執長槍，跨下騎着一匹白馬，帶領人馬下山。劉備一看，那領頭的將領原來是趙雲。趙雲正是來尋找劉備與關羽的，見面後互相訴説分別後的經過，大家都十分感慨。趙雲當天就將山寨燒燬，帶領手下人，跟從劉備前往古城。

到了古城，劉備與兩位夫人相見，聽她們説起了關羽一路上的浴血苦戰和對她們的照顧操勞，十分感動。劉、關、張三兄弟重新聚首，又新得到趙雲加盟，關羽又收了關平、周倉二人，真是喜事不斷臨門。於是，殺牛宰馬，拜謝天地，然後慰勞士卒，大擺宴席來慶祝。

劉備部下的騎兵與步兵加起來有四五千人，可以説是一支不小的兵力了。

第十八章 官渡之戰

官渡之戰是袁紹與曹操之間的大決戰。

袁紹據有冀、青、幽、并四州，自恃兵多糧足，率領七十萬大軍南下，一心要攻取許昌。許昌告急，曹操親自帶了七萬兵來迎敵。

袁紹認為自己兵力超過曹軍十倍，想速戰速決。謀士沮授說：“我軍雖然人多，但比不上曹軍勇猛；曹軍雖是精兵，但糧草沒有我軍充足。我軍只要堅守陣地，時間一長，曹軍的糧草供應不上，就會不戰而敗。”袁紹不但不聽，反怪他抬高曹軍來滅自己的威風，派人把他關押起來。

袁紹一上來就打了個大勝仗。曹軍望南逃走，退到官渡才停下來。袁紹調動軍隊，逼近官渡立下營寨。他聽從審配的建議，撥發十萬兵馬守住官渡，在曹操寨前挖土壘起了五十多座小山。每座土

山上都豎立起一架架雲梯，搭成望樓，分撥弓箭手站在望樓上向下射箭。曹軍一有動靜，土山上一聲梆子響，弓箭手就一齊放箭，利箭像暴雨那樣地射下，壓得曹軍抬不起頭來，只得將盾牌頂在頭上，伏在地下像烏龜似的。袁軍見了，哈哈大笑。

曹操看見軍隊慌亂，就召集謀士們商量。劉曄建議用發石車來對付袁軍。曹操要他儘快拿出圖樣，連夜造出了幾百架發石車，分佈在營寨的牆邊，正對着土山上的雲梯，等到弓箭手站在上面射箭時，曹營一齊拉動發石車，石塊飛出，往上亂打，雲梯上的人無處可躲。袁軍膽戰心驚，稱它為"霹靂車"，從此不敢登高射箭。

袁紹又聽從審配的另一條計策，讓士兵們白天黑夜挖地道，準備一直挖到曹軍的營寨裏面，號稱為"掘子軍"。曹操聽取了劉曄的辦法，連夜在軍營周圍挖了一條又深又長的壕溝。袁紹的掘子軍挖到壕溝這裏，地道就暴露了，沒法再前進，枉費心機。

從八月初到九月底，五六十天過去，糧草有點供應不上了，曹操想放棄官渡退回許昌。但是，荀彧從許昌寫信給曹操，認為袁紹軍隊人數雖多，但統帥袁紹優柔寡斷，不會用兵；曹操必定能夠以弱勝強，以少勝多。目前是關鍵時刻，必須堅決頂住，決不能退兵。曹操看了荀彧的信，增強了信心，下令將士們死守官渡，將袁紹的軍隊逼得後退了三十里。曹操派遣徐晃等將領出營巡邏，抓住了袁軍的一個探子，審問後得知接濟袁軍的幾千車糧食過幾天就要到了。

曹操掌握了這一情報，立即佈置劫糧的兵馬。當天晚上，韓猛果真押着幾千輛糧車，趕往袁軍的營寨。徐晃和史渙的兵馬，埋伏在山谷裏面，突然殺了出來，攔住去路。韓猛與徐晃交戰，史渙殺散押運的兵卒，放火焚燒糧車，將糧車全部燒光。袁紹聽説曹軍劫糧，急忙派張郃、高覽去救援，張、高二人帶領兵馬到達時，正好遇上徐晃燒完了糧車回營，雙方正要交鋒，曹軍中的猛將張遼、許褚趕到，殺向張、高二人的背後，兩下夾攻，殺散袁軍，四員曹將把兵合在一處，回到官渡寨中。曹操滿心歡喜，重賞將士。

曹操軍內糧食已發生危機，急忙派使者趕往許昌，要荀彧迅速籌集糧食，押送到前線來。那使者路上被袁軍抓住，許攸搜出了使者身上曹操向許昌催糧的信，就拿着這封信去見袁紹，並向袁紹建議："曹操駐兵官渡，與我軍相持已很久了，許昌必定很空虛。如果分出一支軍隊去襲擊許昌，許昌可以攻破，曹操可以活捉。現在曹操的糧食已經快吃完了，應該乘這個機會，兩路進兵，一舉殲滅曹軍。"

霹靂車顯威 王宏喜 畫

袁紹剛愎自

用，聽不進許攸的話，搖搖頭說："曹操一向詭計多端，這封信說不定是有意送到我們手中來誘騙我們上當的。"許攸仍舊堅持自己的看法，說："今天不攻許昌，坐失良機，今後要反受其害。"真是無巧不成書。這時，正好有使者從鄴郡來，送上了一封審配寫來的告狀信。信中說到許攸在冀州時，曾經大量受賄，而且放縱自己的兒子、侄子，亂立名目收稅，中飽私囊，現在已經將許攸的兒子、侄子關押在大牢裏了。

袁紹看完信，怒氣沖沖地罵許攸："無恥之徒，竟還有臉在我面前說話！你與曹操原來就是朋友，今天收受了他的賄賂，替曹操當奸細，來騙我上當。本來應當立刻殺你的頭，現在暫免死罪，快替我滾出去！今後不准你再來見我！"

許攸挨了一頓臭罵，走出袁紹的中軍帳後，仰天長歎說："忠言逆耳，好點子偏偏不肯接受。我的兒子、侄子已遭陷害，我怎麼有臉回到冀州去見人呢？"他拔出劍來，想要自刎。他的部下奪掉了劍，勸他說道："袁紹不聽忠言，將來一定要被曹操活捉。你與曹操是老朋友，為什麼不棄暗投明，投奔曹操？"

這兩句話，提醒了許攸。他悄悄走出袁軍的營寨，投奔曹軍。當時曹操剛脱去外衣休息，聽說許攸投奔到這裏，歡喜得不得了，連鞋子也來不及穿，赤着腳迎接，拉着許攸的手進了軍帳以後，他先拜倒在地上，許攸慌忙將曹操扶起說："你是丞相，我是老百姓，你怎麼對我這樣地謙虛恭敬？"

曹操說："你是我的老朋友啦！怎麼可以用官職高低來對待你呢？"許攸說："我瞎了眼睛看錯了人，投奔在袁紹的手下，言不聽，計不從，我堅決不再在他手下做事了，特地來投奔老朋友。"

曹操説："你肯到我這裏來，這個仗一定能打贏了。希望你能教我打敗袁紹的計謀。"

許攸説："我曾建議袁紹派一支騎兵乘虛襲擊許昌，使你首尾不顧。"曹操聽了，大吃一驚説："袁紹如果聽了你的話，我就一敗塗地了，好險哪好險！"

許攸不談別的，劈頭就問："你軍中還有多少糧食？"曹操説："大約還可以供應一年左右。"許攸笑笑説："恐怕未必是這樣吧！"曹操改口説："只夠供應半年的了。"許攸一聽，立起身來就要走，一邊説："我誠心誠意來投奔你，你盡講假話來騙我，實在太令我失望了！"曹操趕緊挽留他説："你千萬別生氣，我跟你實話實説了吧，軍中的糧食只能供應三個月了。"

許攸投曹 王宏喜 畫

許攸哈哈大笑説："世上的人都説你曹操是奸雄，現在看來，這話果然不假。”曹操也呵呵笑了起來，說：“你難道沒有聽說過‘兵不厭詐’這句話？”他走到許攸身邊，貼着他的耳朵邊說：“老實告訴你，軍中的糧食只夠維持一個月了！”

許攸設謀 程多多 畫

許攸大聲說：“不要瞞我，糧食已經顆粒全無了！”隨手就把曹操寫的催糧信給他看，問：“這封信是誰寫的？”曹操大吃一驚，問：“這封信怎麼會落到了你的手裏？”許攸就將抓到使者的事告訴了曹操。

曹操握住許攸的手，誠懇地說：“你既然看在老朋友的情份上到我這裏來，應當教教我該怎麼辦？”許攸說：“我有一個辦法，只要三天，就可以使袁紹的百萬軍隊全部垮掉。”曹操高興地說：“你快說出來吧！”

許攸說：“袁紹的軍糧全部屯積在烏巢，守將淳於瓊是個酒鬼，整天喝酒，守備鬆懈。你可以選出精兵良將，冒充袁軍的將領蔣奇，偷襲烏巢，將糧草放火燒光，袁軍一定會大亂。”曹操聽

官渡大戰 程多多 畫

了，十分高興，連夜調兵遣將。

曹操率領五千人馬，打着袁軍的旗號，悄悄地向烏巢進發。他們到達烏巢的時候，淳於瓊爛醉如泥，倒在牀上。曹操一聲令下，曹軍衝了進去，放起大火，殺得袁軍四散奔逃。淳於瓊剛從睡夢中驚醒，就被曹軍抓住，當了俘虜。

曹操先後兩次燒燬袁紹的糧草，扭轉了戰局，從劣勢轉為優勢。

袁紹得到通報，立刻召集文臣武將，商量對策。謀士郭圖説："曹操一定在烏巢親自督戰，我們集中兵馬去襲擊他的大營，曹操一定會趕回來營救，烏巢也可以得救了。"中郎將張郃反對，説是由他帶領兵馬去解救烏巢，袁軍才能獲勝。

袁紹猶豫不決，最後派蔣奇帶兵一萬去救援烏巢，派張郃和高覽去攻曹營。結果，曹操派張遼、許褚帶兵假扮成淳於瓊部下的敗兵，截住蔣奇，將他殺死，增援烏巢的袁軍全軍覆沒。張郃、高覽也中了曹軍的埋伏，大敗而歸。

偷襲曹營的點子是郭圖提出來的。郭圖擔心袁紹會責怪他，就誣陷張郃和高覽與曹操有往來。袁紹耳朵軟，信以為真，要懲罰張郃和高覽。張郃和高覽事先得到了消息，就投奔了曹操。袁紹專橫傲慢，濫殺無辜，使人寒心，能臣慣將紛紛先後離他而去。

曹操派人放出風聲，說是他準備兵分兩路，一路攻打袁紹的後方根據地鄴郡，另一路截斷袁紹的後路，直攻黎陽。袁紹不辨真偽，立即分兵去守鄴郡和黎陽。曹操見時機已經成熟，就集中兵力攻擊袁軍營寨。袁紹的將士們人心渙散，四處逃竄，曹軍大獲全勝。袁紹一敗塗地，逃往河北，一路上死傷了許多人馬。

官渡之戰，曹操以少勝多，以弱勝強，奠定了統一北方的基礎。

第十九章 馬躍檀溪

曹操帶了大軍到汝南來迎戰劉備。曹操的軍隊士氣旺盛，人數又多，因此，劉備遭到慘敗，新近湊集起的二三萬人傷亡嚴重，剩下的殘兵敗將不滿一千人。劉備狼狽奔逃到漢江邊上，方始安下營來。關羽看到在場的人情緒低落，挺身説道："從前高祖劉邦與項羽爭奪天下，屢戰屢敗。後來九里山一戰成功，開創了我朝的四百年基業。勝敗乃兵家常事，又何必垂頭喪氣？"

孫乾支持關羽的看法，説："不論是成功或失敗，決不可以喪失自己的志氣。這裏離荊州很近，荊州劉表領有九郡之地，兵力很強，糧食豐足，他與主公是漢室的同宗兄弟，主公為什麼不去投奔他呢？"劉備憂心忡忡地説："恐怕他不肯收留我們呢？"孫乾説："讓我去游説他吧，我可以使他出境來迎接主公。"劉備很高興，就派孫乾連夜趕往荊州。

劉表見到孫乾就問道："你已經投奔劉備，何以來此？"孫乾從容地説："劉使君是天下的英

雄，最近吃了敗仗想到江東去投奔孫權。但我認為明公與使君是漢室的同宗兄弟，因此我對劉使君說，荊州劉將軍禮賢下士，天下的英雄投奔他就像水向東流一樣，何況又是同宗的兄弟。劉使君認為我說的話有道理，所以派我來拜見明公，現在就看明公的了。”劉表聽了，高興地說：“劉備是我的同宗兄弟，我早就想會見他了。他今天肯到這裏來，我實在太高興了。”

劉備投劉表　王宏喜 畫

劉表的妻舅蔡瑁在旁邊挑撥說：“不行。劉備最初跟從呂布，後來投奔曹操，最近又到了袁紹那裏，但都是有始無終，一再背叛投靠的人，品質很成問題。再說，今天如果收留了他，曹操一定會對我荊州出兵。不如殺掉孫乾，將他的頭獻給曹操，曹操一定會重賞主公。”

孫乾嚴肅地批評蔡瑁：“劉使君忠心為國，哪裏是曹操、袁紹、呂布這些人可以比得上的。以前跟從他們，是為形勢所逼，出於奈何。今天欽佩劉將軍忠心為國，又是同宗兄弟，所以千里相投，你為什麼要從中挑撥離間呢？”

劉表聽了，十分有理，就叱責蔡瑁：“我已經決定歡迎劉備到荊州來，你別再嘮嘮叨叨了！”蔡瑁看到劉表已經拿定了主意，也就只好退了出去。劉表要孫乾先去通知劉備，自己出城三十里路去迎接。

劉備見到劉表，十分恭敬，劉表對劉備的待遇也很優厚。蔡瑁

伊籍說馬 陳明大 畫

對他的姐姐蔡夫人説："劉備派他手下的三員大將各守一方，自己坐鎮荊州，時間一長，實在令人擔心。"蔡夫人聽信她弟弟的話，在晚上向劉表吹枕頭風："聽説不少荊州人與劉備有來往，這件事不可不防。現在如果仍舊讓劉備住在荊州城裏，看來沒有什麼好處，不如派他到周圍州縣去駐兵。"劉表沉思了半天，沒有開口。

第二天出城，劉表看見劉備所乘的駿馬神采奕奕，一問之下，方知道這匹馬原來是張武的坐騎。劉表對這匹馬一再稱讚，劉備就將馬送給了他。劉表心中十分歡喜，洋洋得意地騎馬回城。路上遇到蒯越，蒯越問他這匹馬是從哪裏來的。劉表説："這匹好馬是劉備送我的。"蒯越説："我死去的哥哥蒯良，是個相馬的高手。我跟他學了不少相馬訣竅。這匹馬眼下有一條淚槽，額邊有白點，名叫的盧，誰騎了誰就倒霉。張武騎了這匹馬，現在不是被殺死了嗎？主公不該騎這匹馬。"

劉表聽了蒯越的話，第二天請劉備赴宴，在喝酒時説："昨天承蒙你送我一匹好馬，十分感激。但賢弟經常要出征作戰，因此我現在將這匹馬還給你。"劉備立即起身感謝劉表對他的關心。劉表又説："賢弟住在荊州城裏，沒法練兵。新野縣很富，錢糧充足，賢弟可以帶領本部兵馬駐紮在那裏，你看怎麼樣？"劉備當然一口答應。

第二天，劉備告別劉表，帶領本部兵馬往新野前進。他剛走出城門，荊州幕賓伊籍攔住了馬頭説："你不該乘騎這匹馬。"劉備連忙下馬問是什麼緣故。伊籍説："我昨天聽到蒯越對劉表説：'這匹馬名叫的盧，誰乘騎了它，誰就要倒霉。'所以劉表將這匹馬還給你，你怎麼可以再乘騎這匹馬呢？"劉備説："感謝先生對我的關心。但是，一個人死生有命，怎麼能由一匹馬來決定呢？”伊籍佩服劉備的見識，以後就經常與劉備往來。

袁紹死後，三個兒子為爭奪繼承權，刀槍相見。曹操乘機北征，先後消滅了袁氏兄弟，統一了北方。這時，劉備向劉表提出應當趁虛向許昌進攻，但劉表不聽。等到曹操統一北方以後，兵力擴大到了六七十萬人，加緊了進攻荊州的步伐。劉表開始感到後悔了，他請劉備赴荊州相會。兩人在劉表家飲宴，劉表說自己有心事，要請劉備幫他解決。劉備問他是什麼事，劉表說他有兩個兒子，大兒子劉琦，是前妻陳氏所生。小兒子劉琮，是後妻蔡氏所生。他想廢長立幼，但又覺得這樣做不合禮法；如果立長子，蔡氏兄弟掌握兵權，恐怕會發生變亂。因此，難以作出決定。劉備聽了以後說：“自古廢長立幼，一定會發生變亂。如果擔心蔡氏權重，

劉備逃席 袁輝、逢俊 畫

可以慢慢削弱他們的兵權。”劉表聽了沒有作聲。劉備立刻意識到自己不該插手劉表的家務，講話又太冒失。他為了緩和一下緊張氣氛，就起身上廁所，看見自己身上髀肉復生，十分感慨，不覺流下了眼淚。等到他重新入座就席時，劉表見他臉上有淚痕，覺得奇怪，就問他是怎麼一回事。劉備說：“我過去經常騎着馬行軍打仗，身不離鞍，大腿上沒有什麼肉。現在很長時間不騎馬，髀肉復生，大腿上又全是肉了。歲月蹉跎，我都快老了，但事業毫無成就，所以感到悲哀。”

劉表說：“聽說賢弟在許昌的時候，與曹操青梅煮酒，共論天下英雄。曹操尚且不敢領先我弟，我弟又怕什麼事業毫無成就呢？”

劉備乘着酒興，一時失口答道：“我倘若佔有一個根據地，對天下那些庸庸碌碌之輩，才不放在眼裏呢！”劉表聽了，一句話也不說。劉備馬上意識到自己又說漏了嘴，就推說酒醉告辭，回賓館安歇。

劉表與劉備兩人飲酒談話時，蔡夫人一直躲在屏風後面偷聽。她聽到劉備反對廢長立幼，還要剝奪蔡家的兵權，不禁恨得牙痒痒的。聽到劉備酒後失言，她更是認定這一下可抓到把柄了。至於劉表聽了劉備的話，口裏不說，心中也很有看法。他回到內宅，蔡夫人挑撥說：“剛才我在屏風後面聽到劉備的話，太小看人了，可見他有吞併荊州的野心。今天不除掉他，必定會有後患。”

劉表不回答，只是搖搖頭。蔡夫人偷偷將蔡瑁召來，商議這件事。蔡瑁說：“今天趁劉備住在館舍中先將他殺死，然後再告訴主公。”蔡夫人同意了這一做法，蔡瑁急忙出去點兵，立即開始行動。

劉備自知失言招禍，在賓館中秉燭而坐，三更以後剛想就寢，忽然聽得有人敲門。開門一看，原來是伊籍。伊籍打聽到蔡瑁要帶兵來殺害劉備，趕忙來報信。劉備喊醒那些隨從，一齊上馬，連夜奔回新野縣。等到蔡瑁帶兵趕到時，劉備早已走得遠遠的了。

一計不成，再生一計。蔡瑁與蔡夫人商議，借口今年稻穀豐收，在襄陽開慶祝大會，請各地官吏來參加。第二天，蔡瑁對劉表説起此事，劉表因為自己身體有病，兩個兒子年紀小，就派人往新野請劉備到襄陽主持宴會。蔡瑁見劉表中了他的計，心中暗暗歡喜。

劉備與趙雲帶了騎兵、步兵共三百人去襄陽赴會。劉備到襄陽的時候，蔡瑁出城迎接，恭敬有禮。第二天，荊州九郡四十二州的官吏都來赴宴。蔡瑁在襄陽城的東門、南門、北門外都佈置了重兵把守，只有西門因為有檀溪這條河阻隔，沒有派專人設防。

當天宴會開始時，劉備坐在主座上，趙雲帶劍侍立在旁邊。蔡瑁手下武將硬請趙雲到外廳喝酒。趙雲不肯離開劉備，執意推辭不去。劉備下了命令，趙雲才勉強到外廳赴宴。酒至三巡，伊籍起身把盞，走到劉備面前暗示劉備去上廁所，自己跟了出去，在後園內告訴劉備，蔡瑁設下埋伏要取他性命，目前只有西門可走，要劉備趕快逃跑。劉備大吃一驚，趕忙解下的盧馬，開後園門牽出，飛身上馬，衝出西門。守門官吏攔也攔不住，只得飛報蔡瑁。蔡瑁立刻帶了五百人馬去追趕。

劉備衝出西門，走了沒幾里，前有一大河，攔住去路。那檀溪的河面有好幾丈寬，水通湘江，波濤滾滾，水流湍急。劉備到了溪邊，見無法渡過，想撥轉馬頭另尋出路，誰知追兵已經趕來，劉備一慌，縱馬下溪，走了沒有幾步，馬的前蹄陷進河底，浸濕衣袍。劉備揮鞭打馬，大聲喊道："的盧，的盧！今日妨吾！"就在這時，那馬從水中踴身而起，風馳電掣，一躍三丈遠，飛上西岸。劉備如同騰雲駕霧，耳畔只聽得呼呼的風聲掠過。

馬躍檀溪 陳全勝 畫

劉備躍過溪西，回頭望東岸。這時，蔡瑁正好帶兵趕到。中間有檀溪這條大河阻隔，蔡瑁大惑不解，對左右的人說："不知哪位神靈在保佑他呢？這回可真便宜他了！"

劉備急忙拍馬往西南而去，終於逃脫了這場大難。

第二十章 走馬薦諸葛

劉備騎馬出城，在歸去的途中，看見一個人，葛巾布袍，口唱着山歌走來，歌詞大意是：山谷中有賢人呵，想投明主；明主求賢人呵，卻不知道我。劉備聽了，心裏一動，暗暗想道："這個人莫非就是水鏡先生所說的伏龍或者鳳雛嗎？"於是，他下馬相邀，請他去縣衙門。詢問他的姓名，那個人回答："我姓單，名福。久聞使君招聘賢士，特來投託。"劉備十分高興，接待了他。單福說："剛才使君所騎的馬，請讓我再看一下。"劉備就派人去將馬牽來。

單福看了這匹馬說："這不是的盧馬嗎？它要妨害主人，不能騎它。"劉備就將馬躍檀溪的事說了出來。單福說："這是救主，不是妨主，將來遲早還是要妨害主人的。使君如果有仇人，可以將這匹馬送給他。等到妨害過了這個人，再去乘騎，就沒有事了。”

劉備聽後，變了臉色，說：“先生初來乍到，就教我做這種損人利己的缺德事，我不敢聽從。”單福笑笑說：“一向聽說使君是個仁德君子，我有點不相信，所以用話來試探你。”劉備轉怒為喜，拜單福為軍師，訓練本部人馬。

曹操自從消滅袁紹父子的勢力以後，就打算佔取荊州。他派曹仁、李典與呂曠、呂翔帶三萬兵，駐紮在樊城。呂曠、呂翔對曹仁說：“劉備駐紮在新野縣，招兵買馬，積草囤糧，野心不小，應當早點除掉他。我倆願帶領精兵五千，取來劉備的人頭獻給丞相。”曹仁聽了很高興，就給了他們五千兵來攻新野。

劉備知道這一消息後，請單福來商議。單福說：“派遣關羽帶一支兵攻敵軍的中路，張飛帶一支兵攻敵軍的後路，主公帶領趙雲出兵在前路相迎，敵軍必定會被打垮。”劉備依計安排，兩軍交戰，趙雲一槍將呂曠刺死，呂翔趕緊帶兵逃走，走了沒有多少路，遇到關羽帶兵衝殺，損失了大半人馬。呂翔好不容易奪路逃脱，又遇到張飛帶兵截擊。呂翔措手不及，被張飛一矛刺中，翻身落馬而死。剩餘的兵卒四散逃走，大半都當了俘虜。劉備得勝回縣，犒賞三軍，對單福優禮相待。

曹仁知道呂曠、呂翔全軍覆沒的消息以後，咬牙切齒，一心報仇。李典勸曹仁按兵不動，申報丞相後再說，曹仁不聽。李典說你既然要出兵，由我來守樊城，曹仁也不聽。他逼着李典一起出征。李典沒有辦法，只得與曹仁帶了二萬五千人馬，渡河殺奔新野而來。

單福事先已定下了奪取樊城之計，並早已料到曹仁必定會大舉進攻。曹仁帶領大軍與劉備對陣，先命李典出陣與趙雲交鋒，交戰十幾個回合，李典打不過趙雲，敗下陣來。第二天，曹仁自己帶兵為前部，擺出一個八門金鎖陣，要劉備派人來破陣。單福知道破陣的方法，教趙雲帶五百兵從東南角上生門攻進，從正西的景門殺出。趙雲照此去辦，這個陣勢就破掉了，曹仁的軍隊大亂，大敗而退。單福下令不要追趕，收兵回陣。

當天晚上，曹仁去劫營，又被單福事先算到。曹仁帶兵衝進劉備營寨時，只見寨中四邊火起，曹仁知道對方早有準備，急忙下令退兵。趙雲帶兵殺了過來，曹仁來不及收兵回寨，趕忙向北河逃去，快到河邊時，正在尋船渡河，張飛帶兵殺

單福投主 王宏喜 畫

到。李典保護曹仁下船渡河，曹軍大半淹死在水中。曹仁渡過河面，上岸奔到樊城，派人叫門。只見城上一聲鼓響，關羽在城頭上高叫：“我已經將樊城奪取下來了！”曹仁大吃一驚，撥轉馬頭就走。關羽開城追殺過來，曹仁又損失了許多人馬，連夜投奔許昌。

曹仁與李典逃回許昌以後，拜見曹操請罪，具體說了損兵折將的經過。曹操說：“勝敗乃兵家常事，但不知道誰在為劉備出謀畫策？”曹仁說是單福在為劉備出點子。曹操問：“單福是個什麼樣的人？”他的謀士程昱笑笑說：“世上根本沒有單福這個人。他是司馬徽的朋友，姓徐名庶，字元直，潁川人，單福是他假託用的名字。”

曹操問程昱：“徐庶的才能，比起你來怎麼樣？”程昱回答：“比我要高明十倍。”曹操惋惜地說：“這樣的賢士到了劉備那裏，今後怎麼辦呢？”程昱說：“丞相要用徐庶，召來不難。”曹操問：“為什麼？”程昱說：“徐庶是個孝子，從小死去父親，只有老母在世。如今他的弟弟徐康已經死去，老母無人奉養，丞相可派人將他的老母騙來，下令要她寫信召兒子來，徐庶必定會到許昌來。”

曹操立即派人去將徐庶的母親騙取到許昌。徐母來了以後，曹操要她寫信招降兒子徐庶。徐母不僅不肯寫信，反而將曹操罵了一頓，還拿起石硯砸曹操。曹操下令武士將徐母抓了起來，本來要殺死徐母，程昱勸曹操不要殺，說自己有辦法騙徐庶到曹營來。於是，曹操不殺徐母，而是將她養了起來。程昱每天前往問候，還撒謊說自己與徐庶曾經結拜為兄弟。徐母對他未加防備，被他騙去了筆跡。程昱模仿徐母的字體，偽造了一封家信，派心腹帶了這封信到新野去送給徐庶。

徐庶接到託名徐母的假信，拆開一看，信中說是她已被曹操抓了起來，只有徐庶來投降，才能保全性命，要徐庶快點到許昌去救她。這一下，徐庶心中亂得不得了，拿了信去見劉備，說出自己本是潁川徐庶，字元直，為了逃難，改名單福，因為水鏡先生的介紹，所以投奔到主公這裏來。現在曹操騙取老母到許昌，寫信來召喚我去，我不得不去。今天只能來向你告別。

劉備聽了，淚如雨下，哭着說道："母子是天性之親，你去吧，不要再考慮我劉備了。"徐庶立即要走。劉備說："求你再留一夜，明天為你送行。"孫乾暗中對劉備說："徐庶是天下奇才，對我軍中情況又十分了解。他到曹操那裏，必然被重用，那我們就危險了。主公應該苦苦留住他。曹操見他不去，必定殺死他的老母。徐庶要替老母報仇，一定會盡心竭力去攻曹操。"

劉備說："不行。使人殺掉母親，我去用她的兒子，這是不仁；留住徐庶不讓走，使他母子不能相見，這是不義。我不做這種不仁不義之事。"大家聽了，都十分感歎。

劉備和徐庶兩個人淚眼相對淚眼，苦坐到天亮。眾將已在城外安排筵席餞行。劉備與徐庶並排騎馬出城，到了長亭，下馬告別。劉備舉杯對徐庶說："我的福份太淺，不能與先生相聚，望先生在新主人那裏，建功立業，功成名就。"

徐庶流淚說："我蒙使君重用，今天不幸分手，實在是因為老母的緣故呀！我到了曹營以後，即使曹操逼我，我也終身不替他出一個點子。"劉備說："先生這一走，我也要隱居山林了。"徐庶說："我能為使君建功立業，全靠用心思考。現在因為老母的緣故，心中亂得很，留在這裏，也已經起不到作用。望使君另外尋求高明賢士相助，共圖大業，何必這樣灰心！”他又對眾將領說：“願諸位在使君手下盡忠效力，切勿像徐庶我這樣有始無終。”眾將領都很傷感。

劉備送徐庶，捨不得分手，送了一程，又送一程。徐庶說：“使君不必再遠送了，我們就此告別吧！”劉備在馬上握住徐庶的手，流着淚說：“先生這一去，天各一方，不知道到哪一天方能相會？”徐庶也流着眼淚告別。

走馬薦諸葛 王宏喜 畫

劉備騎馬停在樹林邊上，眼望着徐庶越走越遠，劉備的視線被一座樹林隔斷，劉備竟恨得要將那裏的林木全部伐光。就在這時，忽然看見徐庶拍馬回轉。劉備高興地上前迎接問道：“先生回轉，必有主意。”徐庶勒住馬對劉備說：“我剛才心亂如麻，忘掉了說一件事。這裏有一位奇士，就住在襄陽城外二十里的隆中，使君為什麼不去求他？”劉備說：“有煩先生為我請來相見。”徐庶說：“這位高士不是那種召之即來的人，使君應當親自前往求他。”劉備問：“他與先生相比，才德誰更高？”徐庶說：“我怎麼能與他相比？我是烏鴉，他是鳳凰。他是天下第一人才，再也沒有人能比得上他。”劉備驚喜地問：“這個人究竟是誰？”徐庶

諸葛孔明　趙志田 畫

說："此人雙姓諸葛，名亮，字孔明，他與弟弟諸葛均住在南陽臥龍岡，自號為臥龍先生。這個人是絕代奇才，使君應該趕快去見他。"劉備說："過去水鏡先生曾經對我說過：伏龍、鳳雛，兩人中只要得到一個，就可以安天下。今天先生所說的，莫非就是伏龍、鳳雛嗎？"

徐庶說："鳳雛是襄陽龐統，伏龍正是諸葛孔明。"劉備高興地說："今天方才知道伏龍、鳳雛是誰。先生如果不告訴我，我有眼無珠，好比是個瞎子。大賢就在眼前，我卻視而不見。"

徐庶推薦了諸葛亮以後，再一次向劉備告別，揮鞭催馬離去。

徐庶到了許昌以後，母子相見，徐母大吃一驚，問："你怎麼會到這裏來的？"徐庶說："我在劉備手下做事，最近得到母親的信，所以連夜趕到這裏來。"徐母勃然大怒，拍案罵道："你這個混蛋！忠孝不能雙全。曹操是個欺君之賊，劉備的仁義四海聞名。你在劉備部下，是為明主效勞。現在一封偽造的書信，就將你騙來，棄明投暗，自取惡名，真是個大笨蛋！"徐母將徐庶一頓臭罵，罵得徐庶伏在地上，抬不起頭來。

徐母也不睬他，自己轉入屏風後面去了。不久，家人出來報告，說是老夫人已經懸樑自盡了，徐庶慌忙進去搶救，但徐母已經斷氣了。

從此，徐庶身在曹營心在漢，終身不為曹操出謀獻策。

第二十一章 三顧茅廬

徐庶在臨別時，向劉備推薦了諸葛亮。

第二天，劉備帶了關羽、張飛來到隆中臥龍岡，找到了諸葛亮的茅廬。他下馬輕敲柴門。一個小童開門出來，説："先生今天一早就出去了。"劉備問他諸葛先生到哪裏去了，什麼時候回來，那小童説："蹤跡不定，不知何處去了。歸期也説不準，或三五日，或十數日。"張飛有點不耐煩了，説："既然見不到人，我們還是回去吧！"

劉備説："別急，還是再等一會吧！"

關羽説："我看還是先回去吧，以後再派人來打聽。"劉備覺得這話有道理，就囑咐小童："如果先生回來，就説是劉備來拜訪。"小童説："我記不得許多。"

劉備等人往回走了幾里路，忽然看見山間小路走來了一個人，此人長得英俊瀟灑，容貌不凡，劉備以為他就是諸葛亮，急忙下馬行禮問："先

生是臥龍嗎？”那人說：“我不是孔明，是孔明的朋友崔州平。”

劉備曾聽司馬徽談起過他的名字，知道他是諸葛亮的好朋友，就拉他在大石頭上坐下，向他請教安邦定國的大計。崔州平認為當今天下大亂，是大勢所趨，人力難以挽回。劉備認為應當盡人事以聽天命，總得作一番努力才是。崔州平說自己是山野

一顧茅廬 王宏喜 畫

村夫，不配論天下大事，剛才不過是隨便亂說罷了。劉備問孔明在哪裏，崔州平說自己也正在找他。劉備邀請崔州平到他身邊做事，崔州平一口拒絕，說是對功名沒有興趣，拱手告辭走了。張飛發牢騷說：“沒有拜訪到孔明，卻碰到了這個迂腐的書呆子，枉費了許多功夫。”

過了幾天，劉備打聽到諸葛亮已經回家了，立刻叫人備馬再去

拜訪。張飛説：“孔明不過是一個鄉野村夫，有什麼了不起，何必哥哥自己去，派個人去將他喊來就是了。”劉備生氣地說：“孔明是當今的大賢人，怎麼可以對他這樣無禮呢？”劉備邊説邊上馬，再去拜訪孔明。關羽、張飛也只得騎馬跟上。

當時正是隆冬天氣，雪花飄舞，寒風凜冽，張飛一肚子不高興，嘀嘀咕咕說：“天寒地凍，跑那麼遠的路去見一個無用的人，犯得着嗎？ 我看不如回新野去躲避風雪吧！”劉備說：“我在這種

二顧茅廬 趙志田 畫

天氣去拜訪孔明，正是為了要使他知道我的誠意。你怕冷，可以先回去！”張飛趕緊說：“我連死都不怕，怎麼會怕冷？我怕的是哥哥這次又要白跑一趟。”

劉、關、張三人冒着大雪前進，快要走到臥龍岡前茅廬的時候，忽然聽到路旁的酒店中有兩個人在唱歌，歌中唱到了漢朝興衰的歷史，見解十分透徹。劉備認為諸葛亮一定在酒店裏，就下馬進店，看見兩個人在對飲。劉備作了個揖，問：“兩位中哪一位是臥龍先生？”那個胡子長長的人說：“我們不是臥龍先生，是他的朋友。我叫石廣元，他叫孟公威。”劉備高興地說：“久仰大名，今天相遇，真是三生有幸。我這裏備有隨行馬匹，請兩位先生上馬，同往臥龍莊上一談。”石廣元說：“我們久居山野，懶散慣了，不關心那些治國安民的事。還是您自己去吧！”

劉備告辭兩人，上馬直奔臥龍岡，到莊前下馬，敲門問小童：“先生今天在家嗎？”小童說：“正在堂上讀書。”

劉備十分高興，跟着小童進去。走到中門，只見門上掛着一副對聯：淡泊以明志，寧靜而致遠。他正想踏進草堂，瞧見草堂上有一位少年靠着炭爐手抱雙膝，正在悠閒地吟誦詩歌。劉備怕掃了他的興，就靜靜地站在門外等待，一直到他吟詩結束，才進門上前行禮。

那少年慌忙答禮，說：“將軍是來找我哥哥的嗎？”

劉備吃了一驚，說：“怎麼，先生難道不是臥龍嗎？”

那少年說：“我是臥龍的弟弟諸葛均。我家兄弟三人，大哥諸葛瑾，在江東孫權那裏當幕賓，孔明是我二哥。”劉備說：“臥龍今天在家嗎？”諸葛均說：“昨天被崔州平邀請出外閒遊去了。”

劉備説：“我的福份竟是這樣薄，兩次拜訪，都遇不到！”諸葛均請劉備坐下喝茶，張飛説：“那先生既然不在，請哥哥上馬，快回去吧。”劉備説他要向諸葛均問幾句話，問話的內容是聽説諸葛亮每天看兵書，情況究竟怎麼樣。諸葛均一口一個不知道，不願回答。

張飛不耐煩了，説：“問他有什麼用？外邊風雪越來越大了，不如早點回去吧！”劉備向張飛瞪了一眼，責怪他不懂禮貌。諸葛均也説哥哥既然不在，對客人不敢久留。劉備説過幾天後，一定再來拜訪，當場留了一封信給諸葛亮，表達自己的仰慕之情。

劉備將信交給諸葛均收下後，告辭出門。諸葛均送出門來，劉備勸他留步，剛剛上馬要走，忽然看見小童向籬笆外面招手，高聲喊叫：“老先生來了。”

劉備抬頭望去，看見小橋西面，有一個人騎着頭毛驢。後面跟着一個青衣小童，帶了一葫蘆酒，踏雪走來。轉過小橋時，騎驢的

隆中求賢 顏梅華 畫

人口中吟了一首詩，意境高遠。劉備聽了，感歎地說："這才是真臥龍來了！"他連忙下馬行禮，說："先生冒寒回家，劉備在這裏恭候多時了！"那人也連忙下驢答禮。

諸葛均在後面叫道："他不是我哥哥，是我哥哥的岳父黃承彥。"劉備說："請問老先生曾經見到你女婿嗎？"黃承彥說："我也是來找他的。"劉備聽了，就告辭黃承彥，上馬回家。這時風雪越來越緊，他回頭望臥龍岡，只見滿天風雪，迷茫難辨，心中悶悶

騎驢過小橋　趙志田 畫

三顧茅廬　戴宏海 畫

不樂。

劉備回到新野以後，一心要再去訪問諸葛亮，可是關羽、張飛很不高興，都勸他不要再去了。關羽說："哥哥兩次親自去拜訪，太過分了。那諸葛亮一定是徒有虛名而沒有真正的學問，所以避而不敢見你。"劉備說："不對。過去齊桓公去看一個小臣，去了五次才得見一面，何況我今天去見大賢人呢！"

張飛說："哎呀大哥！想那諸葛亮，不過山野村夫，有什麼才學謀略，竟然如此傲慢！今夜讓小弟徑去茅廬，只用麻繩一根，將他三下兩下，緊緊捆來。看他那時，傲是不傲，來是不來！"劉備叱責他說："你難道沒有聽到過周文王訪問姜子牙的故事嗎？周文王尚且這樣敬重賢人，你怎麼這樣無禮！這一次你不要去，我跟二弟一起去。"張飛說："既然兩位哥哥都去，小弟怎麼能落後？"劉備說："你如果要去，千萬不能失禮。"張飛連忙說："行，行。"

劉、關、張三人第三次來到諸葛亮的茅廬。這一次，諸葛亮倒是在家了，可是他正在草堂上睡覺。劉備吩咐關羽、張飛在外面等候，自己走進屋裏，恭恭敬敬地站在一旁。諸葛亮睡得很沉，關羽、張飛在外面立了老半天，不見動靜，就走了進去。他倆看見劉備恭敬地在一旁站着，張飛不禁發起火來，對關羽說："這人怎麼這樣傲慢！我哥哥站在一邊，他竟高臥不起，擺起臭架子來了！等我到屋子後面去放一把火，看他起來不起來？"關羽再三勸阻，劉備要他們到門外等候。再望堂上時，只見諸葛亮翻了一個身，又睡着了。

過了一個時辰，諸葛亮醒來。小童告訴他："劉皇叔來了，已經站着等候多時了。”諸葛亮説：“何不早報！讓我更衣後再見。”他轉身走進後堂，過了半天，方才整理衣冠出來迎接。劉備見他身高八尺，清秀挺拔，頭戴綸巾，身穿披風，猶如神仙一般。劉備向諸葛亮下拜，對他講了前兩次拜訪的經過。

諸葛亮説：“昨天才看了你留下的信，知道將軍憂國憂民，只可惜我才疏學淺，年紀又輕，只怕是將軍找錯人了。”劉備説：“司馬徽、徐庶兩位都推薦先生，他們難道會瞎説嗎？”諸葛亮不以為然，説：“司馬徽、徐庶都是世上高人，我不過是個耕田的農夫，他們太抬舉我了。將軍應該去找他倆才對呀！”

劉備説：“如今天下大亂，奸臣當道。我不自量力，想伸張正義，撥亂反正。但是我智術淺短，希望先生能指點我怎樣去做。”

諸葛亮見劉備態度誠懇，就侃侃而談天下大勢，又叫小童拿出一幅地圖，指給劉備看，説：“這是蜀地五十四州的地圖。將軍要

成霸業，可以北讓曹操佔天時，南讓孫權佔地利，將軍你必須佔人和。你可以先取荊州為家，後取蜀地建立基業，東聯孫權，北拒曹操，形成三足鼎立之勢，然後就可以進一步奪取中原了。”

劉備一聽，諸葛亮未出茅廬，卻對三分天下的大勢了如指掌，心中對他十分佩服，立即請他出山相助，諸葛亮只是不肯。劉備急了，流着淚說：“諸葛先生不肯出山，天下老百姓的日子就難過了。”他哭得非常傷心，連衣襟都濕掉了。

諸葛亮見劉備這樣誠心誠意，十分感動，就接受了劉備的邀請，說：“將軍既然這樣看得起我，我願為將軍效犬馬之勞。”

劉備三顧茅廬，終於得到了諸葛亮這樣的天下奇才。

隆中對 陳全勝 畫

第二十二章 火燒博望

劉備自從請來諸葛亮，把他當成老師看待，十分敬重。關羽、張飛看了很不順眼，向劉備發牢騷："諸葛亮年紀那麼輕，有什麼大才學？哥哥待他太過分了！"劉備說："我得到諸葛先生的幫助，就好比是魚兒得到了水，兩位兄弟就不要再多說了。"自此，關羽、張飛雖不敢再發牢騷，但心裏仍舊對諸葛亮很不服氣。

曹操召集武將商議南征，指派夏侯惇當都督，于禁、李典、夏侯蘭、韓浩為副將，領兵十萬，進軍博望坡。夏侯惇驕氣十足，誇口要活捉劉備。過了沒有多久，夏侯惇帶領十萬大軍殺奔新野來了。劉備召集關羽、張飛來商量抵抗的事，張飛諷刺挖苦說："大哥已經如魚得水，為什麼不去請'水'呢？"

劉備心平氣和地說："用兵鬥智，要依賴諸葛先生；衝鋒陷陣，仍要靠兩位兄弟。你們怎麼可以推三阻四呢？”

關羽、張飛走了以後，劉備請諸葛亮來商量。諸葛亮說：“要我指揮打仗是可以的，只是恐怕關羽、張飛兩人不肯服從我的命令，主公必須授我劍與印。如有人不聽指揮，我可用軍法來處罰。”

劉備將劍與印交給諸葛亮，諸葛亮召集大小將領來聽他的調度。人到齊後，諸葛亮不慌不忙地說：“博望的左邊是豫山，右邊是安林，這兩處都可以埋伏兵馬。關羽帶領一千人馬，埋伏在豫山，等曹軍過來時，放過先頭部隊，看到南面起火時，迅速出擊，放火燒掉曹軍的糧草。張飛也帶領一千人馬，在安林背後的山谷內埋伏，看到南面起火時，殺向博望城，燒掉城裏的糧草。關平、劉封帶領五百人馬，預備引火的柴草，在博望坡後面兩邊等候，只要曹兵一到，立刻放火。”

接着，諸葛亮又下令把趙雲從樊城調回來作先鋒，吩咐他與曹軍打仗時只要輸，不要贏。他又要劉備帶領一支兵馬作為後援部隊。諸葛亮囑咐大家一定要按照計劃去做，千萬別出差錯。

關羽看到諸葛亮指揮若定，忍不住問：“我們都出去打仗了，不知道軍師自己做什麼事？”

諸葛亮說：“我在這裏坐守縣城，等待你們的捷報到來。”

張飛哈哈大笑說：“好啊，我們都出去拚殺，你卻坐在城裏，真是好舒服呵！”

諸葛亮放下臉來說：“劍和印都在這裏，軍法無情，違令者斬！”

劉備義正辭嚴地說：“軍師已經安排停當，不可違反命令。”

關、張兩人只得退下。張飛邊走邊冷笑，關羽對張飛說：“倒要看看他的計策究竟靈不靈，到時候再找他算帳也不遲。”

這時，諸葛亮對劉備說：“主公今天可以帶兵在博望山下駐紮。明天黃昏時，敵軍必到，主公馬上棄營退走。只要見到火起，就回軍殺過去。我與糜竺、糜芳帶五百士兵守住新野縣城，吩咐孫乾、簡雍準備慶功酒席，安排功勞簿準備給各位將領記功。”諸葛亮說得斬釘截鐵、滿有把握，就好像已經打了勝仗似的。劉備聽了，有點疑疑惑惑，不太定心。

當時正是秋高氣爽的時候，夏侯惇等人率領着大隊人馬，向博望坡進軍，一半精兵作先頭部隊，走在前面，另一半守護着糧草車輛，跟在後面。趙雲領着人馬擋住去路，夏侯惇哈哈大笑，說：“你們跟着劉備與我對敵，就好比是趕着犬羊與虎豹相鬥，不過是送死罷了！”趙雲大怒，拍馬上前，舉槍刺向夏侯惇。兩人交戰沒

子龍誘敵　陳明大 畫

有幾個回合，趙雲假裝打不過他，撥轉馬頭逃走，夏侯惇在後面緊緊追趕。追了十幾里路，眼看快要追上了，趙雲回過馬頭，再與夏侯惇交戰。雙方交手沒有幾個回合，趙雲又撥轉馬頭逃走。夏侯惇趕馬向前，緊追不放。副將韓浩一見苗頭不對，拍馬追上夏侯惇，勸道："趙雲在引誘你追他，前面可能有埋伏。"夏侯惇狂妄地說："這種不堪一擊的敵軍，就是佈置下了十面埋伏，又有什麼可怕？"

夏侯惇狂妄浮躁，根本不聽韓浩的勸告，一直追擊到博望坡。只聽得一聲炮響，劉備帶領人馬衝過來交戰。夏侯惇嘿嘿冷笑，對韓浩說："這就是他們埋伏的軍隊，有什麼屁用！今天晚上，我不打進新野城，決不收兵！"

天色越來越晚，空中濃雲密佈，見不到一絲月光，秋風越刮越大，夏侯惇只顧催兵趕殺。于禁、李典隨着追趕到了道路狹窄的地方，發覺兩邊都是蘆葦，顯然是誤入了敵人的伏擊圈內。兩個人猛然驚醒，連忙追上夏侯惇，告訴他南邊的道路狹窄難走，山川相逼，草木叢雜，要提防敵軍火攻。

夏侯惇停下馬來，往四周一看，發覺情形不對頭，連忙下令撤退。他的命令還沒有完全下達，只聽得背後喊聲震耳欲聾，望見一片大火燒起，燒着了兩邊蘆葦。一剎那，四面八方，都是大火。秋風越吹越緊，火勢越來越猛。一派火光，煙霧迷漫，人喊馬嘶，曹兵慌亂之中紛紛奪路逃命，自相踐踏，死傷不知其數。趙雲帶領人馬殺了回來，夏侯惇無心再戰，冒着濃煙，衝破大火，狼狽逃竄。

李典看見勢頭不好，急忙奔回博望城去，火光中被一支軍隊攔住，領頭的大將正是關羽。李典拍馬上前，一場混戰，總算被他奪路溜掉。于禁見糧草車輛都被火燒了，就從小路逃奔。夏侯蘭、韓浩來救糧草，正好遇上張飛殺過來，才戰了幾個回合，張飛一槍把夏侯蘭刺死，韓浩乘着混亂，奪路逃走。

一直殺到天亮方才收兵，劉備方面的軍隊大獲全勝，曹軍屍橫遍野，血流成河。經過這一仗，關羽、張飛兩人都對諸葛亮佩服得不得了，異口同聲說："諸葛亮才是真正的英雄呢！"他倆走了沒有幾里路，看見糜竺、糜芳帶領軍隊擁着一輛小車走來，車中坐着的正是諸葛亮。關羽、張飛下馬拜伏在車前，衷心佩服軍師的神機妙算。過了不久，劉備、趙雲、劉封、關平等都到了，集合軍隊，將繳獲的糧草、財物分賞將士，班師回轉新野。新野縣的百姓夾道歡迎他們勝利歸來。

諸葛亮是一位善於使用火攻的能手，初出茅廬，就一把火燒得曹軍大敗。火燒博望坡不過是初試身手，一連串火攻的好戲才只是剛剛開場呢！

火燒博望 陳明大 畫

第二十三章 單騎救主

曹操率領大軍攻打樊城，來勢洶洶，銳不可當。劉備與諸葛亮眼見力量懸殊、無法抵擋，決定放棄樊城，作戰略轉移，避開鋒芒，保存實力。

劉備帶了十幾萬百姓，三千餘兵馬，往江陵進發。趙雲保護老小，張飛在後面掩護和阻擋敵人。關羽和諸葛亮先後都被劉備派往江夏去了。

曹操從部下精選出五千鐵騎，連夜前進，限定在一日一夜內，追上劉備，大部隊繼續在後面跟進。劉備駐紮在景山上的後半夜，曹軍的鐵騎從西北方向殺了過來。張飛保護劉備，邊戰邊退，直到天亮時，才擺脱了曹操的追兵，身邊只剩下一百多個騎兵。趙雲、糜竺、糜芳、簡雍和老百姓以及隨軍家屬，都已經不知去向。

劉備正擔心着他們的下落，忽然，糜芳滿臉傷痕，跌跌撞撞地衝過來，氣喘吁吁地説：“趙雲投降曹操去了！”張飛一聽，怒不可遏，大喊道："我親自找他去。只要撞見他，一槍刺死！"劉備說："你們不要瞎疑心別人。趙雲決不會背叛我的。"張飛哪裏肯聽，帶領二十餘名騎兵，來到長坂橋。他親自橫矛立馬在橋上，向西面望去。

趙雲究竟到哪裏去了呢？

原來曹軍殺過來的時候，趙雲左衝右突，殺退了一批又一批人馬，等到天明，才發覺丟失了劉備的兩位夫人和兒子。趙雲想："主人將甘夫人、糜夫人與小主人阿斗，託付在我身上。今日軍中失散，有何面目去見主人？不如去決一死戰，無論如何要尋出主母與小主人的下落。"回顧身邊，只有三四十名騎兵。他騎着馬在亂軍中尋找。

糜氏寄子　趙志田 畫

沒有走多久，趙雲看見躺在草中的簡雍，得知兩位主母抱着阿斗下了車逃走。趙雲派兩名士兵保護簡雍先回去，向主人報告："我趙雲上天入地，也要找到主母與小主人。如果找不到，寧願死在沙場。"

趙雲拍馬望長坂坡走去，只見前面有一批百姓，男男女女，大約有幾百人，互相攙扶着走路。趙雲大聲問："甘夫人在這裏嗎？"

甘夫人望見趙雲，放聲大哭。趙雲連忙到甘夫人面前，下了馬，流着淚說："都是我不好，使夫人受苦了！糜夫人和小主人在哪裏？"甘夫人說："我與糜夫人混在百姓中一起步行，被一支軍馬衝散，糜夫人與阿斗不知逃到哪裏去了？"

兩人正在說話，忽然百姓們騷動起來。原來是曹仁的部將淳於導，捉住糜竺，正要押解到曹營去報功。趙雲大喝一聲，飛馬上前，挺槍來戰淳於導。只戰了一個回合，就將淳於導一槍刺死。趙雲向前救了糜竺，奪到了兩匹馬，請甘夫人上馬。他走在前面，殺開一條血路，一直送到長坂坡。只見張飛在橋上橫矛立馬大叫："趙子龍，你為什麼反我哥哥？"趙雲說："我找不到主母與小主人，所以落後，怎麼可以說我反主公？"張飛終於真相大白。趙雲又問："主公在哪裏？"張飛說："就在前面不遠的地方。"趙雲對糜竺說："你保着甘夫人先走，我要去找糜夫人和小主人。"他帶着幾名騎兵再從舊路回轉。

趙雲正在尋找，看見夏侯恩背着一口劍，帶着十幾個騎兵趕來。夏侯恩身上背的是口寶劍，削鐵如泥，十分鋒利。趙雲拍馬上前，只刺了一槍，就把夏侯恩刺下馬來，其他的騎兵都嚇得逃走了。趙雲佩劍提槍，騎上馬後，孤身一人，重新殺進曹軍的包圍圈裏，只要碰到百姓，就打聽糜夫人的下落。有一個人對他說："夫人抱着孩子，躲在斷牆的後邊。”

在一截斷牆後面，趙雲果然看見糜夫人抱着阿斗，靠在一口枯井旁邊。趙雲急忙下馬，拜倒在地。糜夫人説：“將軍來了，阿斗有命了。望將軍可憐他父親飄蕩半世，只有這點骨血。請將軍保護阿斗去見他的父親，我雖然死去也沒有遺憾了！”

趙雲説：“夫人受難了，這是我的罪責。請夫人上馬，我步行拚死作戰，保住夫人殺出重圍。”糜夫人説：“不行！將軍怎麼可以沒有馬？阿斗全賴將軍保護，我已經受了重傷，死也算不了什麼！將軍快將阿斗抱去，不要再管我的死活了！”

趙雲説：“追兵快到了！請夫人快快上馬！”

糜夫人要將阿斗交給趙雲，説：“阿斗的性命全在將軍的身上了！”趙雲三番五次請夫人上馬，糜夫人死活不肯。這時，四邊喊聲又起。趙雲厲聲説道：“夫人不聽我的話，追兵一到，怎麼辦？”

糜夫人見情況危急，不再多説，把阿斗放在地上，翻身跳進了井中，趙雲看見夫人已經死去，恐怕曹軍盜屍，就將土牆推倒，將井掩蓋。接着，趙雲解開腰帶，取下護心鏡，把阿斗抱在懷裏，小心護好。然後，提槍上馬。

曹洪部將晏明帶着一隊步兵率先趕到。他挺着三尖兩刃刀來戰趙雲，但不到三個回合，就被趙雲刺倒，殺散來兵，衝開一條路。

趙雲往前走了沒有多遠，又被一隊人馬擋住了去路，為首的是大將張郃。趙雲戰了十幾個回合，見敵軍層層包圍了上來，怕傷着了阿斗，不敢多戰，奪路就走。

張郃在背後緊追不放。趙雲加鞭催馬，一不小心，連人帶馬，跌進一個土坑裏。張郃挺起鐵槍，上前就刺。正在這危急關頭，那匹馬騰空一躍，跳出土坑。張郃大吃一驚，往後退走，趙雲乘機突圍而去。

單騎救主 戴敦邦 畫

走了沒多久，前有焦觸、張南擋住去路，後有馬延、張顗緊追不捨。這四個人都是袁紹手下的降將。趙雲奮力迎戰四將，大批曹軍一擁而上。趙雲一手持槍，一手拔出寶劍亂砍。劍到之處，血如泉湧，殺退眾將士，突出重圍。

這時，曹操正在景山頂上觀戰，望見有一位驍將在重重包圍之中，勇猛威武，左衝右突，勢不可擋。曹操連忙吩咐左右打聽此人是誰，曹洪飛馬下山大叫："軍中戰將可不可以留下姓名？"趙雲

劉備摔子 顧曾平 畫

回答："我是常山趙子龍。"曹洪回報曹操。曹操讚歎説："這真是一員虎將啊！"他又派人飛馬傳告各處："如果見到趙雲，不許放冷箭，要捉活的。"

有了曹操這一句話，趙雲才能夠懷抱阿斗，殺出重圍，槍刺劍砍，殺死曹營五十幾員名將。不然的話，趙雲本事再好，也得被箭射成刺猬了。就是現在這樣，當趙雲脱離曹軍重重包圍時，已是血染戰袍了。趙雲脱身後，向長坂橋拍馬跑去，只聽得背後殺聲震天，原來是文聘領着人馬追來了。

趙雲人困馬乏，筋疲力盡，一見張飛挺矛立馬在橋頭，連忙大聲喊道："張飛，快來幫我！"

張飛説："你快走，追兵由我來對付！"

趙雲飛馬過橋，又走了二十幾里路，看見劉備與眾將在樹下休息。趙雲翻身下馬，拜伏在地，流着眼淚，劉備也流下淚來。趙雲向劉備告罪，説是沒有保護好糜夫人，公子剛才在懷中啼哭，現在沒有聲音，不知道保住了沒有！他解開腰帶，抱出阿斗，阿斗正呼呼地酣睡呢！趙雲雙手捧上阿斗，交給劉備，高興地說："幸虧公子平安無事！"

劉備接過阿斗，扔在地上，說："為了你這個小孩子，差一點損了我一員大將！"

趙雲連忙從地上抱起阿斗，向劉備跪下，流着淚說："我就是肝腦塗地，也不能報答你的大恩！"阿斗是劉備的獨生子，劉備卻為了趙雲而毫不憐惜地將他扔到地上，趙雲怎麼能不感激劉備的知己之恩呢？

從此留下了一句有名的歇後語：劉備摔孩子——收買人心。

第二十四章

大鬧長坂橋

文聘帶兵追趙雲到了長坂橋，只見張飛虎鬚倒豎，怒目圓睜，手執丈八蛇矛，立馬橋上；又望見橋東樹林的後面，塵土飛揚，懷疑有伏兵，就不敢上前，生怕中了埋伏。

這是怎麼一回事呢?

原來張飛只帶了二十幾個騎兵守在長坂橋前。面對曹操的幾十萬大軍，這點兵力管什麼用？魯莽的猛張飛居然動起腦筋來了。他望見長坂橋東面有一片樹林，急中生智，連忙叫二十幾個騎兵每人砍下一捆樹枝，綁在馬尾巴上，叫他們騎着馬在樹林裏不停地來回奔跑，把塵土揚得越高越好。經過這樣一番佈置，遠遠望去，好像其中埋伏着許多人馬。

張飛獨自一人，騎馬立在橋頭，手執蛇矛，擺出一副一夫當關、萬夫莫開的架勢，使人滿以為他設埋伏引誘敵軍進入。

過了不長時間，曹仁、李典、夏侯惇、夏侯淵、樂進、張遼、張郃和許褚等曹營大將，都各自帶着部下人馬陸續趕到了。他們看見張飛倒豎虎鬚，怒目圓睜，獨自橫矛立馬在橋上。曹營諸將都感到奇怪，天下哪裏有憑自己一個人來抵抗大股敵軍進攻的呢？恐怕又是諸葛亮在搞什麼用兵奇計。曹仁是吃過諸葛亮苦頭的，新野城一把火，燒得他喪魂落魄，可以說是驚弓之鳥了。再加上橋東面的樹林裏塵土飛揚，不知道林子裏面埋伏了多少人馬。大家都認為應當慎重，誰也不敢上前，只好紮住陣腳，將人馬在橋西一字兒擺開，一邊傳下號令停止前進，一邊派人去報告曹操。

曹操得到報告後，飛馬趕到陣前。張飛遠遠看見曹營後軍中旌旗飛舞，簇擁着一頂青羅傘蓋朝陣前走來，料想一定是曹操起了疑心，親自到陣前來察看。張飛大喝一聲："燕人張翼德在此！誰敢和我決一死戰！"

張飛待敵 陳明大 畫

張飛的厲聲大喝，好像天上響起了驚雷，震得曹軍耳朵嗡嗡響，兩腿簌簌發抖。曹操連忙下令收起青羅傘蓋，免得暴露自己。他對左右將領說："我以前曾經聽關羽說過，張飛在百萬大軍中摘取敵人大將的腦袋，輕鬆得就像從口袋中掏東西一樣。今天和他交戰，千萬不能輕敵。"

曹操的話還沒有說完，張飛早已等得不耐煩了，怒睜雙目，又是一聲大喝："燕人張翼德在此，誰敢過來和我決一死戰！"

曹操被張飛的氣勢鎮住了，腦中產生了退兵的念頭，身不由己地勒馬往後退了一步，曹軍跟着統帥也往後退了幾步。

張飛看見曹營後軍陣腳移動，就挺矛大喝："戰又不戰，退又不退，這究竟是什麼道理？"

這一聲斷喝，好比是晴天霹靂，轟轟隆隆，驚天動地，嚇得曹操身邊的夏侯傑肝膽破裂，仰天倒跌下馬來。曹操一下子也被嚇懵了，掉轉馬頭就走。眾將士也搞不清楚是怎麼回事，看見主帥往後面逃走，大家一齊跟着往西面奔逃。曹軍像潮水那樣地往後退走，一路上自相踐踏，丟掉的長槍、頭盔不知道有多少，數也數不清。

曹操被張飛嚇得趕馬往西逃走，連頭上戴的冠和簪也都摔落下來了，披頭散髮，狂奔亂跑。張遼追趕上去，拉住曹操坐馬的轡頭，對曹操說："丞相不必驚慌，料他張飛只有一個人，沒有什麼值得可怕的！現在趕緊殺回去，很有可能抓住劉備。"

到了這時，曹操方才定下心神，心裏暗想："張遼的話很對，我剛才怎麼會沒有想到呢？看來我真是被嚇糊塗了。"話雖這麼說，但他可不敢輕舉妄動，就命令張遼、許褚再到長坂橋去探聽究竟。

張飛看見曹軍像潮水般地退去，他可不敢追趕，而是連忙叫回那二十餘個騎兵，讓他們解去馬尾巴上的樹枝，下令拆了長坂橋，

張飛叫陣 趙志田 畫

然後回馬追趕劉備去了。

張飛追上劉備以後，興奮地向他說了長坂橋的事。劉備聽了，誇獎他有勇有謀，尤其是馬尾拖樹枝設疑兵的事，很會動腦筋。但是，當張飛講到拆橋的事時，劉備失聲驚叫：“哎呀！三弟雖然勇敢，這件事卻辦得不好。”

張飛疑惑地問：“這是為什麼？”

劉備說：“曹操這個人鬼得很，腦筋轉得很快。你不應該拆斷橋樑，引起他的懷疑，看來追兵馬上就要來了！”

張飛毀橋 陳明大 畫

張飛不以為然，說：“他被我一喝，就倒退幾里，怎麼敢再來追？”

劉備說：“曹操一向多疑。如果你不拆斷橋，他怕有埋伏，不敢來追。現在你拆斷了橋，他就會料定我們兵少心虛，就一定會派兵來追趕。他有百萬大軍，就是長江、漢江，也可以填塞河流過去，怎麼會讓一座斷掉了的橋擋住去路呢？”於是，劉備下令立即召集人馬動身，從小路斜穿到漢江渡江，準備到沔陽去。

事情果然正如劉備的估計。曹操聽到張遼、許褚回報說是張飛拆斷橋樑走了，立即說：“張飛拆斷橋樑，說明他心虛害怕。”於是，曹操立即傳令，派一萬士兵，馬上搭起三座浮橋，當夜就要過河，追上劉備。李典說：“恐怕這一次又是諸葛亮在搞什麼詭計，我們不能冒冒失失地去追。”曹操說：“張飛是一介勇夫，沒有心眼，哪裏懂什麼奇謀巧計？”他傳下號令，火速進兵。

劉備一行人馬，剛剛走到漢水江邊，忽然聽到後面鼓聲震天，喊聲動地。回頭望去，只見遠處塵土飛揚，千軍萬馬，如潮水般湧來。劉備不禁長歎一聲：“天啊！前有大江，後有追兵，叫我怎麼辦呢？”

曹操眼見勝利在望，就向軍隊下令說：“現在劉備是鍋子裏的魚，陷阱中的虎，我們如果不趁此機會抓住他，就好比是將魚放回大海，放虎歸轉山林，後患無窮。大家一定要努力向前，活捉劉備。”

眾將得令後，一個個奮勇追趕。眼見劉備快要被追上了。就在這千鈞一發之際，山坡後面響起鼓聲，飛出一隊兵馬，為首的那位將軍，手執青龍刀，跨騎赤兔馬，原來是關羽！他從江夏借了一萬兵馬回來，打聽到當陽長坂發生大戰，特地從這條路進行截擊。

曹操看見關羽帶了兵馬突然出現在眼前，驚慌失措，回顧眾將說：“不好，我又中了諸葛亮的計啦！”立即傳下命令：全軍撤退！

關羽追趕了十幾里，將曹軍趕得遠遠的。然後他回兵保護劉備，揮手召來早就準備好的船隻，請劉備和甘夫人、阿斗等人上船坐定。

船行江中，忽然看見江南岸戰鼓聲咚咚響，有許多船隻順風揚帆而來。劉備大吃一驚，感到大禍臨頭。來船靠近以後，只見當頭船上站着一人，白袍銀甲，大聲喊道："叔父不要驚慌，小侄來了！"劉備一看，正是劉琦。劉琦過船拜見劉備，說是特地趕來接應。

劉備滿心歡喜，這時方才定下心來。兩人正在船中訴說離別後的經過，忽然又看見江上有戰船一字兒擺開，乘風破浪而來。劉琦吃了一驚，說："江夏的兵都已經被我帶來了。如今有戰船攔路，不是曹操的水軍，就是江東的水軍，怎麼辦呢？"

劉備走到船頭一望，卻原來是諸葛亮來了。劉備慌忙請他過船，諸葛亮告訴劉備："我到江夏以後，先要關羽從漢江登陸地接應。我估計主公一定會從這裏渡江，所以請公子先來接應，我到夏口去將全部軍隊帶來相助。"於是，三路人馬會合到一起。

曹操發動的荊襄之役，並未達到消滅劉備勢力的目標。此後，劉備佔着江夏和夏口，贏得喘息的時間，聲勢又重新壯大起來。

第二十五章 智激周瑜

曹操打敗了劉備，奪取了荊州，於是順流東下，打算吞併江東。諸葛亮憑三寸不爛之舌，一番游説，孫權十分高興，説："先生説得很對。我決定立即起兵，和劉備聯合，共滅曹操！"

張昭和顧雍等人為此事去見孫權。張昭認為抵抗曹操是背着柴草去救火，只會燒死自身。顧雍罵諸葛亮在借刀殺人，利用東吳的兵力來為他抵抗曹操。於是，孫權猶豫起來。吳國太看見孫權坐立不安，問他為了什麼事這樣心煩。孫權將曹操要下江南的事説了。想戰，怕寡不敵眾；想降，又怕曹操不能容忍他。真是進退兩難啊！吳國太説："你哥哥孫策臨終時留話：'內事不決問張昭，外事不決問周瑜。'你為什麼不去徵求周瑜的看法？"孫權聽了，如夢方醒。

周瑜在東吳舉足輕重。他手握兵權，身繫東吳安危。是戰？是降？主臣和武官意見相左，孫權也舉棋不定。這個棘手的難題就等周瑜來拍板了。

周瑜當時在鄱陽湖訓練水

師，孫權打算派人去請他回柴桑議論軍機大事。誰知使者還沒有出發，周瑜聽說曹操大軍壓境，不召自來，已經急如星火地從前線趕回。魯肅與周瑜是好友。他去迎接周瑜，順便將近一時期發生的事原原本本地告訴了周瑜。

魯肅一走，張昭、顧雍等人求見。堂中坐定後，張昭說："都督知道目前江東的形勢嗎？"周瑜裝糊塗說："不清楚。"張昭說："曹操大軍壓境，我們勸主公投降。魯肅帶了劉備的軍師諸葛亮來，想借東吳的兵力來替自己報仇，勸主公抵抗。魯肅上了諸葛亮的當，執迷不悟，都督可要拿穩主意啊！"周瑜說："我早就想投降了，你們請回去吧！"

張昭這批文臣一走，程普、黃蓋等武將求見。程普說："都督知道江東要落到他人的手裏了嗎？"周瑜仍是假裝糊塗說："不清楚。"程普說："我們跟隨孫將軍，大小數百戰，才有今天的江東六郡之地。現在張昭這批文臣勸主公投降曹操，這真是太可恥了！望都督勸主公起兵，我們願意與曹軍決一死戰。"周瑜問："你們的看法都一致嗎？"黃蓋忿怒地站了起來，用手指額頭說："我的頭可斷，血可流，但決計不投降曹操！"各位武將異口同聲，都說不願投降。周瑜說："我正要與曹操決戰，怎麼肯投降？各位將軍請先回去。"程普等就告別走了。

接着又來了好幾批人，凡是文官都主張投降，凡是武官卻都堅決主戰。周瑜一一把他們勸了回去，說是見到主公後，自會作出決定。等到大家告別以後，周瑜不停地冷笑，誰也摸不透他的心思。

晚上，魯肅帶着諸葛亮來見周瑜。雙方坐定後，魯肅先問周瑜："曹操南下，侵犯我東吳，是和是戰，主公說由將軍決定，不知將軍怎樣打算？”周瑜說：“曹操勢大，不可輕敵。戰則必敗，降則易安。我已經決定，來日見到主公，就派人去向曹操投降。”魯肅說：“江東的基業，至今已有三代，怎麼可以一下子送給曹操？先主公說是外事託付將軍，如今正要靠將軍保全國家，怎麼你也跟那些懦夫一樣主張投降呢？”周瑜說：“江東六郡有那麼多百姓，如果打起仗來，死傷的人必定很多，老百姓會指着我的脊梁骨罵呢！”魯肅說：“不對。將軍如此英勇，東吳如此險固，曹操未必能夠獲勝。”

江東二喬　華三川 畫

兩人爭辯不休，諸葛亮袖手旁觀，只是冷笑。

周瑜問：“先生笑什麼？”

諸葛亮說："我笑魯肅不識時務。都督要投降曹操，很有道理。"周瑜說："你是識時務的人，一定同意我的看法。"

魯肅說："諸葛亮，你怎麼也這樣說！"諸葛亮說："曹操很會用兵，天下沒有人能擋得住他。只有我主公劉備不識時務，敢與他抗衡，至今在江夏孤軍作戰，是存是亡，很難說。周瑜將軍決心要投降曹操，可以保全老婆孩子，安享榮華富貴，至於國家亡不亡，又算得了什麼！"

魯肅發怒說道："你想讓我主公屈膝向國賊投降嗎？"

諸葛亮說："要使曹操退兵也不難，只要送兩個人過江就可以了。"

周瑜問："哪兩個人？"

諸葛亮說："曹操新造了一座銅雀台，廣泛挑選

智激周瑜 王宏喜 畫

天下美女養在裏面。他本是好色之徒，聽說江東喬公有兩個女兒，大的叫大喬，小的叫小喬，長得十分美貌。曹操曾經發誓說：‘我一願掃平四海，統一天下；二願得江東二喬，養在銅雀台裏，以娛晚年。’將軍為什麼不去尋喬公，出重金收買這兩個女子，派人送給曹操。曹操稱心滿意，就會退兵。這是當年范蠡獻西施之計，為什麼不快去辦呢？”

周瑜的臉色很難看，問：“你說的話，有根據嗎？”

諸葛亮說：“有啊！曹操的兒子曹植奉命寫了一篇《銅雀台賦》，文章中表達了曹操一定要得到二喬的決心。我愛這篇賦的文字漂亮，至今仍舊背得出。”於是，他將《銅雀台賦》從頭到尾背誦了一遍，其中有一句是“攬二喬於東南兮，樂朝夕之與共”。

周瑜聽完《銅雀台賦》，氣得臉色都發青了，離開座位，指着北方大聲罵道：“老賊欺我太甚！我與他誓不兩立！”諸葛亮假裝糊塗，說：“過去匈奴的單于侵犯我疆界，天子將公主許配給單于，實行和親政策。將軍何必吝惜民間的兩個女子呢？”

周瑜怒氣沖沖地說：“先生有所不知，大喬是孫策將軍的夫人，小喬是我的妻子呀！”

諸葛亮裝出惶恐的樣子說：“哎呀，我不知道情況，失口亂言，得罪將軍。該死，該死！”

周瑜說：“我受孫策將軍的託付，哪裏會去屈身投降曹操呢？剛才講的話，不過是為了試探你的態度。我早就下決心和曹操打一仗了，希望先生能助我一臂之力，齊心協力打敗奸賊。”諸葛亮說：“如果你不嫌棄我，我願為你效犬馬之勞，聽候你的差遣。”

第二天清晨，孫權升堂。左邊站着文官張昭、顧雍等三十餘

決計破曹　龐先健 畫

人，右邊站着武官程普、黃蓋等三十餘人。過了一會兒，周瑜進見孫權，孫權拿檄文給周瑜看。周瑜看完後，笑笑說："老賊以為我江東無人，竟敢這樣地欺侮我們。"孫權問："你看怎麼辦？"

周瑜說："曹操雖然名為漢朝的丞相，其實是漢朝的奸賊。主公據有江東，兵精糧足，正應該趁機橫行天下，為國家除殘去暴，怎麼能向老賊投降？曹操後方不穩，北軍不會水戰，眼下是隆冬季節，騎兵的馬匹沒有草吃，再加上讓中原士兵到江南來，水土不服，很多人生病。曹操犯了那麼多的兵家大忌，人數雖多，但必失敗。將軍活捉曹操，正在今日。我願替將軍與曹操決一血戰，萬死不辭，就只怕將軍猶豫不決，優柔寡斷。"

孫權拔出佩劍將面前的桌子砍去一角，對文武官員說："誰再提投降曹操，這就是他的下場！"

諸葛亮智激周瑜，促成了孫、劉聯合抗曹的同盟，揭開了赤壁之戰的序幕。

第二十六章 蔣幹盜書

曹操與周瑜在江面上交戰，曹操的水軍吃了敗仗。曹操責問蔡瑁、張允："我軍兵多，東吳兵少，怎麼反而吃了敗仗？看來是你們不用心！"

蔡瑁說："荊州水軍，很長時間沒有操練了。丞相帶來的兵，是北方人，不會打水戰，所以吃了敗仗。現在應當先立水寨，每日操練，才能用來作戰。"曹操說："你是水軍都督，儘可大膽去放手訓練。"

蔡瑁、張允為了訓練水軍，將沿江一帶分為二十四座水門，大船在外，小船在內。夜晚點上燈火，照得江面通紅。當天晚上，周瑜登高觀望，只見西邊火光接天，不禁心中吃驚。

第二天，周瑜親自乘船去探看曹軍水寨，看到曹營水軍井井有條，船舶調度十分得當，就問道："曹營水軍都督是誰？"左右回答："蔡瑁、張允。"周瑜心中想：這兩個人久居江東，熟悉水戰。要想破曹，先得除掉這兩個人。這時，曹軍發現周瑜偷看水寨，派出大批戰船來追逐，但周瑜已下令掉轉船頭，在江面上飛一樣地溜走了。

曹操召集手下將領商量，怎樣才能打敗周瑜？幕賓蔣幹自告奮勇，說他與周瑜從小就是同學，願憑三寸不爛之舌，往江東去勸他投降。曹操很高興，擺酒為他送行。

周瑜在軍帳中和部下商量破曹的事，聽說蔣幹來到，笑着說："說客到了！"接着，周瑜對部下附耳說了自己的安排，各位將領接受命令後就分頭去執行。

周瑜出門迎接蔣幹，一見面就說："蔣兄遠涉江湖而來，莫非想替曹操當說客嗎？"蔣幹很驚愕，不想一見面就被周瑜點破，連忙否認："我們好久不見面了，想找你敍敍友情，你怎麼會懷疑我這個老同學呢？好吧，我馬上就走，告辭了。"周瑜挽住蔣幹的臂膀，笑着說："既然不是來當說客，又何必急着要走？"

周瑜把蔣幹請進帳中，就叫部下來見面。文官武將一一介紹後，大擺筵席，奏樂飲酒。周瑜對大家說："蔣兄是我的同窗好友，雖然從江北曹營來，但不是來當說客的，請各位不要多疑。"接着，他取下身上的佩劍交給太史慈，說："你佩帶我的劍作監

羣英會 黃全昌 畫

酒。我們今天只敍友情，不談軍情。如果有人提起曹操與東吳的軍情，立即斬首！”

蔣幹聽了，一身冷汗，哪裏還敢勸周瑜投降。

座上互相勸酒，你一杯，我一杯，酒喝到半醉的時候，周瑜拉着蔣幹的手，走出帳外，只見兵士們手裏拿着矛和戟站着。周瑜說：“你看我的士兵雄壯嗎？”蔣幹說：“如熊似虎，威風凜凜。”周瑜又領他到軍帳後面，只見糧草堆積如山。周瑜說：“我的糧草充足嗎？”蔣幹說：“兵精糧足，名不虛傳。”周瑜假裝酒醉大笑說：“當年我與你同窗讀書，可並沒有指望有今天。”蔣幹說：“我兄才高，應當有今天的威風。”周瑜握着蔣幹的手說：“大丈夫在世上遇到知己的主公，言必聽，計必從，禍福同享，即使是蘇秦、張儀復活，口若懸河，舌如利劍，也休想能說動我！”

他說完了，哈哈大笑。蔣幹面色發灰，一句話也不敢說。

周瑜再攜蔣幹進帳，與眾將一起繼續喝酒。他指着眾將領說：“在座諸位都是江東的豪傑。今日之會，可以稱作‘羣英會’。”

天晚了，夜深了，宴會還在繼續。蔣幹說：“我已經醉了，不能再喝酒了！”周瑜宣佈宴會結束，眾將告辭離去。周瑜留蔣幹同宿一室。他假裝酒醉，連衣服也不脱，就倒在牀上，開始嘔吐起來。吐完後就打起呼嚕睡着了。

蔣幹心中有事，哪裏睡得着？伏枕聽時，軍中鼓打二更，起視殘燈尚明。回頭看周瑜，鼻息如雷。蔣幹見帳內桌上，堆着一卷文書，就躡手躡腳爬起來偷看，卻都是往來書信，其中有一封書信引起了他的注意。這封信是曹操的水軍都督蔡瑁、張允寫來的，信內講到他們投降曹操是被形勢所逼，並非出自本心，現在已經騙北軍困在水寨裏面，只要得到機會，就將曹操的人頭獻給將軍。

蔣幹看了，大驚失色，連忙將這封書信藏在懷裏。他還想查看其他書信，周瑜在牀上翻了個身。蔣幹連忙吹熄燈燭，躺到牀上。只聽得周瑜一副醉態，含含糊糊地說："蔣兄，我幾天之內，給你

蔣幹盜書 戴敦邦 畫

看曹賊的人頭！"蔣幹勉強答應着。他進而追問周瑜這是怎麼一回事時，周瑜又睡着了。

到了四更天時，只聽得有人來喊周瑜："都督醒了嗎？"周瑜裝出夢中忽然驚醒的樣子，故意問："牀上睡的是誰？"

那個人回答："都督請蔣幹同牀而睡，怎麼把這件事忘了？"

周瑜懊悔地說："我平日從來沒有喝醉過酒。昨天醉後誤事，不知道我在醉後說過哪些話？"

那個人說："江北有人到這裏來了。"

周瑜連忙喝阻："低聲。"他回過頭來喊蔣幹："蔣兄。"蔣幹裝做睡熟了，不答應。周瑜悄悄走出帳外，蔣幹豎起耳朵偷聽，只聽得帳外有人說："張、蔡兩位都督都說是目前沒有機會下手，恐怕不能性急。"後面的話，聲音很低，聽不清楚。過了一會，周瑜進帳，又來喊他："蔣兄。"蔣幹仍不答應，蒙頭假睡。周瑜這時才脫去衣服就寢。

蔣幹心想："周瑜是個精細的人。天亮後如果尋不到信，必然要加害於我！"到了五更天，蔣幹起牀喊周瑜，周瑜睡得很沉，喊不醒。蔣幹穿衣戴帽，偷偷走出帳外，叫了隨從，出了轅門。把守轅門的衛士問："先生到哪裏去？"蔣幹說："都督很忙，我在這裏容易妨礙他公務，所以暫且告別。"衛士並不阻攔，讓他走了。

蔣幹上了船，要船夫拚命划槳搖櫓，回轉江北，去見曹操。曹操問他事情辦得怎樣了？蔣幹說："勸不動，沒辦法。"曹操發怒說："事情辦不成，反而被周瑜看笑話！"蔣幹說："丞相息怒。我雖然不能說服周瑜來投降，卻為丞相打聽到一件重要事。請丞相下令叫左右退下。"

曹操中計 周志宏 畫

曹操叫其他人都退出帳外。蔣幹拿出書信交給曹操，還將他聽到的話、看到的事，一五一十告訴曹操。曹操聽了，怒火沖天，說：“這兩個賊竟敢如此無禮！”

曹操立即下令召來蔡瑁、張允二人，對他們說：“我想讓你們倆帶兵去進攻東吳。”蔡瑁說：“水軍還沒有訓練好，不能輕易進兵出戰。”

曹操沉下臉來說：“等到水軍操練好了，我的人頭早已被你們獻給周瑜了！”

蔡瑁和張允倆丈二和尚摸不着頭腦，你看我，我看你，臉色都嚇白了，不知道在什麼地方得罪了曹操。曹操不等他們回答，就下令武士把他倆推出去斬首。但是，等到獻上兩人的頭顱時，曹操忽然恍然大悟，自言自語說：“啊呀，我中計了！”

曹操雖然心中明白自己中計，但卻不肯認錯，對眾宣佈兩人觸犯軍法，所以斬首。他挑選毛玠、于禁二人代替蔡瑁、張允為水軍正副都督。

消息傳到東吳，周瑜高興地說：“我最擔心的就是這兩個人，他們一死，我可以放心了。”

第二十七章 草船借箭

曹操中計殺了蔡瑁、張允後，營中再也沒有熟悉水戰的將領。周瑜對此沾沾自喜，殊不知諸葛亮早就洞若觀火。周瑜對魯肅說："諸將不知我這條反間計，但恐怕瞞不過諸葛亮。你幫我去打聽一下，看他知道還是不知道？"

魯肅去見諸葛亮，諸葛亮見面就說："我還沒有向都督賀喜呢！"這一下嚇得魯肅連臉色都變了，問道："喜從何來？"諸葛亮說："這條計只能騙蔣幹。曹操雖然被一時瞞過，但很快便會醒悟過來，只是他不肯認錯罷了。蔡、張兩人死去，江東水戰已無敵手，怎麼能不賀喜！我聽說曹操任命毛玠、于禁為水軍都督，這兩個人都是旱鴨子，曹操水軍的性命必定斷送在他倆手裏了。"

魯肅聽了，目瞪口呆，支支吾吾應酬了幾句，就向諸葛亮告別。諸葛亮囑咐魯肅不要在周瑜面前說他已經知道這件事，否則周瑜心懷妒嫉，又要徒添麻煩了。但是，魯肅回去見了周瑜以後，實話實說，一點也沒有隱瞞。周瑜大吃一驚，說：“此人決不可留！我一定要殺掉他！”魯肅勸他：“如果殺諸葛亮，要被曹操看笑話。”周瑜說：“我自然有辦法，要他死而無怨！”

第二天，周瑜升帳，召集眾將，派人請諸葛亮來一起商量與曹軍作戰的策略。諸葛亮進帳坐定後，周瑜問諸葛亮：“馬上要對曹軍開戰了。水路交兵，應以何種兵器為先？”

諸葛立軍令狀　龐先健 畫

諸葛亮說：“大江之上，應當以弓箭為先。”

周瑜一聽，馬上就說：“對，對。但是目前軍中缺少箭用，煩請先生在十天內監造十萬支箭。這是公事，請先生不要推託。”

諸葛亮說：“曹軍馬上就要進攻了，如果等候十天，一定要誤大事。”周瑜聽了，心想這是你自己在找死，馬上接口問道：“先生估計幾天可以辦成這件事？”

諸葛亮說：“只要三天，就可以交出十萬支箭。”

周瑜說：“軍中無戲言，開不得玩笑。”

諸葛亮說：“怎敢與都督

開玩笑！我願寫下軍令狀，三天辦不成，心甘情願受重罰。”

周瑜心中暗自歡喜，喊來軍政司，當面與諸葛亮立下軍令狀，接着就請諸葛亮喝酒，說：“事情辦成後，自然會有酬勞。”諸葛亮說：“今天已經來不及了，明天造起，到第三天，差五百名士兵到江邊搬箭。”他匆匆喝了幾杯酒，就告辭了。

魯肅很不理解，對周瑜說：“諸葛亮在說大話騙人吧！”周瑜說：“這是他自己送死，不是我在逼他。今天他當眾立下了軍令狀，就是兩肋生出翅膀，也飛不出去。我只要吩咐軍匠故意拖延時間，不備齊造箭的材料，到時候看他怎樣交出十萬支箭來？那時定他的罪，他無話可說。你去幫我探聽他的情況，向我回報。”

魯肅奉命來見諸葛亮。諸葛亮責怪魯肅：“我叮囑你不要對周瑜說，否則他要害我。你不肯幫我隱瞞，如今果然又弄出事來，三天內怎麼造得出十萬支箭？你一定要救我！”魯肅說：“你自己愛說大話，亂誇海口，如今闖出禍來，我怎麼救你？”

諸葛亮說：“希望你借給我二十隻船，每隻船配備三十個士兵，船上用青布作為帳幔，用一千多捆草分佈船的兩邊。我自有妙用，第三天包管有十萬支箭。這件事不能讓周瑜知道，否則我這條計就不成功了。”

儘管魯肅不清楚諸葛亮的用意，但卻答應他向周瑜保密。他見到周瑜時，果然不提起借船的事，只說諸葛亮不用箭竹、翎毛、膠漆等造箭的材料，說是自有道理。

魯肅瞞住周瑜，私自撥船借給了諸葛亮。第一天，不見諸葛亮有行動。第二天，諸葛亮仍是若無其事，毫無行動。第三天，四更時分，諸葛亮悄悄地派人請魯肅上船。

魯肅問諸葛亮："先生召我來有什麼事？"

諸葛亮説："特地請你一同去取箭。"

魯肅問："到哪裏去取？"

諸葛亮説："你不用多問，去了就知道了。"

當天晚上，大霧彌漫，長江上的霧氣尤其濃。諸葛亮下令軍士用長繩將二十條船連接起來，全力往長江北岸進發。五更時分，船隊已經逼近曹操水寨。諸葛亮下令船頭朝西，船尾朝東，一字兒擺開，船上擂鼓吶喊。

魯肅大吃一驚，説："倘若曹兵一齊攻了出來，怎麼辦呢？"諸葛亮看到魯肅驚慌失措，就笑笑説："我估計曹操在這種大霧天裏一定不敢出兵。我們儘管飲酒快活，等到大霧一散，馬上回去。"

再説曹軍水寨中，聽到江面船上擂鼓吶喊，毛玠、于禁兩人慌忙報告曹操。曹操傳令説："大霧迷江，敵軍忽然到來，必有埋伏，千萬不可輕舉妄動。目前可以調撥水軍弓弩手亂箭射去。"他還派人到旱寨中召來張遼、徐晃各帶弓弩手三千人，趕快到江邊協助射箭。

曹操的命令下達後，毛玠、于禁怕敵軍攻進水寨，派弓弩手在寨前放箭。過了片刻，旱寨的弓弩手也到了，加上水寨的人，共計有一萬多名弓弩手。大家一起向江中船隻放箭，箭像雨點般地射出去。諸葛亮下令把船調轉方向，船頭朝東，船尾朝西，逼近水寨，接受射來的箭，同時繼續擂鼓吶喊。等到太陽升起，大霧消散，諸葛亮下令立刻收船回轉江東。二十隻船兩邊的草束上，插滿了箭。諸葛亮下令各船軍士齊聲大叫："謝丞相箭！"

曹軍寨內將士將情況去報告曹操，但這時由於船輕水急，已經

草船借箭　王宏喜 畫

走了二十餘里，要追也來不及了。曹操望着諸葛亮的船隊滿載着自己的十幾萬支箭遠去，又是懊悔，又是氣惱，越想越恨。

諸葛亮在回船途中對魯肅說：“每隻船上的箭大約有五六千支，不費江東半分力氣，已經取得十幾萬支箭。明天用這些箭來射曹軍，豈不是很方便嗎？”魯肅佩服得五體投地，說：“先生真是神仙下凡，怎麼會知道今天江上有大霧呢？”

天明交箭 龐先健 畫

諸葛亮微笑着說：“身為將領而不懂天文，不知地理，不看陣圖，不了解雙方的兵力，那只不過是個飯桶罷了。我在三天前已經算定今天有大霧，所以才敢保證在三天內交出十萬支箭。周瑜要我在十天內造十萬支箭，工匠物料又樣樣不順手，那是存心要找借口殺我呀！”

魯肅聽了，口服心服。

船到岸邊，周瑜已經派了五百名士兵在江邊等候取箭。魯肅向周瑜報告草船借箭的經過。周瑜聽了，十分感慨，長長地歎了一口氣說：“唉！諸葛亮神機妙算，我的確不如他呵！”

第二十八章

苦肉計

曹操白白損失了十幾萬支箭，十分惱火。此時謀士荀攸建議用詐降計，讓周瑜、諸葛亮也上一次當。於是，曹操召來蔡瑁的堂弟蔡中、蔡和，要他們設法打進周瑜軍中刺探消息，裏應外合。

周瑜正在帳中考慮破曹的事，忽報蔡中、蔡和前來投降。周瑜立即叫他們進帳來。兩人一見周瑜，就跪在地上哭着説："兄長蔡瑁，被曹操無故殺死。我倆為報兄仇，特來投降，願為將軍去衝鋒陷陣。"

周瑜重賞二人，把他們派在先鋒甘寧的部下。但周瑜暗中吩咐甘寧："這兩個人不帶家屬前來，分明是曹操的奸細。我現在將計就計，讓他們去替我通報消息。你對他們要外鬆內緊，小心提防才對。"

魯肅來見周瑜，説："蔡中、蔡和是假投降，靠不住，看來其中有詐。"周瑜叱責説："別胡説了！他們為報兄仇而來投降，怎麼能認為其中有詐？"魯肅碰壁後，就去找諸葛亮説起此事。諸葛亮笑而不答。魯肅問："你為什麼要笑？"諸葛亮説："我笑你不懂周瑜的用心。大江阻隔，刺探情報很不方便。曹操要蔡中、蔡和詐降，想來探聽我軍中消息。周瑜將計就計，正要他們通報消息，這就是所謂兵不厭詐呀！"魯肅恍然大悟。

當天夜晚，糧官黃蓋來見周瑜，建議派人詐降曹操，尋找機會放火燒曹營。周瑜説此計甚妙，只可惜沒有合適的人願去。黃蓋自告奮勇，説自己願意去詐降。周瑜卻説曹操精明能幹，要騙過他，必須要用苦肉計。黃蓋説自己寧願挨打，無悔無怨。於是，兩人商議定當。

第二天，周瑜召集全體將領到軍帳來，諸葛亮也在座。周瑜説："曹操率領百萬大軍，不是一天兩天能夠破得了的。現在我命令各位將領先領三個月糧草，準備抗敵。"

話音剛落，黃蓋公然站出來頂撞説："不要説三個月，就是領三十個月的糧草，也沒有用。如果這個月能破敵，就破。如果這個月破不了敵，就乾脆放下

黃蓋夜見 周志宏 畫

武器投降算了。”

周瑜勃然大怒說：“你竟敢說出這種動搖軍心的話來！不殺你，難以服眾。來人哪，將他推出斬首。”黃蓋也發怒說：“我當年跟隨孫堅將軍南征北伐，縱橫東南，至今已歷三世。那時候，你在哪裏？”

周瑜氣得臉色發青，喝令快將黃蓋斬首。甘寧上前為黃蓋求情，說黃蓋是東吳老臣，希望能寬恕他。周瑜怒氣沖沖地說：“你竟敢多嘴多舌！”下令左右將甘寧亂棒打了出去。在場將領都一起跪下，替黃蓋求饒。周瑜才說：“今天我如果不看眾人的面子，非殺你不可！死罪可免，活罪難饒，罰打一百軍棍！”

武士們將黃蓋的衣服剝去，拖翻在地，舉起軍棍行刑。打到五十下時，黃蓋已是皮開肉綻，鮮血直流，幾次昏死過去。將領們再次跪在地上求饒。周瑜手指黃蓋，咬牙切齒地說：“好吧，先留下五十軍棍記在帳上，以後再犯，一併總算！”

散會後，魯肅來到諸葛亮的船中，說：“今天周瑜打黃蓋，先生是客，為什麼袖手旁觀，一言不發？”諸葛亮說：“他們兩個，一個願打，一個願挨，怎麼要我勸他？再說，不用苦肉計，怎麼能瞞過曹操？如今必定要黃蓋去詐降，讓蔡中、蔡和去報知。但你千萬別對周瑜說我已知道，只說我也埋怨都督就是了。”

魯肅告別後，去見周瑜。周瑜問：“諸將有沒有怨我？”魯肅說：“不少人對都督打黃蓋有看法，心中不安。”周瑜再問：“諸葛亮認為怎麼樣？”魯肅說：“他也埋怨都督不講情義，心腸太狠。”周瑜得意地笑道：“這次瞞過他了。”魯肅說：“為什麼？”周瑜就將用苦肉計瞞過曹操再用火攻的打算說了，魯肅心中佩服諸葛亮的見解高明，卻不敢對周瑜說出實情來。

黃蓋躺在自己的營帳中，將領們一個個來探望他。黃蓋一言不發，只是歎氣。參謀闞澤來看望黃蓋時，黃蓋將他請進臥室，下令左右都出去。闞澤問："將軍難道與都督有仇？"黃蓋搖搖頭。闞澤說："那麼是苦肉計了！"黃蓋點點頭。闞澤說："你不瞞我，是要我去向曹操獻詐降書了。"黃蓋說："的確是這樣，但不知道你肯不肯？"闞澤慷慨激昂地說："將軍能為東吳獻身，我還有什麼捨不得呢？"黃蓋滾下牀來，拜謝闞澤。闞澤說："這事不能拖，今晚就走。"於是，黃蓋將事先準備好的那封詐降信交給闞澤。

當天晚上，闞澤打扮成漁翁，乘一條小船來到曹軍的水寨，向曹操交上了黃蓋的詐降信。

曹操伏在案上，將這封信反復研究了十幾遍。突然，他瞪起眼睛拍桌大罵："黃蓋用苦肉計，叫你來下詐降書，你以為我是那麼容易騙的嗎？"他下令左右將闞澤推出斬首。闞澤面不改色，仰天大笑。曹操下令將他牽了回來，問道："我已經識破奸計，你笑什麼？"

闞澤說："我不笑你，我笑黃蓋看錯人了。"

曹操說："此話怎講？"

闞澤說："要殺就殺，何必多問？"

曹操說："我從小熟讀兵書。你這條計，只有騙別人，騙不了我。我現在說出你信中的破綻，讓你死而無怨。你如果真心投降，為什麼不在信中清楚約定在什麼時候？現在你還有什麼話說？"

闞澤說："你居然還誇口熟讀兵書呢！竟是這樣不識機謀，不懂道理。快快趁早收兵回去，如果雙方交戰，你一定會被周瑜活捉。我屈死在你手裏，真是好冤枉呀！”

曹操說：“你如果指出我有什麼不對，只要說得有理，我就信服你，尊敬你。”

闞澤說：“如果現在約定日期，一時下不了手，這裏倒派人去接應，豈不要砸鍋了。這種事只能看準機會下手，又怎麼能在事先約定日期呢？你不懂這個道理，屈殺好人，說明你肚裏沒有學

苦肉計 顧曾平 畫

問。”

曹操聽了，馬上轉換成一副誠懇的臉色，向闞澤檢討：“我見事不明，處理不當，希望你不要見怪。”就在這時，有人進帳，附在曹操耳邊説悄悄話。曹操説：“把信拿來給我看。”那個人交上了一封密信。曹操看了，十分高興。闞澤估計必定是蔡中、蔡和來報黃蓋受刑的消息，所以曹操認為我是真投降。曹操對闞澤説：“有勞先生再回江東，與黃蓋約定，先通消息過江，我派兵接應。”

於是，闞澤乘小船回到東吳。

闞澤投書 陳白一 畫

闞澤去見黃蓋，把事情經過告訴了他。闞澤又去見甘寧，兩人剛說了幾句話，蔡中、蔡和也到了。闞澤向甘寧丟了個眼色，甘寧領會他的意思，就氣呼呼地說："周瑜自以為了不起，看不起我們。我受到亂棒打出帳外的羞辱，怎麼再有臉去見世人！"說完了，咬牙切齒，拍桌大罵。闞澤假裝在甘寧耳邊講悄悄話，甘寧低頭不說話，只是歎氣。蔡和、蔡中有意用話挑撥："將軍為何煩惱？先生有何不平？"闞澤說："我們肚裏的苦，你們哪裏知道呢？"蔡和說："兩位是不是在想背叛東吳、投降曹操？"

闞澤的臉色變了，甘寧拔出劍來說："你們看破了我的心事，我要殺你們滅口！"蔡和慌忙說："不，不。我們是來假投降的。兩位想投降曹操，我們可以引薦。"甘寧說："你說的可是真話？"蔡和、蔡中齊聲說："決無虛言。"於是，甘寧轉怒為喜，擺出酒宴，四個人邊喝酒邊商量。

不久，曹操收到了蔡中、蔡和的密信，信中說甘寧無故受辱，對周瑜懷恨在心，願意作為內應，投降丞相。闞澤也給曹操寫了一封密信，說黃蓋正在等待時機，到時只要看見有插着青牙旗的船隻，就是黃蓋來投降了。

曹操看了這兩封信，仍還是將信將疑。他對謀士們說："江東的黃蓋、闞澤和甘寧願意投降，但不知是真是假，誰能為我到周瑜那裏去探聽虛實？"

蔣幹自告奮勇說："上次我到江東白走一趟，勸降沒有成功。這次我願意再去一次，探聽到真實情況，回來報告丞相。"

曹操聽了很高興，命令蔣幹立刻上船。於是，蔣幹又乘着一條小船出發了。

第二十九章 火燒赤壁

襄陽龐統，為了躲避戰亂，來到江東。周瑜派魯肅向他求教破曹的妙計。龐統説："要破曹兵，須用火攻。但是江面上一條船着火，別的船四面散開了，燒不着。如用'連環計'，讓曹操把船都連在一起，那燒起來可就厲害了。"

周瑜認為這的確是條妙計，但是怎樣才能使曹操中計呢？正好蔣幹又到江東來了。周瑜大喜，立即將龐統請來，作了佈置，然後派人叫蔣幹進寨。

周瑜一見蔣幹，拉下臉説："上次我好意留你喝酒，同室睡覺，你卻偷了我的信，不辭而別，讓曹操殺了蔡瑁和張允，壞了我的大事，今天又來，一定不懷好意。如果不看過去的交情，就該一刀兩段殺了你。"他吩咐左右將蔣幹送往西山庵中住下，等打敗曹操後再放他回去，免得泄漏軍情。

蔣幹碰了一鼻子灰，只得在西山小庵中住下，心中又愁又悶。晚上，他望見滿天星斗，獨自出門散步，聽見有讀書聲，循聲尋去，看見草屋內有人在讀《孫子兵法》，就敲門求見。進屋後一談，蔣幹才知道

蔣幹見瑜 葉雄 畫

他就是鳳雛先生龐統。龐統説周瑜自高自大，目中無人，所以他隱居在這裏讀書，蔣幹勸他投奔曹操，龐統立即同意。於是，兩人連夜下山，乘小船投向江北。

曹操聽説龐統來到，親自迎進營帳，向他請教。龐統説：“一向聽説丞相用兵有法，我很想看看軍隊的陣容。”曹操陪着龐統一起騎馬，先看旱寨，龐統誇獎説就是古代大軍事家孫武、吳起，也不過是如此而已。曹操又陪他看水寨，龐統又誇獎説丞相用兵有法，名不虛傳。他指着江南説：“周郎！周郎！遇到丞相，一定滅亡！”

曹操聽了龐統對他的奉承，十分得意，回寨後請龐統喝酒，討論怎樣用兵。龐統談起用兵來，頭頭是道，對答如流，曹操對他很佩服，不斷向他敬酒。龐統裝出喝醉的樣子，問：“丞相，軍隊裏有好醫生嗎？”

曹操摸不着頭腦，反問他：“要醫生幹什麼？”

龐統説：“水軍容易生病，應當有好醫生為他們治療。”

當時，曹操軍隊內北方士兵多，到南方後水土不服，又鬧暈船，嘔吐不停，死了不少人。曹操為了這件事，心中很焦急。於是，他問龐統有什麼解決的辦法。龐統說："我有一個辦法，能使大小水軍不再暈船，生病的人減少。"曹操連忙問其具體做法。龐統說："大江上風浪不停，船晃得很厲害。北方兵乘不慣船，當然要生病。現在可以將大小戰船搭配，三十隻船或者五十隻船一排，船頭船尾用鐵鏈連鎖起來，再在船面鋪上闊木板，穩如平地，連馬也可以在上面走，別說是人了。這樣就不怕風浪顛簸了。"

曹操一聽，連聲叫好，他立刻傳下命令，叫軍隊裏的鐵匠，連夜打造鐵鏈、鐵環和鐵釘，用來鎖住戰船。過了幾天，龐統找了個借口，說自己打算回到江東，去勸說對周瑜不滿的豪傑來投奔曹操。曹操聽了很高興，就同意他回去。

連環計 葉雄 畫

龐統來到江邊，正要下船，忽然被人一把扯住，厲聲說："你好大的膽！黃蓋用苦肉計，闞澤下詐降書，你又來獻連環計，非要將曹軍全部燒死不肯罷休！你們使出這種毒手來，只有騙曹操，可騙不了我！”這一下，嚇得龐統魂飛魄散，渾身發抖。

他回頭一看，原來是徐庶。龐統見是老朋友，心才放了下來。看見左右沒有人，就壓低聲音說：“你如戳穿我這條計謀，江南八十一州百姓就都要斷送在你手裏了！”徐庶笑笑說：“這裏的曹軍八十三萬人馬，難道他們的性命就應該斷送在你的手裏嗎？”

龐統說：“你真的要戳穿我的計謀嗎？”徐庶說：“劉皇叔對我有知己之恩。曹操害死我母親，我發誓終身不替他出一條計謀，今天怎麼會破壞你的妙計呢？不過你得幫我想個辦法，使我能及時脱身。否則兵敗之後，我也跟着一起性命難保了。”龐統教他設法放出謠言，説是西涼韓遂、馬騰造反，殺奔許昌而來，然後自告奮勇去領兵應戰，就可以避過這場火攻的大難了。

龐統走後，徐庶依照這條計策去做，果然被派到散關去把守，離開了曹營。

曹軍的戰船，都釘上了鐵鏈、鐵環，幾十隻一排，連在一起。水軍都督毛玠、于禁特地來請曹操前去檢閱水軍。曹操坐定，只見水軍與旱軍，分成黃、紅、黑、青、白五色旗號，各依次序，進退有方。長江上，西北風呼嘯吹來，波濤洶湧。戰船並不搖晃，揚起風帆後，衝波分浪，穩如平地。曹操滿心歡喜，對謀士們說：“老天爺幫我的忙，送來了龐統的妙計，渡江穩如平地。”

謀士程昱說：“戰船鎖在一起，雖然平穩，但如果敵人用火攻，就沒法回避。這不可不防。”

曹操聽了，哈哈大笑。荀攸說：“程昱的話很對。丞相為什麼發笑？”曹操說：“凡用火攻，必須靠風。現在是隆冬季節，天上刮的是西北風，不刮東南風。我軍在西北面，敵軍在東南面。周瑜若用火攻，是燒他自己的兵，我怕什麼！如果是春天，刮的是東南風，我早就要提防了！”

大家都很佩服，齊聲說：“丞相英明，見識高深，我們實在跟不上！”

曹操躊躇滿志，自以為兵多將廣，穩操勝券，陶醉在一片阿諛奉承聲中。

火燒赤壁 張培成 畫

不久，江東派人乘船過江，送來了黃蓋的密信。曹操急忙看信，只見信上説他在今晚二更，乘插有青龍牙旗的糧船前來投降，到時還將獻上東吳名將的人頭。

曹操十分高興，把將領們都召集到大船上，等待黃蓋糧船的到來。片刻，果然望見江面上有船隊從南邊過來，船上都插着青龍牙旗，當中一面大旗上寫着"先鋒黃蓋"四個大字。

程昱仔細觀望，突然驚呼："不好！來船有詐，不能讓它靠近水寨。"曹操問："為什麼？"程昱説："船上裝糧，船必穩重。這些來船，既輕又浮，今夜東南風又緊，萬一其中有詐，那可不得了啦！"

曹操猛然醒悟過來，立刻叫人傳下命令："來船一律停在江心，不准靠近水寨！"但這時來船離水寨只有兩里路，風勢又急，黃蓋大刀一揮，二十隻大船一起點燃大火，箭一樣地衝向曹軍水寨，火趁風威，風助火勢，曹營中大小船隻全都起火，又被鐵環鎖住，無處逃避。隔江炮響，四面火船齊到，只見江面上一派通紅，火光沖天，鋪天蓋地。

接着，岸上營寨也多處起火。曹操的大船也着了火，幸虧張遼駕駛一隻小船，將曹操扶了上去。黃蓋跳到小船上，冒煙衝火，來尋曹操，看見一個穿紅袍的人在小船裏，料定是曹操，催船追趕。他一個不小心被張遼一箭射中肩膀，跌落在水中。後面韓當的船趕上來，從水中救起了黃蓋。

風越刮越大，火越燒越旺。曹軍的旱寨和水寨都成了一片火海，將士們簡直成了無頭蒼蠅，東衝西撞，不是被燒死，就是被淹死，到處鬼哭狼嚎。這場赤壁大火，映紅了半條江。

第三十章 義釋華容

諸葛亮回到夏口，與劉備見面後，立刻調兵遣將。諸葛亮對趙雲、張飛都佈置了任務，甚至連劉琦與糜竺、糜芳等人都不例外，但對關羽卻不理不睬。關羽忍不住了，高聲問道："我自從跟隨兄長征戰以來，大小征戰，從未落後。今天遇到大敵，軍師為什麼不用我？"

諸葛亮笑笑說："你不要怪我！我本來想派你把守一個最重要的關口，只是我有顧慮，不敢讓你去。"

關羽說："軍師有什麼顧慮？請說得明白一點！"

諸葛亮說："曹操這次敗退，一定要從華容道逃走。我如果派你到那裏去把守，恐怕你念舊情，放他過去，所以不敢派你去。"

關羽不高興地說："軍師太多心了！曹操過去待我的確不錯，但我斬顏良、誅文醜，已經報答過他的恩情。今天再見面，怎麼會放過他！"

諸葛亮緊逼一句："如果放走了他，怎麼辦？"

孔明發令 趙志田 畫

關羽斬釘截鐵地說：“依照軍法處理。”於是，當場立下了軍令狀。關羽越想越不服氣，反問道：“如果曹操不從華容道來，又怎麼樣？”諸葛亮説：“我也給你立下軍令狀。”關羽很高興。諸葛亮又說：“你在華容道的高山上，堆積柴草，放起一把火冒煙，引曹操來。”關羽說：“曹操望見煙，知道有埋伏，怎麼肯來？”諸葛亮説：“曹操看見煙起，以為是虛張聲勢，一定會從這條路上走。”於是，關羽領了將令，和關平、周倉帶五百名校刀手到華容道去了。

卻說曹操由張遼保護上岸後，東吳眾將攻進旱寨，四處放火。曹操與張遼穿出大火，江東呂蒙殺到，張遼拚命抵敵。江東淩統又殺到，曹操嚇得魂飛魄散，幸虧徐晃趕到，擋住淩統。曹操往前走了不到十里路，東吳甘寧殺到，馬延、張顗抵擋，都被甘寧殺死。曹操指望合肥有兵接應，誰知陸遜與太史慈合兵後，從合肥方向衝殺過來。曹操只得望彝陵方向逃走，路上撞見張郃，曹操就叫他斷後，擋住追兵。

曹操快馬加鞭，走到五更時分，回頭望去，追兵的火光越來越遠，心裏方始定下來，問：“這裏是什麼地方？”部下回答：“烏林之西，宜都之北。”曹操看見四周樹木叢生，山勢險峻，騎在馬上朝天大笑。眾將問道：“丞相為什麼大笑？”曹操説：“我笑周瑜、諸葛亮缺智少謀，不會動腦筋。如果是我用兵，預先在這裏伏下一支軍隊，那對手可就夠受的了，哈哈！”

他還沒有笑完，兩邊鼓聲咚咚震耳，火光沖天而起，嚇得曹操幾乎跌下馬來。只見一隊騎兵殺了出來，當頭的白袍將領大叫：“趙子龍奉軍師將令，在這裏久等了！”

曹操膽戰心驚，叫徐晃、張郃雙戰趙雲，自己冒煙衝火，奪路就逃。徐、張二將趁機脱身，趙雲並不追趕，只指揮士兵搶奪旗幟。

天蒙蒙亮，東南風仍舊刮個不停，天上忽然下起了傾盆大雨。曹軍的衣甲都濕透了，又冷又餓，繼續冒雨逃命。曹操叫士兵們往附近村莊去搶糧食，正想燒飯，忽然有一支人馬趕來，曹操心裏發慌。仔細看去，原來是李典、許褚保

張飛阻路 焦成根 畫

護各謀士來到。曹操總算舒了一口氣。

兩路人馬會合以後，繼續前進，來到葫蘆口。大家餓得走不動路，馬也累得倒在地上。曹操下令就地休息，埋鍋燒飯，割了馬肉燒着吃。士兵們脫下濕衣，在風頭上吹乾。

曹操坐在樹林旁邊，抬頭朝天又哈哈大笑起來。將士們說："剛才丞相笑周瑜、諸葛亮，招來了趙雲，損失了許多人馬。現在為什麼又要發笑？"曹操說："我笑諸葛亮、周瑜畢竟不夠高明，缺少用兵經驗。如果是我用兵，就在這裏埋伏下一支人馬，以逸待勞，到時對手就是能夠逃脫保住性命，也不免要受重傷。諸葛亮是出了名的聰明人，連這一點也看不到，豈不好笑！哈哈，哈哈！"

曹操的笑聲還沒有停，忽然聽見有一片喊殺聲。曹操大吃一驚，連盔甲也來不及穿戴就上了馬。只見山口已經被一支騎兵攔住，為首的正是張飛，橫矛立馬，大叫："曹操奸賊往哪裏逃？"

曹軍將士見了張飛，都有點膽戰心驚。許褚眼看情況緊急，騎着沒備鞍的馬衝上去，張遼、徐晃也幫着一起夾攻張飛。兩邊軍馬混戰一場，曹操趁機騎馬逃脫，眾將也各自脫身。曹操回頭一看，身後人馬七零八落，眾將大都身上帶傷，但總算將追兵擺脫了。

這時，士兵來稟告："前面有兩條路，請問丞相走哪條路？"

曹操問："哪條路近？"

士兵說："大路平坦，容易走，但要遠五十幾里。小路走華容道，近五十幾里，只是道路狹窄，險峻難行。"

曹操派人上山頭觀望，回報說是小路山邊有幾處地方冒煙，大路並無動靜。曹操下令走華容道小路。眾將說："烽煙冒起，必有軍馬，為什麼反去走這條路？"曹操說："諸葛亮詭計多端，故意派人在山中偏僻的地方燒煙，使我軍不敢從這條山路走，他卻在大路上伏兵等我們上鈎。”

曹軍在華容道上前進，人飢馬困，許多人焦頭爛額，中箭着槍，帶着傷勉強走路。再加上當時被張飛趕得慌，騎的是光馬，鞍轡衣服都丟掉了，天氣又冷，地上坑坑溝溝裏積滿了雨水。曹操只管催兵前進，有不少士兵掉隊。曹操要張遼、許褚、徐晃率領一百多名騎兵，個個拿着快刀，凡是走得慢的就立即斬殺。許多士兵又餓又累，實在走不動了，倒在地上。曹操下令人馬從他們的身上踐踏過去，因此而死去的人多得數也數不清。走了一程，過了最險峻的山坡，道路就比較平坦了，曹操回頭看，八十三萬人馬只剩下三百多名騎兵跟隨身後，個個渾身泥水，衣服破爛。曹操只管催快走，大家說實在太累了，走不動了。曹操說：“走到荊州再休息也

不遲，現在必須快走！”

又走了不到幾里路，曹操在馬背上揚鞭哈哈大笑。眾將問：“我們苦得只想哭，丞相為什麼又大笑了？”

曹操說：“大家都說周瑜、諸葛亮足智多謀，我看到底是無能之輩。如果在這裏埋伏下一支軍隊，我們就只好束手待擒了。哈哈！哈哈！”

還沒等曹操把話說完，忽然一聲炮響，五百個校刀手兩邊擺開，為首大將關羽，手提青龍刀，跨下赤兔馬，攔住去路。

曹軍見關羽，喪魂落魄，面面相覷。曹操說：“到了這個地步，只能決一死戰！”眾將說：“人即使肯拚命，馬卻已乏，實在沒法再戰了！”

程昱說：“硬拚是拚不過的。關羽一向恩怨分明，很講義氣。

義釋華容　戴宏海 畫

丞相過去對他有恩，今天親自去求他，一定可以逃脱這場大難。”曹操覺得他的話有理，就拍馬向前，欠身對關羽説：“將軍分別以來可好？”關羽也欠身答道：“關某奉軍師將令，等候丞相多時。”曹操無可奈何地説：“今天我兵敗勢危，無路可走，還望將軍看在往日的情份上，放我一條生路。”

關羽冷冷地説：“我雖然蒙受過丞相的大恩，但是斬顏良、誅文醜，已經報過恩了！今天又怎麼能因為私情而耽誤了公事？”

曹操説：“大丈夫應當以義氣為重，將軍還記得過五關斬六將的事嗎？”

關羽是個講義氣的人，想起了過去曹操對他的恩義與後來過五關斬六將時曹操的關照，怎麼能不動心？再看曹軍一個個垂頭喪氣，都快要哭出來的樣子，心中更加不忍。於是，他勒轉馬頭，下令士兵們四面散開，讓出一條路來。

曹操一見關羽回過馬頭，就和眾將一起衝了過去。關羽這時才回過身來，大喝一聲，曹軍士兵紛紛跪倒在地，哭着哀求。關羽更加不忍心下手。正在猶豫不決的時候，張遼騎馬來到，他與關羽過去是交情很好的朋友。關羽想起從前的情義，心腸實在硬不起來，長歎一聲，將曹兵統統放走。

曹操一行，通過了關羽把守的最後一關以後，回到了南郡。

關羽和五百個校刀手回到夏口時，只見各路人馬全都已得勝而歸，紛紛交上俘獲來的馬匹、器械和錢糧。關羽卻什麼也沒俘獲到，兩手空空來見劉備。諸葛亮見關羽到來，連忙起立，舉杯相迎，説：“祝賀將軍立了蓋世大功，替普天下除了大害。”

關羽一聲不響。

諸葛亮說：“將軍莫非因我沒有遠道相迎，所以心中不高興？”他環顧左右說：“你們見到將軍前來，為什麼不早點向我報告，使我失禮！”

關羽說：“我是特地來請死的。”

諸葛亮說：“是不是曹操沒有走華容道？”

關羽說：“曹操的確從那裏來，是我無能，被他逃脫。”

諸葛亮說：“有沒有抓到什麼將士？”

關羽說：“一個也沒有抓。”

諸葛亮說：“看來是你念曹操過去的恩情，有意將他放走。但是你既然立下了軍令狀，就得按軍法處治。”他下令武士將關羽推出斬首。這時，劉備說話了：“過去我們三人桃園結義，發誓同生共死。望軍師放了他，容許他今後立功贖罪。”

經劉備的特許，諸葛亮方才饒了關羽。

關羽請罪 焦成根 畫

三十一章 劉備招親

赤壁之戰後，劉備輕而易舉地取得了荊州，孫權氣得要命。恰好消息傳來，劉備的妻子甘夫人死了。周瑜想出了一條計策：以孫權的妹妹嫁給劉備為誘餌，將劉備騙到東吳作為人質，再去討荊州。孫權認為此計很好，就派呂范到荊州去説親。

呂范去荊州提出這門親事，劉備有顧慮，怕中計受害。但是，諸葛亮勸他答應，保證他不僅可以安全歸來，而且荊州也可以萬無一失。劉備臨走時，諸葛亮派趙雲帶五百名士兵跟隨，還給了趙雲三個錦囊，每個錦囊裏面都藏有一條妙計。諸葛亮規定：第一個，到達江東時拆看；第二個，到年底拆開；第三個，必須在最危急的時候才可以拆開看。

那年冬天十月，劉備帶了孫乾、趙雲與五百士兵乘船過江。船靠岸後，趙雲打開了第一個錦囊，看了計策，下令五百士兵依照計策去辦，還要劉備先去拜見喬國老。

喬國老是江東二喬的父親。劉備準備了重禮，專程前往拜見，説起了他來東吳招親的事。隨行的五百士兵都披紅掛彩，進城去採辦婚禮用品，大造聲勢，揚言劉備到東吳來當上門女婿，鬧得滿城風雨，沸沸揚揚，百姓都知道劉備來東吳招親。

喬國老見過劉備，就興沖沖地去向吳國太賀喜。吳國太感到奇怪，問："哪裏來的喜事？"喬國老説："令愛已經許配給劉備為夫人，劉備已經來到江東，國太何必瞞我？"吳國太大吃一驚，説："怎麼會有這件事？我真不知道呀！"於是，一面派人到城中去打聽，一面派人去請孫權來。打聽的人回來報告："新女婿住在館驛裏，五百名士兵在城中買豬羊果品，準備成親。做媒的女家是呂范，男家是孫乾。"

過不多久，孫權來到。吳國太捶胸大哭大鬧。孫權問："母親為什麼這樣煩惱？"吳國太氣呼呼地説："你眼中還有我這個母親嗎？"

孫權猛吃一驚，説："母親有話儘管明説，何必説氣話？"吳國太説："你自説自話將妹妹嫁給劉備，為什麼事先不向我稟告？這種事怎可自作主張？"孫權連忙辯解："哪裏有這件事？"

吳國太説："滿城百姓，哪一個不知道！你還想瞞我？"孫權説："這是周瑜的計策，用招親為名，將劉備騙到江東關起來，要他用荊州來換。"

吳國太不聽則已，一聽更是暴跳如雷，大罵周瑜："沒出息的江東大都督，想不出好辦法去取荊州，卻以我女兒為名，用美人計。殺了劉備，我女兒豈不成了寡婦？將來怎麼有臉去嫁人！"喬國老説："用這種美人計，就算取得荊州，也要被天下人恥笑！"

吳國太不停地罵，孫權低着頭，一聲不響。喬國老勸她："劉備是漢室宗親，不如真的招他為女婿，免得出醜。”孫權說：“恐怕年紀不相當。”喬國老說：“劉備是當世豪傑，招了這個女婿，也不見得玷辱了令妹！”吳國太說：“明天約劉備在甘露寺相見。不中我的意，隨便你們去胡搞。中我的意，就把女兒嫁他。”

第二天，吳國太在甘露寺裏見了劉備，十分滿意，對喬國老說：“他真配當我的女婿呢！”喬國老說：“劉備名聞天下。國太能得到這樣的好女婿，真是可喜可賀。”

這時，趙雲進來告訴劉備，走廊上埋伏有刀斧手，應當將這件事告訴國太。劉備跪在吳國太面前，流着眼淚說：“如果要殺劉備，就請殺吧！”吳國太問：“這話從哪裏說起？”劉備說：“走

廊上暗藏刀斧手，這不是要殺我嗎？”

吳國太大怒，責罵孫權：“今天劉備已成了我的女婿，就是我的子女，你為什麼埋伏刀斧手要殺他？”孫權只得裝糊塗，推在呂范身上。呂范也說不知道，推在賈華身上。吳國太要殺賈華，幸虧劉備說情，這件事才算了結。

劉備從甘露寺相親回來後，孫乾勸他去求喬國老，爭取早早完婚。第二天，劉備拜訪喬國老，還求他相救。喬國老十分賣力，立即去見吳國太，說起有人要害劉備，劉備不敢在江東久住。吳國太大怒，說：“我的女婿，誰敢害他？”立刻下令劉備進府住下。

過了沒幾天，孫府張燈結彩，大擺筵席，劉備與孫夫人成親。

劉備招親 陳明大 畫

到了晚上，劉備進入洞房，只見兩邊槍刀森然，宮中侍女個個佩劍帶刀，立在兩旁，不覺大驚失色。管家婆說："貴人不要驚慌，夫人自幼好武，平時常教侍女在宮中擊劍。"劉備說："我見了不舒服。"孫夫人笑笑說："打了半輩子仗，竟會怕槍刀嗎？"於是，她吩咐侍女撤除身上佩劍。

周瑜不料此事已弄假成真，只得寫信告訴孫權：索興把劉備軟困在江東，不讓他回去，使他與關、張、諸葛等人疏遠。於是，孫權為劉備建造宮室，栽種花木，饋贈大量金銀玉器綢緞給他們享用，以消磨其鬥志。

趙雲整天沒事，與五百士兵去城外騎馬射箭。眼看到了年底，趙雲猛然想起，軍師吩咐到年底打開第二個錦囊。於是，他拆開錦囊看計，接着就立即進府去見劉備，說是今早軍師派人來通知，曹操為了報赤壁兵敗之仇，點起精兵五十萬，殺奔荊州，情況危急，請主公速回。

甘露寺 戴敦邦 畫

趙雲走後，劉備去見孫夫人，悲切垂淚。孫夫人說："丈夫為什麼這樣煩惱？"劉備說："我一身飄蕩他鄉，不能侍奉父母，又不能祭祀祖先。現在快要過年了，觸景生情，所以心中愁悶。"

孫夫人說："你別騙我了！剛才趙雲對你報告荊州危急，你想回去，對不對？"劉備馬上跪在孫夫人面前說："夫人已經知道，我怎麼敢隱瞞？我不回去，荊州萬一出了事，要被天下人恥笑。我如果回去，又捨不得夫人，因此心中煩惱。"孫夫人說："我已經嫁給你了，你到哪裏，我就跟到那裏。"劉備說："國太與你哥哥怎麼肯放夫人走？看來我倆只有分手了。"說着，他又哭了起來。

孫夫人想了半天，最後決定在年初一拜賀國太時，推說去江邊祭祖，不辭而別。劉備通知趙雲，叫他先帶士兵出城，在路上等候。

年初一那天，孫權宴請文武百官，一片歡樂氣氛。孫夫人向國太請求隨劉備去江邊祭祖，國太當然同意。劉備騎馬，夫人上車，出城後與趙雲會合，竭力趕路。當東吳官吏打聽到劉備與孫夫人逃跑時，天已經黑了，去報告孫權，孫權喝醉了酒，呼呼大睡，喊不醒。第二天早上，孫權醒來知道這件事以後，大發雷霆，立即派陳武、潘璋帶五百兵去追，一定要將他們抓回來。

陳、潘二將一走，張昭說："我估計陳武、潘璋抓不回劉備。郡主從小好武，性情剛強，將領們都怕她。陳武、潘璋見了郡主，怎麼敢下手？"孫權聽了，怒氣沖沖，拔出身邊佩帶的寶劍交給蔣欽、周泰，喝令道："你二人帶這口劍去取我妹妹與劉備的人頭來見我！違令者斬！"蔣欽、周泰立即帶一千兵去追。

劉備一行連夜趕路，走到柴桑郡邊界時，徐盛、丁奉早已帶了三千兵在那裏等候，攔住劉備去路；後面又有陳武、潘璋追來。劉備勒住馬頭對趙雲說：“前有攔截，後有追兵，怎麼辦？”

趙雲說：“主公別慌！軍師留下三個錦囊，已經拆了兩個，還留下最後一個錦囊，看來現在是拆開看的時候了。”他將錦囊遞給劉備。劉備拆開一看，趕緊去找孫夫人，哭着說道：“這次招親，是你哥哥與周瑜合謀，想把我趁機抓起來去奪荊州。我冒死而來，是欽慕夫人有男子氣概，一定不會同意他們的做法。現在你哥派人來追，周瑜在前面派人攔住，只有靠夫人救我了。”

孫夫人發怒說：“我哥不把我當親骨肉看，我還有什麼臉再去見他！今天的事，我來應付。”於是，她叫侍從們推車出去，捲起珠簾，對徐盛、丁奉喝道：“你們想造反嗎？”

徐、丁二將慌忙下馬，在車前行過禮後說：“我們奉周都督將令，帶兵在這裏專門等候劉備。”

孫夫人大怒，說：“周瑜反賊！我東吳可不曾虧待過你！劉備是我丈夫，我已經對母親、哥哥說過回荊州去。你兩人帶兵攔路，難道想搶劫我夫妻財物？”

徐盛、丁奉連忙說：“不敢，請夫人息怒。這不關我們的事，是周都督的將令。”孫夫人叱責：“你只怕周瑜，就不怕我？周瑜能殺

孫尚香擋敵 戴宏海 畫

你，我難道就不能殺周瑜？"孫夫人把周瑜大罵一場，喝令推車前進。徐、丁二將只得下令讓路，聽任他們過去。

過了一會，陳武、潘璋趕到。傳達了孫權的命令，四人合兵一起來追。孫夫人要劉備先走，自己與趙雲擋住追兵。四員武將見了孫夫人，只得下馬。夫人放下臉來叱責："都是你們這批小人挑撥離間，使我兄妹不和！我已經嫁人，今天回荊州是母親恩准了的，又不是私奔，就是我哥哥來，也不敢違抗我母親的意旨。"四個人面面相覷，只能退兵。

這時，蔣欽、周泰又趕到，說是孫權有命，賜劍殺夫人與劉備。於是，由徐盛、丁奉去報告周瑜，從水路追趕，其他四將從陸路去追。但是，等到他們追到江邊時，諸葛亮已經帶了二十幾隻船在江邊等候，將劉備一行接上了船。諸葛亮笑着對追來的兵將說："你們回去對周郎說，別再使這套美人計手段了！" 岸上亂箭射去，船已開遠了。

船行江中，忽然聽到鼓聲震天，原來是周瑜帶領水軍從江面上趕來，勢如飛馬，眼看快要追上。諸葛亮下令登上北岸，將船拋掉，上岸去了。周瑜下令上岸追襲，大小水軍只能步行，只有將領才有馬騎。周瑜一馬當先，黃蓋等人跟上。緊追慢追，眼看快要追上，忽然一聲鼓響，關羽帶兵殺出。周瑜見了關羽，撥轉馬頭就逃，東吳的軍隊大敗，連忙逃上船去。岸上荊州士兵齊聲大叫：

"周郎妙計安天下，陪了夫人又折兵！"

周瑜聽了，氣得昏倒在船上。

第三十二章

三氣周瑜

周瑜聽說劉備有攻取南郡的跡象，就與魯肅帶了三千兵到油江口去向劉備問罪。

劉備、諸葛亮將周瑜、魯肅迎進帳內。周瑜問劉備："你將隊伍駐紮在油江口，是不是想攻取南郡？"劉備回答："聽說都督要攻取南郡，特地來幫你。如果都督不想取得南郡，我理所當然要攻克它。"

周瑜說："南郡已經在我東吳的手掌之中，為什麼不攻取？"

劉備說："勝敗誰也不能料定，恐怕都督未必能攻得下來。"

周瑜的傲氣上來了，說："我如果不能攻取南郡，到那時聽憑你去奪取。"

劉備說："都督將來不要後悔。"

周瑜說："大丈夫一言既出，駟馬難追！"

於是，雙方約定：周瑜先攻南郡，如果攻不下來，然後可聽憑劉備攻取。

周瑜走了以後，劉備埋怨諸葛亮："我依照你教我的話回答了，但我正需要南郡來作為立足之地。萬一南郡被周瑜攻取了，怎麼辦？"諸葛亮哈哈大笑説："從前我勸主公取荊州，主公不聽。今天倒想要了嗎？"劉備説："荊州過去屬於劉表，所以不忍心取。現在是曹操的地方，當然應該奪取。"諸葛亮説："主公儘管放心。讓周瑜去攻打，南郡早晚是你的。"他將打算一説，劉備心領神會，就在江口駐紮，按兵不動。

周瑜帶着大隊人馬來到南郡城下。曹仁、曹洪帶兵迎戰。戰了沒有幾個回合，曹仁、曹洪敗下陣來，帶兵逃走，沒有進南郡城，卻往西北方向逃去。周瑜一看，南郡的城門大開，城頭又沒有兵把守，就下令士兵搶城，他自己也跟着衝了進去。只聽見一聲梆子響，兩邊弓弩齊發，箭像暴雨那樣地射來。爭先入城的吳兵都跌進陷阱裏面。周瑜連忙撥轉馬頭退回，被一支弩箭射中左肋，翻身落下馬來。曹軍從城中殺出，要捉周瑜。徐盛、丁奉兩將捨命將周瑜救回吳營。這時，曹仁、曹洪分兵兩路重又殺回，會合城中殺出的曹軍，吳兵大敗。曹仁得勝回城。

周瑜回營後，軍醫用鐵鉗拔出箭頭，敷上傷藥，關照周瑜説："箭頭有毒，一下子難以治好。都督不能發怒，如果怒氣衝激，傷口迸裂，就麻煩了。"因此，周瑜臥牀休息，儘管曹軍整日來營門前叫罵，吳兵也堅守不出戰。

過了幾天，曹仁親自率領大軍前來挑戰。周瑜不顧將領們的勸告，披甲上馬，帶了幾百個騎兵出營迎戰。只見曹仁正在揚鞭大罵："周瑜小兒，中了我的箭，活不長了！"周瑜從眾騎兵中突然衝出說："曹仁匹夫，睜大眼睛，看見周郎了嗎？"

曹仁看見周瑜出陣，有意激怒周瑜，使他傷口迸裂，加重傷勢，下令將士們一齊破口大罵。周瑜氣得大叫一聲，口吐鮮血，從馬上跌落下來。眾將在混戰中把周瑜救回帳中。

程普來看望周瑜，周瑜悄悄告訴他："我今天這樣做，是想讓曹仁認為我傷勢嚴重，病危身亡。今夜曹仁會來劫營，我軍在四面設下埋伏，就可以活捉曹仁了。"程普說："這條計太妙了！"於是，放出風聲傳言都督箭傷迸發而死。各寨掛孝，吳軍內到處是悲哭聲，幾里路外都能聽見。

曹仁聽到這一消息，當夜迫不及待帶兵前來偷襲周瑜的營寨。剛剛衝進寨門，不見一人，才知道中計了，連忙退兵，已經被吳軍四面包圍，曹兵大敗。曹仁帶了十幾個騎兵殺出重圍，遇到曹洪，會合殘兵敗將逃走。

螳螂捕蟬，黃雀在後。周瑜和曹仁正在互相廝殺之際，諸葛亮早已巧作安排。等到周瑜趕到南郡城下，看見城上已經插滿旌旗，趙雲在城樓上大聲喊道："都督請別怪我！我奉軍師將令，已經攻取此城了！"周瑜大怒，下令攻城，被劉備的軍隊亂箭射退。

周瑜回營以後，派甘寧帶兵去攻取荊州，凌統帶兵去攻取襄陽，等攻下兩城後，再回兵攻南郡。誰知正在調兵遣將的時候，探子飛馬來報："諸葛亮得了南郡以後，用兵符調荊州守城兵馬來救南郡，派張飛乘機攻取了荊州。"接着，又有一名探子，飛馬來報："夏侯惇在襄陽，被諸葛亮派人帶了兵符，詐稱曹仁求救，引誘他帶兵外出，關羽趁機襲取了襄陽。"

周瑜又氣又急，問："諸葛亮怎麼會有兵符？"

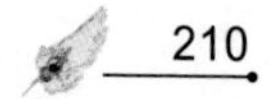

程普說："他攻下南郡，捉住陳矯，兵符自然到了他的手中。"

劉備毫不費力，荊州、襄陽全都到了他的手裏。周瑜越想越氣憤，大叫一聲，傷口迸裂，昏死過去。

這就是一氣周瑜。

過了好久，周瑜才醒過來，咬牙切齒地說："不殺諸葛亮，難消心頭之恨！程普將軍快去調兵攻打南郡，一定要將它奪還給東吳！"魯肅勸周瑜說："目前千萬不能自相火併。如果曹兵趁這機會殺來，形勢就危險了。再說將劉備逼急了，他將城池獻給曹操，一起來攻打東吳，又怎麼辦？不如讓我去說服劉

一氣周瑜 陳明大 畫

備歸還荊州吧！”眾將領都認為魯肅的話有理，周瑜只得依從了他。可是魯肅去了兩次，諸葛亮只答應要等到攻取西川以後，才能將荊州歸還給東吳。周瑜聽了魯肅的報告，跺腳說：“你上當了。假如劉備十年得不到西川，那麼就十年不還了！”

在這段時期中，諸葛亮指揮關羽、張飛等先後攻下了零陵、武陵、桂陽、長沙四郡，還收服了黃忠、魏延兩員大將。但是，劉備死了甘夫人，周瑜因此想以孫權的妹妹嫁給劉備為名，騙劉備到江南招親作人質。結果劉備不僅娶到了孫夫人，而且安全回到了荊州。周瑜帶兵追趕，被關羽帶兵殺得大敗，只得逃回船上。岸上士兵齊聲喊道：“周郎妙計安天下，賠了夫人又折兵！”這一下氣得周瑜傷口再次迸裂，口吐鮮血，昏倒地上。

這是二氣周瑜。

孫權聽到劉備和妹妹回到荊州，氣得要命，想派兵去攻打荊州，又怕曹操趁機來攻。於是想出了一條反間計，派華歆到許昌去為劉備請封荊州牧，目的是為了挑動曹、劉相鬥。誰知曹操看透了孫權的用心，將計就計，向皇帝上表將周瑜封為南郡太守，想讓孫、劉自相殘殺。

周瑜當上南郡太守以後，發誓要奪回荊州。他派魯肅到荊州去當說客，魯肅告訴劉備：“吳侯願意派兵幫助皇叔收取西川，將它作為嫁妝，送給皇叔，然後請皇叔把荊州還給東吳。吳軍路過荊州時，希望皇叔能提供錢糧。”

諸葛亮聽了，連忙點頭說：“難得吳侯好心！”魯肅走後，諸葛亮哈哈大笑說：“周瑜死期快到了！”他告訴劉備，周瑜名為收取西川，其實想攻取荊州。等主公出城勞軍時，乘勢殺進城來。他對趙雲作了佈置，只等周瑜中計。

周瑜錯誤地認為諸葛亮中了他的計，點了五萬水陸大軍開往荊州。船到夏口，糜竺奉劉備之命來告訴周瑜，已經在荊州城外恭候，作好了“慰勞”吳軍的準備。周瑜率領戰船繼續前進，眼看快到公安，江面上看不見一條船，陸地上不見一個人出來迎接。

三氣周瑜 陳明大 畫

周瑜催船快行，離荊州只有十幾里路時，江面上仍然空蕩蕩，靜悄悄。

這時探子來報："荊州城上，不見人影，只插了兩面白旗。"周瑜心中疑惑，親自帶了三千兵登岸，到了荊州城下，不見動靜。周瑜下令士兵叫門，突然一陣梆子響，城上士兵一齊舉起槍刀。趙雲在城頭大聲喊道："軍師已經知道都督之計，派我鎮守荊州。"

周瑜只能退兵。這時，探子來報告："關羽、張飛、黃忠、魏延四路人馬分別從四面殺來，喊聲震動百里，都說是要活捉周瑜。"周瑜又氣又急，大叫一聲，傷口重又迸裂，從馬上跌了下來，被眾將救上船去。

這時，諸葛亮派人送書信來。周瑜拆開一看，只見信上勸他不要做孫、劉不和的事，否則曹操就會漁翁得利，乘虛攻來，江南就要倒霉了。周瑜看完信，仰天長歎："天啊，既然生了周瑜，又何必再生出個諸葛亮！"連叫幾聲，一氣而死。

這就是三氣周瑜。

那一年，周瑜只有三十六歲，就被諸葛亮給活活氣死了！

第三十三章 馬超起兵

周瑜一死，曹操就想南下攻打孫權，但有後顧之憂，即怕西涼的馬騰、韓遂會乘機攻襲許昌。因此，他假借漢獻帝名義下詔封馬騰為征南將軍，協同征討孫權，打算引誘他進京城後將其殺害。

馬騰接受詔書以後，命令長子馬超率領羌兵鎮守西涼，自己與二子馬林、三子馬鐵及侄兒馬岱帶了五千兵進京。曹操派黃奎到馬騰那裏當行軍參謀，要馬騰少帶兵馬與糧草，說是路太遠了，帶起來不方便，到許昌後自會供應，其實是為了便於消滅這支隊伍。但是，黃奎反而去告訴馬騰：曹操不懷好意，要在他進京朝拜天子時將他殺掉。於是，兩人商議，馬騰兵駐城下，請曹操來閱兵，乘機將他除掉。不料機密泄漏，曹操將計就計，將黃奎與馬騰父子一起殺害，只有馬岱因為帶了二千兵走在後面，沒有遭到包圍，連夜逃回西涼。

馬岱回到西涼，向馬超報告馬騰與馬林、馬鐵都已死於曹操之手。馬超聽了，哭倒在地，咬牙切齒，痛恨曹操。忽然有人報告劉備派使者送信來，約馬超率領西涼之兵從北面攻，他率領荊襄之眾從南面攻，兩路夾攻，共滅曹操。馬超立即回信，表示同意。西涼太守韓遂是馬騰的結拜兄弟，帶領手下八部兵馬，與馬超一起征討曹操。雙方人馬合在一起，共有二十萬之眾，殺奔長安而來。

長安郡太守鍾繇一面派人飛報曹操，一面出城佈下陣勢迎敵。西涼先鋒馬岱率兵與鍾繇交戰，只有一個回合，鍾繇就大敗奔回。長安是西漢的京城，城牆高，壕溝深，西涼兵一連圍城十天，不能攻破。馬超部將龐德獻計，全軍退兵。到了第五天，馬超率兵重來，鍾繇仍舊閉緊城門堅守。誰知龐德早已帶人扮成百姓混進城內，這時在城內放火，殺散守城將士，斬斷門鎖，放進馬超、韓遂軍馬進城。鍾繇從東門逃走，退守潼關，飛報曹操。

潼關大戰　吳大成 畫

曹操得知長安失守，吩咐曹洪、徐晃先帶一萬人馬，替換鍾繇堅守潼關。並立下軍令狀：十天內失了潼關，斬首；十天外失潼關，曹、徐兩人沒有責任。兩人得了軍令，連夜出發。曹操對曹仁說："曹洪性子急躁，恐怕會誤事。你押送糧草跟在後面接應。"

曹洪、徐晃到了潼關以後，代替鍾繇把守關口，並不出戰。馬超帶領軍隊來到關下，辱罵曹操祖宗三代。曹洪是曹家子孫，聽了如何咽得了這口氣？他要帶兵下關拚殺，徐晃勸阻，說這是馬超的激將法，不要上當。曹洪強忍了下去。馬超的軍隊日夜輪流來罵戰，曹洪忍不住了，氣得只想開了城門出去大殺一場，徐晃苦苦擋住。

到了第九天，曹洪在城頭上往下看去，西涼兵都下了馬在關前草地上坐着，一大半人因為又困又乏，躺臥在草地上。曹洪認為機會來了，點起三千兵殺下關來。西涼兵棄馬丟槍而走，曹洪在後面追趕。徐晃在關上點查糧草，聽說曹洪下關出戰，大吃一驚，連忙帶兵跟在後面趕來，大聲叫曹洪回馬。忽然背後殺聲震天，馬岱帶兵殺到。曹洪、徐晃急忙往回走，山背後又殺出兩支軍隊，左邊是馬超，右邊是龐德，混戰一場。曹洪抵擋不住，損失了大半人馬，衝出包圍，奔到關上。西涼兵隨後趕來，曹洪棄兵逃走。龐德追過潼關，撞見曹仁的接應部隊，救了曹洪與殘兵敗將，馬超也接應龐德進關。

曹洪丟失了潼關，去見曹操。曹操說是給你十天限期，你第九天丟了潼關，要殺曹洪。眾將一起求情，曹操才算免了他的死罪。於是，曹軍進兵在潼關下立營寨。第二天殺奔關前，只見西涼兵人人勇敢，個個英武。馬超少年英俊，白袍銀甲，手執長槍，立馬陣前，兩邊分別是龐德和馬岱。馬超一見曹操，大罵奸賊殺我父親和兩弟，我要活捉生吃你的肉，邊說邊挺槍殺過來。

曹操背後的于禁出戰，鬥了八九個回合，于禁大敗而歸。張郃出戰，鬥了二十個回合也輸了，只得敗逃。李通接着出戰，沒有幾個回合，就被馬超一槍刺死。馬超把槍望後一招，西涼兵一齊衝殺過來。曹軍抵擋不住西涼兵的衝擊，大敗。馬超、龐德、馬岱帶領幾百名騎兵衝進中軍來捉曹操。曹操在亂軍中只聽得西涼兵大叫：

曹操割鬚 吳大成 畫

“穿紅袍的是曹操！”曹操馬上脱下紅袍。接着又聽得大叫：“長鬍鬚的是曹操！”曹操馬上拔出佩刀將長鬍鬚割短。軍中有人將曹操割須的事告訴馬超。馬超派人叫喊：“短鬍鬚的是曹操！”曹操連忙扯下旗子一角包着頭頸逃跑。

曹操正在逃跑中，背後有一人騎馬追來，回頭一看，正是馬超。曹操大驚，身邊將校看見馬超趕來，各自逃命，撇下曹操一人。馬超厲聲大叫：“曹操往哪裏逃！”曹操嚇得手發抖，連馬鞭也掉到了地上。眼看快要追上，馬超用槍刺向曹操的後背。曹操繞樹而逃，馬超一槍戳進樹幹，趕緊拔出，曹操已經走遠了。馬超拍馬追上，山坡邊轉過來一位武將，大叫：“勿傷我主！曹洪在此！”他掄刀拍馬上前，攔住馬超，曹操才算保住性命逃脱。曹洪與馬超戰到四五十個回合，漸漸刀法散亂，眼看要命喪馬超槍下，幸虧夏侯淵帶了幾十名騎兵趕到。馬超獨自一人，生怕寡不敵眾，就撥轉馬頭回營。夏侯淵不敢追趕，眼睜睜地看着馬超走了。

曹操回寨，虧得曹仁死死守住營寨的柵門，因此兵馬損失不多。曹操歎了一口氣説：“如果沒有曹洪，今日必定死於馬超之手。”於是，他重賞曹洪，收拾敗兵，堅守營寨，深溝高壘，不許出戰。

馬超十分英勇，曹營眾將中只有許褚還能抵敵得住，別的將領都不是馬超的對手。曹操使用反間計，挑撥離間馬超與韓遂的關係。於是，馬超與韓遂自相火併。韓遂投降曹操。馬超勢孤力單，只得敗退，回轉西涼。

馬超在西涼休養生息兩年後，帶領羌兵來攻隴西郡。後來部下反叛，與曹軍勾結，兵敗後被逼投奔張魯。劉備進兵西川時，劉璋向張魯求救，馬超與劉備軍隊作戰，被諸葛亮用計逼降。後來馬超在劉備部下，與關羽、張飛、趙雲、黃忠並稱為五虎上將。

張松獻圖

第三十四章

漢中張魯想吞併西川四十一州，獨立稱王。益州牧劉璋是西川之主，曾經殺害張魯的母親和弟弟，兩家有仇。劉璋為人糊塗而懦弱，聽説張魯要興兵來攻西川，急得六神無主，不知道怎麼辦才好。別駕張松向劉璋建議，他願意到許昌去説動曹操進攻漢中，使張魯自顧不暇，當然也就不會來進攻蜀地了。

劉璋聽了，非常高興，收拾金銀、珠寶、綢緞等作為進獻的禮物，派張松為使者。張松暗中畫了西川的地圖藏在身邊，帶了幾名隨從，奔赴許昌。這件事早有人報到荊州去，諸葛亮派人到京城許昌去探聽消息。

張松到了許昌以後，每天到相府等候，求見曹操。一直等了三天，未能通報。最後送了不少賄賂給相府中有頭有臉的人物，才勉強被引見。曹操坐在堂上，張松拜見後，曹操問他：“你的主人劉璋

連續幾年不進貢，這是什麼道理？”張松說：“只因為路途艱難，賊寇橫行，走起來很不方便。”

曹操放下臉叱責：“胡說！我掃清中原，天下太平，哪裏來的什麼盜賊？”張松回答：“南有孫權，北有張魯，西有劉備，他們每人至少各有十幾萬兵，怎麼能說天下太平呢？”

那張松身材矮小，不滿五尺，尖頭尖腦，塌鼻梁，又是暴牙，其貌不揚。曹操見他長得猥瑣，心中已有一半不歡喜了。再加上他說話衝撞，語帶譏刺，就更加討厭他了。於是，一言不發，拂袖而起，退入後堂。

曹操的隨從們責怪張松：“你是使者，怎麼這樣不懂禮貌，說話頂頂撞撞。幸虧丞相看你遠道而來，沒有處罰你。你還是快快回去吧！”

張松嘿嘿冷笑：“我們西川人都不會奉承拍馬，當然討不了好。”這句話激怒了站在階下的楊修。他大聲喝道：“你們西川人不會奉承拍馬，難道我們中原人就會奉承拍馬？”

楊修是太尉楊彪的兒子，當時擔任丞相門下掌管庫房的主簿。此人博學善辯，知識豐富。他看見張松話中有骨頭，就邀請他到外面書院中坐下。楊修先開口：“蜀道崎嶇難走，遠來辛苦了。”張松說：“奉了主公之命，即使是赴湯蹈火，也在所不辭。”

接着，兩人唇槍舌劍，各逞己能，免不了互相詰難一番。楊修竭力貶低西川，認為地處邊陲，沒有什麼人才。張松反唇相譏，說是西川地大物博，國富民豐，至於人才嘛，文有以寫賦出名的文人司馬相如，武有馬革裹屍的伏波將軍馬援，三教九流中出類拔萃的人，多得數也數不清。張松反過來問楊修，你是名門之後，世家子弟，怎麼屈居曹操門下當個小小的主簿，豈不是在坍祖上的台？楊修說在丞相門下，學到很多東西，深受教誨。

反難楊修 戴敦邦 畫

誰知張松笑笑說："曹丞相文不明孔孟之道，武不懂孫吳兵法，依靠強兇霸道而身居高位，他能教誨你什麼啊？"楊修說："你住在閉塞邊遠的地方，怎麼知道丞相的大才？"他叫左右拿出一卷書給張松看，此書名為《孟德新書》，是曹操所撰寫的兵法。張松從頭至尾看了一遍，一共有十三篇，是部專談用兵之法的兵書。楊修得意地問："你說丞相無才，這本書可以不可以算是傳世之作？"

張松哈哈大笑說："此書連我蜀中的小孩子都能背誦，有什麼稀奇？它原是戰國時無名氏所著，曹丞相偷來冒稱是自己的作品，這種事只能瞞瞞你，騙別人是騙不過的。"

楊修聽了，很不服氣，認為胡說八道。張松說："你不相信嗎？我背給你聽。"張松記憶力十分驚人，一目十行，過目成誦。他將《孟德新書》從頭至尾背誦了一遍，一字不漏，一字不錯。楊修大吃一驚。

於是，楊修去見曹操，問："丞相剛才為什麼對張松很不客氣？"曹操說："他出言不遜，我當然要對他不客氣。"楊修說："丞相對禰衡尚且能夠容忍，為什麼就不能容忍張松？"曹操說："禰衡文章，當今聞名，張松有什麼才能呢？"

楊修說："張松口若懸河，能言善辯，這暫且不去說它，剛才我給他看丞相撰著的《孟德新書》，他只看了一遍，就能從頭背到底。如此博聞強記，世上少見。這個人可以讓他見識一下天朝氣象。"曹操說："好吧！明天我在西教場閱兵，你領他來看我的軍容之盛。我打下了江南以後，就去收取西川。"

第二天，楊修與張松一起來到西教場。教場上有雄兵五萬，行列整齊，衣甲鮮明，刀槍耀目，鼓聲震天，好一派威武雄壯的氣象！但張松只不過用眼角斜掃了一下，並不表示驚訝和佩服，流露出滿不在乎的神態。

曹操將張松喊到面前，手指隊伍說："你在川中看到過如此氣派嗎？"張松說："我蜀中以仁義治國，沒有這種炫耀兵力的場面。"

曹操氣得臉色都變青了，楊修連忙向張松丟眼色，但張松卻若無其事，一點也不害怕。曹操盛氣凌人地對張松說："我大軍到處，戰無不勝，攻無不克，順我者生，逆我者亡，你知道嗎？"

張松陰陽怪氣地說："我對這一點早就非常清楚。當年濮陽攻呂布，宛城戰張繡，赤壁之戰遇周郎，華容道上逢關羽，還有潼關遇馬超，割須棄袍，這些都是丞相無敵於天下的豐功偉績！"

這樣地揭曹操的爛瘡疤，曹操怎麼受得了！他怒氣沖天，喝令左右將張松推出斬首。幸虧楊修勸阻，說張松遠道而來，雖說理應斬首，但影響不好。曹操餘怒未消，荀彧也勸諫說是不宜殺。曹操不能不賣荀彧的面子，就免去張松一死，喝令亂棒打出。

張松連夜出城，收拾行李回西川去。他心中想：我本來要獻西川州郡給曹操，誰想他這樣目中無人！聽說荊州劉備仁義待人，名聞天下，不如到他那裏去，看他態度如何，到時再作決定。

誰知他去荊州的經過與許昌的遭遇完全相反。剛到荊州邊界，趙雲已經帶了五百多名騎兵迎接。到了館驛門前，鑼鼓喧天，關羽帶了一百多人等候。張松與二將進館驛後，裏面早已擺下酒席，關、趙兩將頻頻勸酒，招待十分周到。

第二天一早，張松用過早餐，上馬走不到五里，劉備帶了諸葛亮、龐統正副軍師來迎接，這個面子可真是不小。劉備設宴款待張松，在酒席上只說閒話，並不提起西川之事。張松用話挑動劉備，諸葛亮說荊州是暫借東吳的，東吳一直派人來討還，劉備卻不接口。

劉備一連留張松飲宴三天，始終不提川中之事。張松告辭回川，劉備在十里長亭設宴送行，依依惜別，流下淚來，使張松十分感動。於是，張松勸劉備先取西川為根據地，再北取漢中，收復中原，他自己願作內應。劉備說是蜀道崎嶇難走，千山萬水，通行極難。這時，張松獻上西川四十一州的地圖，上面載明地理行程，道路闊狹，山川險要，府庫錢糧，全都寫得清清楚楚。張松並說他另有兩位好友：法正、孟達，這兩人屆時也能相助劉備。

張松獻圖 王宏喜 畫

張松告別。諸葛亮要關羽護送幾十里路後，方始回轉。

張松回西川後，果然說動劉璋派法正來荊州，請劉備率兵入川去抗拒張魯。劉備與諸葛亮商議，最後決定他自己率龐統、黃忠、魏延入川，諸葛亮與關羽、張飛、趙雲留守荊襄。

劉備帶領五萬大軍向西川進發了。

第三十五章 單刀赴會

孫權日夜想討還荊州。張昭獻計說：劉備所倚重的是諸葛亮。諸葛亮的哥哥諸葛瑾在東吳做官，主公可以將他一家老小扣押起來，派諸葛瑾到西川去求他弟弟，如果不還荊州，一家老小將被處死。諸葛亮看在同胞手足的份上，一定會勸劉備歸還荊州。

孫權聽了，覺得這一招太過分了，說："諸葛瑾是個誠實君子，怎麼可以將他的一家老小關押起來？"張昭說："量小非君子，無毒不丈夫。再說，這明明是用計嘛，又不是真的要殺他一家老小。"孫權為了想得到荊州，就聽從了張昭的建議，關押了諸葛瑾的一家老小，派他本人到西川去討還荊州。

諸葛亮早已掌握了哥哥這次入川的內情，並且想好了對付的辦法。

諸葛瑾見劉備時，把自己的處境一說，諸葛亮立刻向劉備拜倒在地，痛哭流涕說："孫權將我哥哥一家大小抓了起來，如果不還荊州，我哥哥全家都會被處死。我哥哥一死，我哪裏還有臉獨自活在世上？望主公看在我的面上，將荊州還給東吳。"劉備裝腔作勢，再三不肯。諸葛亮哭着哀求。劉備裝出被逼無奈的樣子說："看在軍師面上，分出荊州一半還掉，將長沙、零陵、桂陽這三個郡給東吳。"諸葛亮要劉備寫信通知關羽交割三郡。劉備答應了，但對諸葛瑾說："你到我二弟關羽那裏，應當好言好語相求。我二弟性如烈火，有時連見了我都不買帳！"

諸葛瑾拿到了劉備的親筆信，興致勃勃地趕到荊州，請求關羽交割長沙等三郡。關羽看信後，放下臉說："荊州是大漢疆土，怎麼能隨便給人？將在外，君命有所不受。"

諸葛瑾苦苦哀求："我一家老小都被吳侯關在牢裏，討不回荊州，他們的命就全都沒了。望將軍可憐可憐吧！"關羽說："這是孫權的詭計，怎麼能騙得過我？"諸葛瑾說："將軍怎麼這樣不講情面？"關羽拔出劍來說："不要再多說了，我的劍是不講情面的！"關平在旁邊勸說："望父親息怒，現在這樣，軍師面上不好看。"關羽說："如不看軍師面上，我早就讓他回不得東吳！"

關羽這樣一鬧，諸葛瑾又氣又羞，急急忙忙趕回西川去找諸葛亮。誰知諸葛亮出外巡視各郡去了，再也不照面。諸葛瑾只得去找劉備，哭訴關羽要殺他的事。劉備說："我二弟性子急，很難說話。你暫且先回去，等我攻取了東川、漢中各郡，調二弟關羽去鎮守，到那時就可以將荊州交還給東吳了。"

這分明又是一拖再拖的搪塞之計。但是諸葛瑾沒有辦法可想，只得回東吳向孫權報告。孫權說："你此去反復奔走，東奔西跑，莫非都是諸葛亮在用計騙你？"諸葛瑾說："不會吧，我弟弟哭求劉備，劉備才答應先還三郡，只不過關羽太不講情面，硬是不肯歸還。"孫權說："既然劉備說先還三郡，我就派官去三郡赴任。"

他一面放出諸葛瑾的一家老小，一面派人去接管三個郡。可是，派去的人又都被關羽趕了回來。

孫權氣得不得了，派人去將魯肅召來，責備他說："當年你替劉備作保人，借我荊州。現在劉備已經得了西川，仍是不肯歸還荊州，你難道能夠袖手旁觀嗎？"魯肅是個老實人，現在被孫權逼得無路可走，倒也逼出一條計策：請關羽前來赴會，好言好語勸他交還三郡；如果他死不肯交還，就叫埋伏在那裏的刀斧手將他殺了。關羽倘若不肯來，立即進兵，全力奪取荊州。

關羽收到東吳使者送來的請柬，滿口答應前去赴宴。關平勸告父親："會無好會，宴無好宴。魯肅相邀，不懷好意，為什麼答應他？"關羽笑笑說："我怎麼會不知道呢？這是諸葛瑾回去報告孫權，說我不肯還三郡，所以叫魯肅邀請我去赴會，在會上向我討還荊州。我如果不去，就要被東吳恥笑我膽怯。我明天獨駕小舟單刀赴會，看魯肅能拿我怎麼樣？"

關平勸諫說："父親以萬金之軀，親自去探虎狼之穴，犯得着嗎？恐怕有負伯父將荊州託付給父親的重任！"關羽說："我在千軍萬馬之中，刀槍交攻之際，匹馬縱橫，如入無人之境，難道會怕江東這批小老鼠？"這時，馬良也勸說關羽："魯肅雖然是個至誠君子，但如果被孫權逼急了，照樣什麼事都做得出來！將軍不可輕易赴會！"關羽說："從前藺相如手無縛雞之力，在澠池會上，對秦國君臣視若無物，意氣風發，維護了趙國的尊嚴。何況我是久經沙場的壯士！我既然已經答應了，決不可失信！"馬良說："將軍就是去，也得有所準備。"關羽說："我兒可挑選快船十隻，裏面藏五百名熟悉水性的士兵，在江上等候，只要看到對岸搖旗，立刻過江接應。”

使者回報魯肅，說關羽已經應允赴會，明天準到。魯肅找呂蒙商量應當怎麼辦才好。呂蒙說：“如果關羽帶兵馬來，我與甘寧各帶一支兵馬埋伏在岸側，放炮為號，準備拚殺。如果他不帶軍隊來，我們就在後院埋伏五十名刀斧手，在酒宴上將他殺死。”魯肅決定依此安排。

第二天上午，江面上行駛過來一條船，船上只有幾個艄公水手，一面紅旗迎風飄揚，旗上繡着一個斗大的“關”字。關羽威風凜凜地坐在船頭上，頭戴青巾，身穿綠袍，旁邊站着周倉，捧着大刀，兩旁分別站着八九個彪形大漢，各挎腰刀。

魯肅站在岸邊看見關羽如此大膽，吃了一驚，心中不免疑惑。小船一靠岸，他趕忙把關羽一行接入亭內，擺設酒席招待。在酒席上，魯肅舉杯勸酒，十分殷勤，可就是不敢抬頭看關羽的臉。關羽卻談笑風生，好像什麼事也沒發生。

酒喝到一半的時候，魯肅硬着頭皮對關羽說：“當年令兄劉皇叔要我在主公面前做保說情，暫借荊州安身，約定在取得西川後歸還。現在皇叔已經取得西川，但荊州卻至今未還，這不是失信了嗎？”

關羽端起酒杯說：“請，請，請喝酒。酒席上不談這些軍政大事。”

魯肅見關羽存心裝糊塗，又一次把話挑明：“我主公只有區區江東之地，當時考慮到你們兵敗遠來，沒有立足之地，所以肯借讓荊州。現在皇叔已經得到益州，理應歸還荊州。但是皇叔只肯先割三郡。君侯您卻連三郡也不肯歸還，這樣做恐怕在道理上說不過去。”

關羽說：“赤壁之戰中，我哥哥帶領我們在陸地上同心破曹，戮力殺敵，難道就不該得到一部分土地作為報酬嗎？難道我們就應該白辛苦嗎？現在你還好意思來索取土地嗎？”

魯肅說：“話不是這樣說的。我主公可憐皇叔兵敗長坂，不惜借讓土地，使皇叔有立身之地，這是從今後雙方的交情着眼。現在皇叔不顧雙方的交情，已經得了西川，還佔了荊州不還，貪而背義，恐怕要為天下人所恥笑。希望君侯能認真考慮這個問題。”

關羽裝出為難的樣子說：“這是我哥哥的事，我不應該過問。”但是魯肅堅持說道：“君侯與皇叔桃園結義，誓同生死。皇叔就是君侯，君侯就是皇叔，

單刀赴會 王宏喜 畫

又何必推託呢？”

關羽還沒來得及回答，周倉在階下厲聲喝道：“天下土地，誰有德就應該歸誰，難道只有你東吳才應該佔領嗎？”關羽立刻裝出一副怒容滿面的樣子，起身奪過周倉所捧的大刀，立在庭中，邊使

關羽作別 戴敦邦 畫

眼色邊叱責周倉："這種軍政大事，你怎麼敢來多嘴多舌！還不快點給我滾開！"周倉一聽，心中明白，趕到岸邊，把紅旗一招。關平見到信號，指揮快船像箭一樣地飛奔到江東。

關羽右手提着刀，左手拉住魯肅的手，裝出一副酩酊大醉的樣子，口中含含糊糊地說："你既然請我赴宴，就再也不要提起荊州之事了。我已經喝醉了，別讓我做出傷害老朋友的事來。今後我請你到荊州赴會，再來商議。"

魯肅實際上已被綁架，被關羽一直拉扯到江邊。呂蒙、甘寧各帶領本部人馬想衝出來殺關羽，但是看見關羽手提大刀，像老鷹捉小雞似地握住魯肅的手，只怕誤傷魯肅，就不敢輕舉妄動。

關羽一直把魯肅拉到船邊，方才放手。他跳上戰船，立在船頭，向魯肅告別。

魯肅經過這場驚嚇，如痴似呆，眼瞪瞪地望着關羽的船乘風破浪地迅速離去。

第三十六章 定軍山

劉備平定蜀地後，曹操很不安心，但要去征討，風險太大。於是，他先去攻取漢中。曹操佔領了漢中之地，原想乘勝攻取西川，卻被孫權乘曹操遠在漢中的機會出兵攻合肥。曹、孫二軍交戰，互有勝負，相持不下。於是，雙方罷兵。

曹操撤兵時，調來曹洪、張郃、夏侯淵把守漢中。張郃向曹洪請戰，要去攻取巴西，並且願意立下軍令狀。曹洪拗不過他，就讓他帶了三萬兵去進攻巴西。誰知張飛粗中有細，智取瓦口關，張郃損兵折將，只剩下十幾個騎兵跟着逃回。曹洪大怒，要斬張郃。行軍司馬郭淮勸諫說："三軍易得，一將難求。張郃是魏王曹操的愛將，不能說斬就斬。不如給他五千兵去攻取葭萌關，將功贖罪。"

曹洪同意了，再撥五千兵給張郃殺奔葭萌關。

葭萌關守將孟達、霍峻見張郃兵來，急忙派人去向成都報告。劉備聚集諸將商量對策。諸葛亮說："目前葭萌關吃緊，看來得調張飛去，才可打退張郃。"法正說："張飛把守的瓦口關也是要緊的地方，不能離開，不如就在這裏選一名將領去抵敵張郃吧。"

諸葛亮用激將法，有意說："張郃是魏國的名將，除了張飛，沒人可以抵擋得了他。"這時老將黃忠便按捺不住了，氣憤地喊道："軍師為什麼輕視我們這些人，我願去把張郃的頭砍下來，獻給軍師。"諸葛亮說："將軍雖然英勇，只是年紀老了，恐怕不是張郃的對手。"黃忠氣得白胡子都倒豎起來了。他說："我年紀雖老，但兩臂能開三四百斤的硬弓，渾身還有千斤之力，難道還打不過張郃這個匹夫嗎？"諸葛亮又進一步激他說："將軍年近七十，怎麼不老？"黃忠忍無可忍，即拿起架上大刀，在庭院內掄動如飛，又一連拉斷了兩張硬弓，表示非出戰不可。

諸葛亮問："將軍要去，誰當副將？"黃忠說："老將嚴顏，可以與我一起去。如果我吃了敗仗，交上我這顆白頭。"於是，劉備派黃忠、嚴顏出發去迎敵張郃。

葭萌關守將孟達、霍峻見了黃忠、嚴顏，心中也認為諸葛亮指揮不當，不會調度："這樣要緊的時刻，怎麼會派了兩個老頭兒來？"黃忠、嚴顏知道關上諸將笑他們二人年老，商議一定要爭口氣，立奇功叫大家口服心服。

黃忠帶兵下關與張郃對陣。張郃見了黃忠，嘿嘿冷笑說："那麼大年紀，也不怕難為情，竟還要出陣作戰嗎？"黃忠三番五次遭到冷嘲，已經憋足了氣，大怒說："你敢欺我年老，我手中寶刀卻不老！"他拍馬上前，與張郃交戰，大約戰了二十幾個回合，忽然背後有喊殺聲傳來。原來是嚴顏從小路抄到張郃軍隊的背後，左右夾攻，張部大敗，連夜逃走，兵退八九十里。黃忠、嚴顏收兵回寨，按兵不動。

曹洪聽說張部輸了一陣，就想處罰張部。但郭淮勸曹洪不要這樣做，逼急了，張部投向西蜀，那就更糟了！不如派夏侯尚、韓浩前去助戰，順便起監視作用。

夏侯尚、韓浩夾攻黃忠，黃忠與兩將鬥了十餘回合，就開始敗逃。夏侯尚、韓浩追了二十餘里，奪佔了黃忠的營寨。黃忠匆匆地又建立了一座新的營寨。第二天，夏侯尚、韓浩趕來，黃忠出陣再戰，戰了幾個回合，又開始逃走，兩將又趕了二十餘里，奪佔了黃忠新立的營寨。他倆叫張部守後寨。張部勸他們說："黃忠連退二日，其中必有詭計。"

大敗張部　戴敦邦 畫

夏侯尚叱罵他："你如此膽怯，怪不得要一敗再敗。別再嘮嘮叨叨了，請看我們兩人立功！"張郃被罵得滿面羞慚，垂頭喪氣地退下。

過了一天，兩將再度出兵，黃忠望風而逃，一連敗了好幾陣，最後退進葭萌關內。兩將逼近關前下寨，黃忠堅守不出。關上守將孟達急了，暗中寫信將黃忠連吃敗仗的情況告知劉備。劉備問諸葛亮，諸葛亮說這是老將驕兵之計。趙雲等將領都不相信，劉備派義子劉封來關上接應黃忠。黃忠對劉封說："這是老夫驕兵之計。我是借營寨給敵人屯積糧草馬匹。今天晚上，我要全部收復。今夜霍峻守關，孟將軍協助搬運糧食馬匹，大家看我破敵。"

當天夜裏二更時分，黃忠帶領五千兵開關殺出。夏侯尚、韓浩因為連日獲勝，麻痺大意，被黃忠攻破營寨，長驅直入，兩將各自逃命，軍馬自相踐踏。到了天亮的時候，黃忠率兵連奪三寨，繳獲許多兵器馬匹，全都讓孟達搬運入關。黃忠緊催兵馬，士卒們都努力向前。張郃的軍隊，被自家的敗兵衝動陣腳，只得逃跑，一直逃到漢水邊上。

黃忠、嚴顏守住天蕩山，捷報送到成都，劉備、諸葛亮決定趁機平定漢中，帶兵十萬，傳令趙雲、張飛為先鋒，進軍漢中。劉備大軍出葭萌關後立下營寨，召黃忠、嚴顏來見。劉備說："漢中定軍山，是南鄭的屏障，糧草都積聚在那裏。將軍能攻取定軍山嗎？"黃忠一口答應。

諸葛亮又使激將法了，說："老將軍雖然能勝張郃，卻未必能勝夏侯淵，還是去荊州請關羽來，方能抵敵得住夏侯淵。"

黃忠氣呼呼地說："我這次連副將也不要了，只帶本部兵三千人去，一定將夏侯淵的頭斬來獻上。”諸葛亮再三不同意，黃忠執意請戰。最後，諸葛亮說：“你既然要去，我派法正做你的幫手，遇事好商量。我隨後調撥人馬前來接應。”

黃忠與法正領兵走後，諸葛亮對劉備說老將軍必須用話激他，否則不容易取得成功。他派趙雲與劉封、孟達兩支部隊前去接應。

曹洪連夜趕到許昌，稟告曹操。曹操大吃一驚，起兵四十萬親征。大軍到達南鄭以後，曹洪講了張郃連吃敗仗的事，但曹操認為勝敗乃兵家常事，不必追究。曹洪說到黃忠攻打定軍山，夏侯淵堅守不出戰。曹操認為這樣顯得太懦弱了，下令夏侯淵進兵。

黃忠與夏侯淵兩軍對敵，難分勝負。法正獻計：先佔領定軍山的對面山峯。黃忠守在半山，法正自己駐紮在山頂。夏侯淵帶兵攻上來時，如果舉白旗，黃忠按兵不動。等到夏侯淵又累又乏而不防備時，舉起紅旗，黃忠下山攻擊，以逸待勞，必定能夠取勝。黃忠十分高興地採納了法正的建議。

老將立功 王宏喜 畫

夏侯淵知道黃忠奪了對面的山寨，就要去奪回。張郃苦苦勸阻，夏侯淵不聽，他分出兵力圍住對山，大罵挑戰。法正在山上舉起白旗，黃忠就不出戰。到了中午以後，法正見曹軍又累又乏，好多人下馬坐在地上休息，就舉起紅旗。黃忠一馬當先，帶兵殺了下來，猶如天崩地塌那樣地聲勢驚人。夏侯淵措手不及，被黃忠一刀斬下，連頭帶肩，砍成兩段。

黃忠斬了夏侯淵，曹軍各自逃生。黃忠乘勢去奪定軍山，張郃領兵迎戰。混戰一陣，張郃敗走。忽然趙雲帶領一支人馬殺出，張郃大驚，引敗軍奪路往定軍山逃走。只見前面一支兵來迎接，原來是他的部下杜襲。杜襲說："定軍山已經被劉封、孟達奪去了。"張郃大驚，與杜襲一起帶領敗兵到漢水紮營，一面派人飛報曹操。曹操聽到了夏侯淵死去的消息，大哭一場。

黃忠勇毅冠三軍，威鎮定軍山，切斷曹兵的糧道，為劉備奪取東川，打了一個漂亮的前哨戰。

第三十七章

楊修之死

楊修是漢代太尉楊彪的兒子。他出身名門，才氣過人，曹操原來對他十分賞識，將他收在門下當主簿。但是，楊修喜歡賣弄小聰明，說話毫無顧忌，不給曹操留面子。這樣，曹操對楊修越來越不高興。到了後來，楊修竟然插手曹丕和曹植兄弟勾心鬥角、相互傾軋的陰謀活動，使曹操對他懷恨在心。

有一次，曹操命人造了一座花園。花園落成的那一天，曹操前去遊園，既不說好，也不說壞，悶聲不響地拿起筆來，在門上寫了一個"活"字，當即離去。大家你看我，我看你，都猜不透曹操是什麼心思。這時，楊修微微一笑，對大家說："這有什麼不好懂的。'門'內添個'活'字，就是'闊'字。丞相認為花園的園門太闊，感到不滿意呢！"修造花園的人一聽，覺得有理，馬上改造園門，重新請曹操來觀看。這一次，曹操對園門很滿意，就問："誰猜中了我的心思？"別人告訴他是楊修。曹操從表面上看，寬宏大量，很能容人，骨子裏卻心胸狹窄，氣量不大。曹操雖在口頭上誇獎楊修聰明，卻從此對楊修有了提防之心。

又有一天，有人從塞北給曹操送了一盒酥。曹操在盒子上寫了“一合酥”三個字，然後將這盒酥擱在桌上。楊修竟自作主張拿出去分給大家吃掉了。曹操知道這件事後，問楊修為什麼這樣大膽，竟敢私自分吃掉這盒酥？楊修不慌不忙地回答：“丞相在盒上分明寫着‘一人一口酥’，我怎麼敢違抗丞相的命令呢？”曹操聽後，哈哈大笑，裝出很高興的樣子，心裏卻對楊修更加嫌忌了。

夢中殺人 賀友直 畫

曹操很怕有人會暗殺自己，因此吩咐手下人説：“我歡喜在夢中殺人，你們在我睡着的時候，千萬不要接近我。”有一天，曹操在軍帳中睡午覺，有意將被子踢落在地上。他身邊的侍從連忙拾起被子蓋在曹操身上。誰知曹操突然從牀上躍起，拔出劍將那位侍從殺死，接着便又上牀呼呼大睡。過了片刻，曹操起牀，假裝吃了一驚，問：“是誰殺死了我身邊的侍從？”大家不知道怎麼説才好，十分尷尬，但最後還是把事情如實向曹操稟報了。曹操一聽，流淚痛哭，表現出十分傷心的樣子，下令用隆重的禮節安葬那個被殺的侍從。

曹操裝得像模像樣，人人都認為曹操真的是在夢中殺人。楊修心裏明白，知道曹操是在做戲，通過這種表演，用來防止別人在他睡覺時暗殺他。楊修心直口快，不知顧忌。送葬的時候，他當着大家的面，指着棺材歎息説："丞相並沒有在夢中，可憐你倒是在夢中呢！"在場的人聽到後，有人把這件事密報曹操。曹操見楊修當眾揭穿了他的心計，還使他落了個壞名聲，心中就更加討厭楊修了。

曹植是曹操的第三個兒子，很佩服楊修有才氣。他與楊修成了一對好朋友，經常把楊修請到自己家中，談古論今，越談越投機，有時甚至談上個通宵，連覺也不睡。

三子曹植 劉旦宅 畫

曹操曾經與別人商議，想立三兒子曹植為世子，將來繼承自己的魏王之位。大兒子曹丕探聽到這一消息，十分恐慌，就悄悄請朝歌長吳質來商議。他擔心這件事被別人發覺後報告曹操，就把吳質藏在大竹箱裏，用車載進府內。楊修探聽到了這件事，就直接向曹操報告，曹操立刻派人到曹丕府門口守候並偵察。

曹丕急得團團轉，慌忙與吳質商量對策。吳質安慰曹丕說："不必為這件事擔心。明天用大竹箱裝滿絹綢載在車上運進府中，就可以將這件事瞞過去了。"

第二天，在曹丕府門口守候的人看見車載竹箱進府中，就立刻攔住動手檢查，一看箱子裏裝的都是絹綢，就回去向曹操匯報了這件事的前後經過。曹操懷疑楊修想誣陷曹丕，於是就對他越來越憎惡了。

過了一段日子，曹操想試曹丕、曹植兩人的才幹，看哪個兒子更能幹。一天，他下令兩個兒子各自出城門去，暗地裏卻吩咐城門守吏不准放他們出城。曹丕先到，城門守吏不肯放行，曹丕只得快快退回去。曹植知道後，就問楊修，這件事應當怎麼辦。楊修告訴他："你是奉魏王之命出城的。如果有誰膽敢阻擋的話，可以一劍將他斬了。"曹植覺得楊修的話有理，就照此去做，出城時受到城門守吏的攔阻，當即罵道："我奉魏王之命出城，誰敢阻擋！"他拔劍將城門守吏斬了。曹操聽到消息後，覺得曹植比曹丕能幹，辦事有魄力。後來有人密告曹操，指出這是楊修教曹植這樣做的。曹操一聽，不禁大怒，從此連曹植也不喜歡了。

曹操平時常常要考問他的兒子。楊修揣測曹操的心思，事先為曹植準備了各種答案，叫他背熟記牢。因此，每當曹操考問曹植軍國大事時，曹植都能對答如流，曹操心中對這件事十分懷疑。後來，曹丕暗中買通曹植手下的人，偷出楊修寫的答案，將這件事上告曹操。曹操見了，大發雷霆，咬牙切齒地罵道："楊修這個家伙居然插手我的家政，敢欺騙我！太可恨了！"

從此，曹操對楊修動了殺心。

這一天終於來到了。

曹操率軍與劉備的蜀兵在漢水激戰時，損兵折將，作戰不利，只得退守斜谷界口紮營。屯兵時間一長，曹操感到進退兩難。想進兵吧，蜀軍大將馬超的精兵擋守在前；如果退兵，又怕被蜀兵恥笑。究竟應當怎麼辦，心中猶豫不決，拿不定主意。這時，恰巧廚房給曹操端上一碗雞湯。曹操看見碗中有雞肋，心中很有感觸。他正在反復捉摸是不是該下決心退兵時，將軍夏侯惇走進軍帳，向曹操請示當天軍營中夜間通行的口令，曹操隨口說："雞肋！雞肋！"

楊修被殺 王宏喜 畫

楊修當時在軍中當行軍主簿。他聽到今夜口令是"雞肋"後，就叫隨行士兵收拾行裝，準備返回北方。有人把這件事報告夏侯惇。夏侯惇大吃一驚，趕緊請楊修到帳中責問："你為什麼要收拾行裝？這不是在動搖軍心嗎？"

楊修回答："今夜的口令叫'雞肋'，這說明魏王不久將下令撤軍回去了。雞肋這個東西，吃起來沒有多少肉；丟掉它吧，又覺得它味道不錯。

現在我們前進不能取勝，撤退又怕被人恥笑。在這裏呆下去吧，並沒有什麼好處，不如早日回去。我估計魏王在這幾天內一定要撤軍回京，所以先收拾行裝，免得臨行時手腳忙亂。”

夏侯惇聽了，十分佩服，誇獎楊修説：“你真能懂得魏王的心思！”於是，他也下令士兵收拾行裝。寨中其他各將也跟着作好了撤退的準備。

當天晚上，曹操心煩意亂，悄悄出帳去各營寨查看。他經過夏侯惇的營寨時，看見士兵們都在忙碌地準備行裝，不禁暗中大驚：誰猜中了我的心思？這還了得！他急忙回到帳中追查。夏侯惇回答：“主簿楊修已經知道大王想要撤軍回京了。”曹操又急忙派人叫楊修進帳，楊修洋洋得意地賣弄小聰明，就把自己對“雞肋”的揣測吹噓了一通。

曹操聽了，怒氣沖沖，放下臉來説：“你好大的膽子！竟敢造謠生事，擾亂軍心！”於是，他喝令刀斧手將楊修推出去斬了，把頭掛在轅門外示眾。

曹操損兵折將，心中窩着一肚子火，無處發泄，逮着楊修擾亂軍心的罪名把他殺掉，一來出口惡氣，二來鎮定軍心，三來曹操受不了楊修的賣弄才華。當然還有更深層的原因，即曹操決心立曹丕為世子，改變擬立曹植的初衷，為了得以順利進行，只好拿楊修開刀。因為不殺楊修，可能會禍起蕭牆。

楊修死時只有三十四歲。

第三十八章

水淹七軍

曹操因久戰無功，最後只得放棄漢中，回轉許昌。這樣一來，東川、西川都落到了劉備的手中。劉備稱漢中王，與曹操稱為魏王相對抗。劉備的兒子劉禪（也就是劉阿斗）被立為世子，法正當了尚書令，諸葛亮為軍師，總理軍國大事，封關羽、張飛、趙雲、馬超、黃忠為五虎上將，魏延為漢中太守。

曹操知道劉備自立為漢中王後，氣得要命，準備率兵赴兩川決一死戰。司馬懿獻計說不必親自勞師襲遠，只要派人去勸說孫權起兵取荊州，劉備勢必帶領兩川之兵去救，那時大王起兵反攻蜀中，蜀中就唾手可得。

曹操就派滿寵為使者到東吳。滿寵向孫權送呈曹操的信並補充說道："吳、魏一向無仇，都是因為劉備的緣故，才使兩家不和。魏王差我到江東來，約定由將軍攻取荊州，魏王進兵漢中、西川，我們兩家首尾夾擊。破劉之後，共分疆土，永不互相侵犯。"

孫權與眾謀士商議對策。顧雍說："滿寵雖然來當說客，但說得有道理。現在可先口頭答應曹操，約定共同攻擊劉備；另派人過江探聽關羽的動靜，再決定如何進行。”諸葛瑾說：“我聽說關羽有一子一女，女兒的年紀很小，尚未許配。我願意去荊州為主公的世子求婚。如果關羽肯結秦晉之好，就與關羽一起商量共破曹操；如果關羽不肯許婚，就幫助曹操攻取荊州。”

孫權認為這個主意不錯，就送滿寵回許昌，同時派諸葛瑾為使者到荊州去。諸葛瑾與關羽相見後，關羽問：“這次到荊州來有何用意？”諸葛瑾回答：“我主公吳侯有個兒子，很聰明。聽說將軍有個女兒，特地來求親。兩家結親後，併力破曹。這是好事，請君侯考慮。”

誰知關羽聽了，竟勃然大怒說：“虎女怎肯嫁給犬子？如不看在你弟弟諸葛亮面上，立即殺了你的頭！別多說了！”關羽命左右將諸葛瑾趕了出去。

蜀漢七雄　趙志田 畫

諸葛瑾抱頭鼠竄，狼狽不堪。他回去見了孫權，不敢隱瞞，一五一十，如實反映情況。孫權大怒説："這個人怎麼這樣無禮！"他召集文武官員，商議如何攻取荊州。步騭説："曹操現在派使者來要我東吳起兵吞併西蜀，這分明是嫁禍江東之計。"

孫權説："我想取荊州也已經想得太久了！"

步騭説："目前曹仁在襄陽、樊城屯兵，又沒有長江之險的阻隔，從旱路可以直取荊州，為什麼不去直接攻打，卻要主公動兵?單是這一點，就可以看出曹操的居心不良。主公可以派遣使者去許昌見曹操，要曹仁先從旱路起兵攻取荊州，關羽必定要率領荊州之兵去攻取樊城。關羽一離開荊州，主公只要遣一個能幹的將領就可以悄悄地將荊州攻取到手了。"

孫權派使者到許昌向曹操講清楚這件事。曹操十分高興，吩咐使者先回江東。他立即派遣滿寵到樊城去當曹仁的參謀官，幫助曹仁出謀划策，商議出兵；一面通知東吳，要他們領兵在水路接應，攻取荊州。

再説劉備知道曹操聯合東吳要取荊州的消息以後，連忙請諸葛亮來商量。諸葛亮説他早已料到曹操有此招，但是東吳謀士極多，一定會向曹操提出要曹仁先起兵。現在可以派使者去見關羽，要他起兵攻取樊城，聲東擊西使曹軍膽寒，孫、曹聯盟自然就瓦解了。劉備聽了，非常高興，派前部司馬費詩去向關羽傳達命令。

關羽接受命令後，派廖化作先鋒，關平為副將，馬良、伊籍為參謀。廖化假裝打敗，一退再退，引誘曹軍離城越來越遠。最後由關羽截斷退路，殺了夏侯存，關平殺了翟元，曹仁退守樊城，襄陽被關羽率兵奪取。

關羽接着又來攻打樊城。曹仁十分恐慌，派人連夜去向曹操求救，曹操指定于禁去解樊城之圍。于禁向曹操要一名先鋒。龐德挺身而出，願作先鋒。於是，曹操封于禁為征南將軍，封龐德為征西都先鋒，大起七軍，前往樊城。

這七軍是七支北方的精鋭部隊。他們中有人對于禁說：“如今將軍率領七支重兵，去解樊城之危，怎麼能用龐德當先鋒？他原來是馬超手下的副將，不得已而降魏，馬超如今在蜀高居五虎上將，何況他的兄長龐柔在西川為官。讓他作先鋒，豈不是潑油救火，糟透了！”于禁聽了，連夜去向曹操報告。曹操一聽，就召來龐德，要他交出先鋒印。龐德大吃一驚，問是什麼原因。曹操把情況一說，龐德在地上叩首，滿面流血，向曹操稟告：“我自漢中投降大王以後，

攻拔襄陽　戴敦邦 畫

屢受厚恩，雖肝腦塗地，不能補報。我嫂子不賢，被我乘醉殺掉，我哥哥恨我入骨。舊主人馬超，有勇無謀，兵敗地亡，孤身入蜀，如今與我各事其主，過去的恩義已經斷絕。我對大王怎麼會有二心呢？”曹操將龐德從地上扶起說：“我知道你一向忠義，剛才說的話是為了安眾人的心。”

龐德臨出發前，帶了一口棺材，對部將說：“我這次去與關羽死戰。我如果被關羽所殺，將我屍首放在棺內。我如果殺了關羽，也將他的頭放在棺內，帶回獻給魏王。”部將五百人說：“將軍如此英勇，我們怎麼能不竭力相助！”

于禁率七軍前來的消息傳來以後，探子報告關羽，說是龐德抬着棺材前來，要與將軍決一死戰。關羽聽了，不禁大怒，說：“天下英雄，聽到我的名字，沒有一個不佩服的。龐德是什麼東西，竟敢藐視

龐德偷射 陳明大 畫

我！關平去攻打樊城，我去斬這個匹夫！"關平勸他不要與龐德一般見識。關羽想了一下，同意讓關平先去試一下，他自己隨後接應。

關平出帳，提刀上馬，領兵與龐德對陣。魏兵這一邊，一面黑旗上寫着"南安龐德"四個大字。龐德青袍銀甲，鋼刀白馬，立在陣前，背後有五百名兵士緊跟，另有幾個步兵抬着一口棺材。龐德問部下士卒："來的是什麼人？"有人回答說："關羽的義子關平。"龐德大聲叫道："我奉魏王之命來取你父親的頭！乳臭小兒，我不殺你，快喊你父親來！"關平怎麼受得了這種侮辱？縱馬舞刀，殺向龐德。龐德橫刀相迎，戰了三十個回合，不分勝負，兩家各自歸營。

這時，關羽親自帶兵來迎敵龐德。他在陣上橫刀大叫："關雲長在此，龐德早來受死！"龐德出馬相迎，說："我已經備好棺材在此。你如果怕死，趕快下馬投降！"關羽罵道："你這個匹夫有什麼本事？可惜我青龍刀斬你這種小毛賊！"兩人舉刀相戰，鬥了一百多個回合，越鬥越有精神，兩邊的軍隊都看得驚呆了。魏軍恐怕龐德失手，敲鑼收兵。關平恐怕父親年老，也敲鑼收兵。兩將各自歸營。

第二天，雙方重又出馬交鋒。鬥到五十餘個回合時，龐德撥回馬頭，拖刀而走。關羽緊追，口中罵道："龐賊！我還能怕你的拖刀計？"誰知龐德使拖刀計是假，暗中射箭是真。關平高叫："賊將放冷箭！"關羽已經來不及躲避，箭中左臂。關平拍馬趕到，救父回營。龐德舉刀追來，忽聽得本營鑼聲大響，龐德只得勒馬回轉。原來于禁生怕龐德獨立大功，滅了自己的威風，所以鳴金收兵。

關羽回營，拔了箭頭，幸虧箭射不深。第二天，龐德來挑戰，關平堅守不出。一連十幾天都是這樣。龐德要于禁帶領七軍發動總攻。于禁怕龐德成功，不肯出兵，最後七軍在離樊城北面十里路的山谷中立下營寨。于禁領兵截斷大路，命令龐德駐紮在谷後，使龐德不能進兵成功。

關羽箭傷結疤平復後，帶領幾名騎兵，登上高坡眺望，看到城北十里山谷內屯着軍馬，又見襄江水勢很急，心中就有了數。當時正是八月秋天，連日暴雨，江水上漲。關羽回寨下令準備船隻，命人堵住各處水口。關平問他為什麼在陸地上準備船隻？關羽說：“于禁七軍屯紮在山谷低地，目前秋雨連綿，襄江水必定暴漲。水

水淹七軍　黃全昌 畫

發時，放水一淹，我們乘船進攻，這些兵還能有活路嗎？”

其實魏營中也有人考慮到這一點了，但是主將于禁不聽。龐德倒是認為這種提醒有理，準備在第二天單獨移軍到高地去紮營。可是，已經來不及了。當天夜裏，狂風暴雨，大雨不停。龐德坐在帳中，忽然聽到帳外萬馬奔騰，大吃一驚，趕緊出帳上馬察看，只見四面八方，大水衝到，平地水深一丈多，七軍被衝得四處亂竄，許多人隨波逐流，在水面漂浮。關羽率領眾將乘大船而來。于禁見無處可逃，左右只有五六十人，就投降了關羽。龐德與步兵五百人站在堤上，迎戰關羽。關羽將船四面圍住，下令軍士一齊放箭。魏兵被射死大半。到了最後，魏軍死的死，降的降，只剩下龐德一人力戰。龐德跳上了荊州軍的小船，一手提刀，一手搖櫓，結果被上游來的大船撞翻，落在水中。周倉水性熟，在水中活捉龐德。于禁所領七軍，絕大多數死在水中，會水的看見無路可逃，都投降了。

關羽回到高坡帳中，將龐德押了上來。龐德堅持不降，還破口大罵，結果被推出斬首。

第三十九章

刮骨療毒

關羽親自領兵從四面攻打樊城。他來到北門，騎在馬上揚鞭指着城樓上的敵軍說："你們這些鼠輩，不趁早及時投降，還要等到什麼時候？"

曹仁看見關羽身上斜披着綠袍，只有掩心甲護着胸前，連忙下令五百名弓弩手一齊放箭。關羽急忙勒住馬頭回轉，右臂上早已中了一箭，翻身落馬。曹仁帶兵衝出城來想捉拿關羽，幸虧關平率兵擋住，殺退曹仁，將關羽救回營寨。

關羽回營後，立即將箭拔出，但右臂仍然又青又腫，不能動彈。原來箭頭有毒，毒已經滲透到了骨頭，病情十分凶險。關平與將領們商議，決定送關羽回荊州去治療。但是，關羽卻發怒說："奪取了樊城，就可以乘勝進軍，一直打到許昌，消滅奸賊曹操。安定漢家天下在此一舉，怎麼可以因為這點小傷而誤了大事呢？你們竟敢動搖我的軍心嗎？”

大家挨了一頓罵，只得默不作聲地退出帳去。

將領們看到關羽不肯退兵，箭傷又不見好轉，只得派人在四方訪求名醫。一天，有個人從江東駕着一條小舟來到寨前。此人頭戴方巾，身穿寬袖的布袍，臂上挎着一隻藥箱，自報姓名叫華佗，因為聽說關將軍是天下英雄，如今中了毒箭，特地前來為他醫治。

華佗求見　黃全昌 畫

關平聽到過華佗的名字，知道他是當代名醫，曾經為東吳名將周泰醫過傷，就高興地帶他進營帳去見關羽。

這幾天關羽的右臂越來越痛，但為了穩定軍心，裝作若無其事的樣子，這時正在與馬良下棋。他聽說有醫生來，就推開棋盤，起身迎接。

關羽脱下衣袍，露出右臂給華佗診斷。華佗細心地檢查傷口，然後對關羽說：“這是被弩箭射傷的，箭頭上有烏頭毒藥，毒已經滲透進骨頭了。如果再不治療，這條右臂就算是廢了。”

關羽問：“用什麼辦法來治療？”

華佗說：“治療的辦法是有的，就是不知道您怕不怕疼？”

關羽聽了，哈哈大笑，說：“我視死如歸，還有什麼值得害怕的呢？”

華佗說：“要治療君侯的傷，先要找個安靜的地方，立一根柱，柱上釘一個大環。請君侯將手臂穿進環中，用繩子緊緊縛住，然後用被子蒙住頭。我用尖刀割開皮肉，深到骨頭露出為止，再用刀刮去骨頭上的箭毒，敷上藥，用線縫好傷口，才能保你平安無事。但不知這樣做，您受得了嗎？”

關羽輕鬆地笑笑說：“就只有這點要求嗎？好辦得很！什麼柱啊環啊，我看全都不用了吧！”他當即下令擺設酒席招待華佗，自己喝了幾杯酒以後，一面繼續與馬良下棋，一面伸出右臂讓華佗治傷。

刮骨療毒 杜覺民 畫

華佗拿出尖刀，叫一個士兵捧一個大盆在關羽臂下接血。他在動刀前叮囑關羽：“我要動手術了，請您不要驚慌！”

關羽平靜地說：“你儘管放手治療，我又不是那種怕死鬼，還能怕這點痛？”於是，華佗用刀切割皮肉，深到露出骨頭，骨頭上面已經變成青色。華佗用刀刮除骨上青斑，悉悉有聲，令人膽戰心驚。帳上帳下的將士見到這個場面，一個個嚇得臉色發白，不忍心看下去。關羽卻照樣一邊喝酒吃肉，一邊與馬良繼續下棋，談笑風生，一點也沒有痛苦的樣子。

一會兒，血淌滿了接着的盆。華佗刮盡骨上的毒，再敷上藥，用線縫合傷口。這時，關羽大笑而起，對眾將領說：“這條臂膀現在伸舒自如，和過去完全一樣，而且一點也不痛。華佗先生可真是一個神醫呀！”華佗說：“我一生行醫，不知為多少人治過病，可從來沒有見到過像您這樣意志堅強的人，真是個天神呵！”

關羽箭傷治愈以後，非常高興，設宴招待華佗，表示謝意。華佗叮囑關羽：“君侯的箭傷雖然已經治好了，但仍需要繼續小心護理。只要過了一百天，就會完全恢復得像過去一樣了。無論如何不可發火，否則怒氣擴散，瘡口迸裂，這樣就會更加難治了。”

華佗臨行前，關羽贈送黃金百兩，作為治傷的酬勞，但是華佗堅決不肯接受，說：“我仰慕君侯的人品，才特地專程來為君侯治傷，難道會想到要什麼報酬嗎？”他給關羽留下了幾味藥，就告辭走了。

第四十章

敗走麥城

關羽活捉于禁，斬了龐德，上下震驚，威名遠揚。曹操決定改變主意，派人去江南聯合孫權，要孫權從背後偷襲關羽，逼迫關羽從樊城撤兵。

孫權答應了曹操的建議。陸口守將呂蒙獻計：趁關羽遠征樊城，後方荊州兵力空虛的機會，偷襲取下荊州。孫權立即同意，委派呂蒙主持前方的軍務。但是，呂蒙在前沿陣地觀察荊州的防守，十分嚴密，難以攻破，又想不出一個辦法來。小將陸遜就向他獻計，說：“關羽狂妄自大、目中無人，只對將軍有所顧忌，所以沿江處處設防。將軍放出風聲，託病辭職，將陸口守將的職務移交別人，只要這個人對關羽儘量讚美、奉承，他就會忘乎所以，撤掉荊州的兵去攻樊城。如果關羽撤去防備，我們派一支奇兵用計去偷襲，那麼荊州一定可以到手。”

呂蒙假意託病不起，上書辭職，由陸遜代替他守陸口。陸遜上任後，立即派使者備了名馬、錦緞、美酒等禮品去見關羽。關羽傲慢地說："孫權的見識越來越短淺了，竟用陸遜這種乳臭未乾的小兒來當前線的守將！"他拆開陸遜的信看，信中口氣謙卑恭敬，而對關羽極盡阿諛奉承之能事，並乞求關羽高抬貴手，兩家和好云云。關羽虛榮心得到了充分的滿足，摸着長長的鬍鬚，仰天哈哈笑了起來。

關羽中了陸遜的驕兵之計，對東吳不屑一顧，從荊州調走大半人馬去攻打樊城。孫權知道後，立即拜呂蒙為大都督，統領江東各路軍馬，襲取荊州。呂蒙調了八十多隻快船，挑選會水的士兵扮作商人，在船上搖櫓，三萬精兵都藏在船艙中不露面。荊州守衛沿江烽火台的蜀軍見是客商進港避風，就同意船停在江邊。二更時分，三萬精兵登岸，將烽火台守軍一網打盡。於是東吳的船隊長驅直入，到了半夜三更時分，船行駛到荊州城下。呂蒙叫俘獲來的官兵站在船頭，去喊開城門。門吏一看是荊州的兵，開了城門，東吳兵馬一聲喊起，全都衝進城門。荊州就落到了呂蒙的手中。接着，孫權又派虞翻去勸說傅士仁、糜芳投降。傅士仁、糜芳記恨被關羽責打之仇，都同意投降。於是，東吳兵輕而易舉地得到了公安郡和南郡。

關平屯兵在偃城，廖化屯兵在四塚，前後一共立了十二個寨。徐晃接到魏王曹操的命令，立刻發動進攻。無論鬥智鬥勇，關平都不是徐晃的對手，廖化就更不行了，何況到處傳言荊州已被呂蒙襲取了，軍心不穩。徐晃連戰連勝，攻取了偃城和四塚，連破十二寨。關平、廖化二人奮力死戰，方始奪路回到大寨，見了關羽稟告：“徐晃奪了偃城、四塚；曹操親自帶領大軍，分三路來救樊城；人們都在傳言荊州已被呂蒙襲取。”關羽大聲喝道：“這種話是敵人散佈的謠言，有意來擾亂我軍心，怎麼可以相信？東吳呂蒙病危，代替他當主將的陸遜是個毛頭小伙子，何必去擔心！”

關羽話未説完，徐晃帶兵到了。關羽不顧箭傷未愈，提刀上馬，奮勇上陣。徐晃見了關羽，先虛偽客套了一番，説什麼感謝關羽過去對他的教誨。關羽聽了，很是舒服。誰知徐晃突然翻臉對部

夜襲荊州 杜覺民 畫

下大叫：“誰能取得關羽的頭，重賞千金！”關羽一楞，問他為什麼要這樣說。他掉過臉來對關羽說：“今天乃國家大事，我不敢以私廢公！”接着，他揮舞大斧向關羽劈來，關羽揮刀相迎，兩人大戰八十幾個回合。關羽的武藝雖比徐晃高強，但右臂箭傷未愈，終是運轉不便，力氣不足。這時曹仁從城內衝殺出來，兩下夾攻，荊州兵大亂，關羽只得退走，帶領眾將急奔襄江上游，背後魏兵追到，關羽連忙渡過襄江，往襄陽奔去。忽然流星快馬來報：“荊州已被呂蒙佔領。”關羽大吃一驚，不敢奔向襄陽，提兵投公安郡去。這時探馬又來報告：“公安傅士仁已經投降東吳了。”關羽氣得雙眼發黑。就在這時，原來派去南郡催糧的人逃回，報告說是公安傅士仁到南郡，殺了催糧使者，招糜芳投降東吳，南郡跟公安郡一起落到東吳手中了。關羽聽到這裏，怒氣衝塞胸口，瘡口迸裂，昏倒在地上。眾將把他救醒後，關羽只得一面派人往成都求救，一面從旱路進攻，想重新奪回荊州。但是，在出征荊州途中，有許多將士逃亡，戰鬥力不斷削弱，又先後遭到東吳的蔣欽、周泰、丁奉、徐盛等將領的輪番攻擊。東吳軍發動心理攻勢，招降荊州土人。四面山上，投降或俘虜過去的士兵，呼兄喚弟，覓子尋爺，喊聲不停，許多士兵都應聲而去。關羽被東吳諸將困在核心，手下將士越來越少，部下只留有三百多人。殺到二更天，關平、廖化分為兩路兵殺進重圍，救出關羽。關羽進退兩難，走投無路，只得帶着殘兵進駐麥城，下令堅守，不准出城。

當時蜀將劉封、孟達在上庸鎮守，離麥城很近。關羽派廖化殺出重圍，到上庸去討救兵。劉封與關羽雖然是叔侄關係，但出於私心，不肯出兵解危。孟達是法正好友，但他埋怨劉備對他不肯重用，早已懷有二心，他也慫恿劉封見死不救。廖化急得跪在地上磕頭，求他們出兵，劉封卻冷冰冰地說："我去了也是杯水車薪，無濟於事。"他們丟下廖化不管，拂袖而去。廖化氣得大罵兩人狼心狗肺，上馬往成都討救兵去了。

關羽盼望上庸劉封帶兵來援救，望眼欲穿，卻始終不見動靜。他手下只有五六百人，多半帶傷，困守孤城。孫權派諸葛瑾來勸降，關羽表示寧願玉碎，不求瓦全。諸葛瑾還想再勸，關平拔出劍

敗走麥城 杜覺民 畫

來要殺他；關羽怕傷了軍師諸葛亮的兄弟之情，下令左右逐出。

孫權加緊了進攻麥城的步伐。呂蒙獻計説："我料定關羽兵少，要突圍去西川，不敢走大路，一定會從北面的小路逃走。我們在那裏設下埋伏，關羽插翅難飛。"

關羽在麥城只剩下三百多兵，糧食又吃完了，決定突圍到西川去。走哪條路呢？關羽決定走小路。王甫説小路有埋伏，不如走大路，關羽的狂妄勁兒又上來了。他説："即使有埋伏，能嚇得倒我嗎？"他下令留周倉與王甫同守麥城，自己帶領二百多個殘兵，從北門突圍出去。

關羽橫刀領頭前進，大約走了二十幾里，山坳處喊聲大震，朱然帶着一支人馬殺了出來。關羽拍馬掄刀殺去。朱然撥轉馬頭退走。關羽追殺過去，忽聽得一陣鼓響，四下伏兵一齊衝了過來。關羽見形勢不妙，不敢再戰，朝臨沮小路逃去。朱然帶兵殺回，在後面追擊。關羽殺出埋伏圈，跟隨他的士兵越來越少。走了不到五里路，只聽得前面又有喊聲，火光通明，潘璋拍馬舞刀殺來。關羽舉刀相迎。只戰了三個回合，潘璋敗走。關羽不敢戀戰，急忙往山路走去。背後關平趕來，負責斷後。關羽自己在前面開路，隨從只有十幾人了。

路越來越難走了，兩邊都是高山，山邊亂草雜樹叢生。快走到五更天的時候，突然一片殺聲喊起，兩邊伏兵齊出，長鈎套索一齊出動，先把關羽坐騎絆倒，關羽翻身落馬，被潘璋的部將馬忠抓獲。關平拚命來救，被潘璋、朱然率兵四面圍住，最後氣力用盡，也被抓獲。

關羽父子被押送到孫權那裏。孫權勸他投降，反被關羽痛罵一

關羽被擒　杜覺民 畫

頓。孫權的謀士們都認為關羽不除，後患無窮。於是，孫權終於下令把關羽父子處死。

馬忠由於抓獲關羽有功，孫權將赤兔馬賞賜給他騎。誰知赤兔馬竟幾天不吃草料，活活餓死。

王甫、周倉守衞麥城，吳兵用竹竿挑着關羽父子頭顱來招安，兩人急忙登城來看，果然不假。王甫跳城身亡，周倉自刎而死。於是，麥城也落到了東吳的手裏。

第四十一章

火燒連營

曹丕即魏王位後不久，就毫不客氣地逼漢獻帝退位，由他自己來當皇帝，國號魏，建都洛陽。消息傳到成都，劉備也自立為皇帝，國號仍稱漢，但歷史上稱它為蜀或蜀漢。東吳孫權當然不甘落後，先自立為吳王，過了七年，又進一步自稱為皇帝，國號吳，歷史上又叫東吳或孫吳。總之，從曹丕稱帝起，魏、蜀、吳三國時期正式開始。

劉備稱帝後，拜諸葛亮為丞相。他首先想到的是替關羽報仇，準備發動全國之兵去攻打東吳。趙雲勸阻說：“國賊是曹操，不是孫權。何況曹丕篡漢，征討曹魏是名正言順的事。”劉備不聽，認為孫權害了他的二弟。趙雲堅持說：“漢賊之仇，是公仇。兄弟之仇，是私仇。陛下應當以天下為重。”劉備說：“我不為二弟報仇，即使有了萬里江山，又有什麼意思！”於是，劉備下令起兵伐吳。

張飛在當時鎮守閬中，聽

說關羽被東吳所害，日夜哭泣。為了解愁，整天喝酒。軍營中，只要有誰稍不順眼，他就動手鞭打，不少人被他打得死去活來。一天，皇帝劉備派使者前來宣讀詔旨，將張飛升為車騎將軍。張飛問使者："我兄被害，仇深似海，皇帝為什麼不興兵討伐東吳？"

使者告訴張飛，朝中大多數人主張先滅魏後伐吳。張飛一聽，怒氣沖沖地說："這是什麼話！想當初我們三人桃園結義，立下同生死、共患難的誓言。如今二哥死去，我怎麼能獨享榮華富貴。我要去面見天子，願當先鋒，披麻戴孝去討伐東吳，活捉逆賊，祭告

張飛遇害 陳白一 畫

二哥在天之靈！”說完，他同使者一起趕往成都。

張飛見了劉備，跪在地上，抱住劉備的腿，嚎啕大哭說：“陛下做了皇帝，早已忘了當年桃園結義立下的誓言，為什麼不替二哥報仇？”劉備也哭着說：“我怎麼不想替二弟報仇？文武百官勸阻，所以我不敢輕舉妄動。”張飛吼道：“別人怎麼知道我們過去訂下的盟約？如果陛下不去，我豁出這條命也要替二哥報仇；如果報不了這仇，我寧願死去也不偷生在這世上！”

劉備說：“我與你一起去征伐東吳。你帶領本部兵從閬州出發，我帶兵到江州與你會合，共伐東吳，為二弟報仇雪恨！”張飛急着要走，劉備又叮囑他說：“我知道你酒後暴怒，鞭打手下健兒後，卻又仍舊讓他們在你的左右，這樣做是很危險的，一定要改掉這個毛病才好。”

張飛趕回閬中，立即下令：限定在三天製辦白旗白甲，三軍掛孝伐吳。第二天，帳下兩員末將范疆、張達進帳稟告：“白旗白甲，一時無法辦齊，請將軍寬限幾天。”張飛聽了，勃然大怒說：“我急於報仇，恨不得明天就到敵人境內去拚殺，你們怎麼敢違抗我的將令！”他命令武士將他倆縛在樹上，親自動手鞭打，每人各鞭打五十下。打完了，他指着兩人說：“到時候替我辦齊。超過期限，立即殺頭！”

范、張二人被打得遍體鱗傷，渾身是血，被士兵們攙扶回到營中。范疆說："張飛性如烈火，明日完不成白旗白甲，你我都沒命了！"張達說："與其他殺我，不如我殺他。"范疆說："只恐怕不能近他的身。"張達說："如果他醉倒在牀上，我們兩人就不該死；如果他不醉，我倆也就認命了。"

張飛心境不好，以酒消愁，與部下一同痛飲，喝得大醉，就躺下睡了。范、張兩人聽到這一消息，身帶短刀，在初更時分，謊説

陸遜阻戰 周志宏 畫

是要稟報機密軍情，悄悄進入帳中，直到牀前。忽然看見張飛鬍鬚豎立，雙目張開，嚇得不敢下手。後來聽到張飛鼾聲如雷，才知道張飛睡着是不閉眼睛的。於是，兩人拔出短刀刺去，張飛大叫一聲就死了。兩人割下張飛的頭顱，帶了手下幾十個親信士兵，連夜投奔東吳去了。

劉備知道張飛遇害的消息以後，放聲大哭，昏倒在地。羣臣將他救醒後，劉備點了七十五萬大軍，吳班為先鋒，張飛的兒子張苞與關羽的兒子關興護駕，水陸並進，浩浩蕩蕩殺奔東吳。一路上勢如破竹，連勝十幾仗，關興、張苞屢立大功，但同時也損折了老將黃忠。蜀軍威名遠震，江南軍民膽戰心驚。

孫權朝中，亂成一團。闞澤出奏，建議用陸遜。他指出當年東吳之事，全靠周郎。周瑜死後有魯肅，魯肅死後有呂蒙。如今呂蒙雖死，陸遜仍在。陸遜的雄才大略，不在周郎之下。當時破關羽就全出於他的計謀。這一番話提醒了孫權，儘管許多人反對，有的説陸遜年紀輕，資格淺，有的説陸遜不過是個書生，不會帶兵，但孫權還是拜陸遜為東吳大都督，全部兵馬都由他節制，並授權他可以先斬後奏，前線的事全由陸遜説了算。

陸遜受命為大都督後，下令徐盛、丁奉為護衛，立刻出兵，一面調動各路兵馬，水陸並進。前方主將韓當、周泰知道這一消息以後，大吃一驚，互相議論："主上怎麼派了個書生來當統帥？"等到陸遜到了前線，眾將不服，陸遜對大家説："主上封我為大將，督軍破蜀。希望大家遵守軍令軍紀，如果有人違犯，王法無親，決不饒恕，請勿後悔。"眾將都一聲不響，口中不説，心裏並不服氣。散會後，韓當對周泰説："主上竟派個小孩子來當大將率領我們，我看東吳要完蛋了。”

第二天，陸遜傳下號令，要眾將牢牢守住各處險要關口，不准出戰。大家都認為他懦弱無能，不肯堅守。陸遜升帳召集眾將責問：“我三令五申，要你們在各處堅守，為什麼不遵從我的將令？”韓當說：“主上封你為大都督，是為了要你帶領我們打退蜀兵。你要我們堅守不戰，難道要等待老天去殺敵嗎？我們不是貪生怕死的人，為什麼要自己喪失銳氣？”眾將都一齊起哄，說：“韓將軍說得對，我們情願與敵人決一死戰！”

陸遜聽了，拔劍在手，厲聲說道：“我雖然不過是個書生，但主上託付我以重任，是因為我能夠忍辱負重，沉得住氣。你們各人牢牢守住各道關口和險要，不許輕舉妄動。違令者斬！”這一來，

眾將領被鎮住了，雖然心中忿忿不平，但也只得遵守將令。

劉備在猇亭佈列兵馬，直到西川，接連七百里，前後有四十座營寨，白天旌旗遮住了日光，晚上火光照耀着天空。探子報告劉備：“東吳派陸遜為大都督，下令諸將領各守險要，堅不出戰。”劉備怒氣沖沖地説：“陸遜詭計多端，害死我的二弟。立即進兵，活捉這個小子！”馬良勸阻，説：“陸遜之才，不比周郎差，不能輕敵。”劉備很不高興，説：“我用兵多年，難道不如一個乳臭小兒？”他親自帶領部隊攻打各處關口，但陸遜下令堅守，並不出戰。劉備派人挑戰，在關口下辱罵，陸遜下令將士們塞住耳朵，別去聽這些話。他親自去各處關口、險要檢查，撫慰將士，要他們堅守不戰。

火燒連營 戴宏海 畫

轉眼天氣越來越熱，蜀軍久圍不下，軍紀越來越鬆懈。劉備不聽馬良的勸告，下令將蜀軍四十多個營寨全部移到山林密處，便於取水歇涼，準備到秋後天氣轉涼時，再與陸遜決一死戰。馬良建議劉備將各營移居的地方，畫成圖本，去徵求諸葛亮的意見。劉備認為自己深通兵法，何必去問諸葛亮。

馬良將蜀軍駐營情況畫成圖本，到東川去交給諸葛亮。諸葛亮一看圖本，拍案叫苦不迭，說："漢朝氣數休矣！依靠山林結營，橫佔七百里，這是兵家大忌。如果敵人用火攻，怎麼去設法解救？大禍即將臨頭！你趕快回去見天子，要天子重新佈置，改變各營駐紮的地方。"

事情果然不出諸葛亮之所料。陸遜見蜀兵越來越鬆懈，趁東南風起的時候，實行火攻。水陸大軍，兩路並進，順風舉火，日夜追襲。陸遜的計策取得了完全的成功。這一把火燒得好厲害，火燒連營七百里。蜀國的七十五萬大軍一敗塗地，潰不成軍。

劉備在關興、張苞的拚死保護下，逃到了白帝城。

計收姜維

第四十二章

諸葛亮臨危受命後，七擒孟獲，平定南方，然後兵出祁山，討伐魏國。一路上勢如破竹，但在天水郡卻碰了壁，連趙雲出馬都無濟於事。

天水郡為什麼沒有被趙雲攻取下來呢？就因為那裏有一個姜維。

姜維字伯約，博覽羣書，兵法武藝都很精通。他從小死去父親，對母親非常孝順，不想外出謀取功名，只在城中做個武官。

夏侯楙被困在南安城中以後，天水郡太守馬遵聚集文武官員商議。就在這時，裴緒到來，自稱是夏侯都督的心腹，帶來口信說是都督要求安定、天水兩郡起兵去救應南安郡。他傳達完命令，就匆匆離去。

第二天，又是流星快馬來報，說是安定兵已先去了，要太守發兵快去會合。馬遵正想發兵前往南安郡，卻被姜維阻止。姜維說：“南安城被圍困得水泄不通，怎麼會有人能殺出重圍？裴緒這個人，過去從來沒有見過，何況沒有正式公文。這樣看來，分明是蜀將假冒，騙太守出城，乘虛來攻取天水城。”

馬遵一聽，恍然大悟。接着姜維獻計，由他帶精兵三千人，出

姜維設謀 周志宏 畫

城埋伏。太守隨後發兵出城，只走三十里就回轉，對蜀軍前後夾攻。馬遵依計而行。原來諸葛亮派趙雲帶五千兵埋伏在附近，當天知道天水太守帶兵出城，就一面報知張翼、高翔兩路人馬，要他們在路上截殺馬遵，一面帶兵來到天水城下，高叫："我是常山趙子龍。你們中了丞相的計，早早獻出城池，免得遭受殺戮。"城上梁緒大笑說："你中了姜維的計了，知道嗎？"

趙雲正要攻城，背後喊聲大震，一位少年將軍躍馬持槍殺來，此人正是姜維。趙雲挺槍殺去，兩人旗鼓相當，姜維越戰越勇。趙雲吃了一驚，想不到這裏竟有這樣的年輕英雄。這時，馬遵帶兵殺回，兩路夾攻，趙雲首尾不能相顧，只得衝開條路，帶領敗兵逃走。姜維帶兵追趕，幸虧張翼、高翔兩路人馬殺出，方始將趙雲接應回去。

趙雲回營報告說是反而中了敵人之計。諸葛亮大吃一驚，問："這是誰呀？怎麼能識破我的妙計？"有人告訴諸葛亮："此人姓姜，名維，字伯約。文武雙全，智勇兼備，稱得上是當世英傑。"趙雲也誇獎姜維槍法精通，絕對不是一般人能比得上的。於是，諸葛亮親自率領大軍殺奔天水而來。

誰知姜維料到諸葛亮會親自率軍前來，早已作好佈置。蜀軍到達天水城下，看見城上旗幟整齊，守備嚴密，不敢輕易攻城。到了半夜裏，忽然四面火光沖天，殺聲震地，姜維早已埋伏在城外的兵馬從四面殺來，蜀兵來不及防備，四處亂竄。諸葛亮連忙上馬，依靠關興、張苞二將保護，殺出重圍。回頭看時，正東方向的騎兵，勢如長蛇，蜿蜒游動殺來。諸葛亮派關興去探視，關興回來報告說："這就是姜維率領的兵馬。"諸葛亮讚歎說："兵不在多，就看將領怎麼去調遣，姜維可真是個將才呢！”

諸葛亮回到營中，想了很久，向當地人打聽姜維老母的住處，知道她住在冀縣。於是，他吩咐魏延帶兵去虛張聲勢地攻打冀縣，如果姜維帶兵來到，就放他進城。他又佈置趙雲去攻打上邽，因為天水城的錢糧都集中在那裏。如果攻破上邽，就斷絕了天水的糧食供應。

消息傳進天水城裏，姜維求馬遵讓他帶一支兵去救冀城，順便保住老母。馬遵答應了他，給姜維三千兵去保冀城，又要梁虔帶三千兵去保上邽。

姜維兵臨冀州城下，魏延故意擺開陣勢攔阻姜維進城，但只戰了幾個回合，就有意讓姜維衝開一個缺口，帶兵進城。姜維一進城內，趕緊回家拜見老母。他見老母平安無事，也就放心了。姜維嚴令軍士們固守城池，任憑蜀兵挑戰，一概不理。

姜維遇敵 周志宏 畫

這時，諸葛亮故意放了俘虜夏侯楙，還給他衣服馬匹。夏侯楙出寨以後，不認得路，亂走一氣，路上遇見一批假扮的逃難百姓，紛紛訴説自己是冀縣百姓，如今被姜維獻出城池，投降諸葛亮。蜀將魏延進城後燒殺搶掠，所以他們棄家出逃，投奔上邽。

夏侯楙到了天水城，向馬遵講了姜維投降的事，還講了路上遇到的百姓所説的話。馬遵長歎道："想不到姜維也會投降敵人！"梁緒在一旁説："姜維恐怕是為了救都督，才假裝投降敵人。"夏侯楙呵斥道："已經投降了，還説什麼真的假的！"

這時，天已經黑了。蜀兵又來攻城。火光中姜維在城下挺槍勒馬大叫："請夏侯都督答話！"夏侯楙與馬遵等都上城頭察看，只見姜維耀武揚威。夏侯楙説："你是魏國的官，怎麼可以投降敵人？"姜維説："我現在投降蜀國，蜀國封我為上將，怎會再回魏國！"姜維説完話後，指揮軍隊攻城，一直攻到天亮時方始退兵。其實這夜間攻城的姜維，是個假姜維，是諸葛亮挑選容貌相似姜維的士兵假扮的。夜間火光之下，城上的人望下去，難以辨別真假。這樣一來，夏侯楙和馬遵深信姜維已經投降蜀國了。

諸葛亮將冀城作為攻擊的主要目標。城中糧食少，眼看快供應不上了。姜維在城上，望見蜀軍的許多車輛裝載着糧食，運往魏延寨中。他立即帶領三千兵衝出城來搶糧。蜀兵都丢了糧車，四散逃走。姜維搶了糧車，正要進城，忽然被蜀將張翼帶領兵馬攔住去路。姜維拍馬上前，兩人鬥了沒有幾個回合，蜀將王平率兵殺來。兩面夾攻，姜維抵擋不住，拚命殺開一條血路，回到城下。誰知城上早已插上蜀軍的旗號，原來冀城已被魏延乘虛攻破了。

姜維只得直奔天水城，手下還剩有十幾個騎兵。路上又遇到張砲殺了一陣，最後姜維匹馬單槍，來到天水城下叫門。太守馬遵認為這是姜維來騙開城門，下令城上用亂箭射下。

姜維眼見蜀兵快要追近，就拍馬飛奔上城。他到城下叫門，城上梁虔見了姜維，破口大罵："你這個反賊，竟敢騙我打開城門，搶奪我的城池。別做夢了，我早已知道你已經投降蜀國了！"他吩咐城上守軍亂箭射下。姜維無法分辯，只得仰天長歎，淚流滿面，撥馬望長安走去。

他走了沒幾里路，前面忽然出現一片喊聲，數千兵馬衝了出來，為首的是蜀軍大將關興。姜維人困馬乏，不能抵擋，撥轉馬頭就走。忽然背後山坡中轉出一輛小車，車上坐着諸葛亮，頭戴綸巾，身披鶴氅，手搖羽扇，對姜維笑呵呵地說："姜維，事到如今，你還不肯投降嗎？"

姜維想了半天，前有諸葛亮，後有關興，又沒有去路，只得下馬投降。諸葛亮慌忙下車，用手攙扶起姜維，說："我自從出茅廬以來，到處尋訪天下賢人，想把我平生的學問傳授給他。可惜一直找不到傳人。今天遇到你，了卻我的心願，從此我有了傳人了。"

姜維聽說諸葛亮要將自己作為他的傳人，十分高興，連忙拜謝。

諸葛亮整頓隊伍，繼續進兵。諸將問諸葛亮："丞相為什麼不去抓夏侯楙？他既是大都督，又是魏國的駙馬。"諸葛亮笑笑說："我放夏侯楙，好比是放掉一隻鴨子，今天我收得了姜維，那可是一隻鳳凰呢！"

第四十三章 失街亭

司馬懿精通兵法，老謀深算，連諸葛亮見了他也頭痛三分。

諸葛亮在祁山寨中，知道司馬懿當上了征西都督，同先鋒張郃帶兵出關，立即對帳下諸將說："如今司馬懿出關，首要目標必定是攻取街亭，斷我咽喉之路。誰敢帶兵去守街亭？"參軍馬謖說："我願意去。"諸葛亮說："街亭雖小，關係卻大。如果街亭丟失，我大軍就全部要完蛋了。你雖然深通謀略，但街亭當地既無城可守，又無險可阻，極其難守。"馬謖說："我從小熟讀兵書，精通兵法，難道連個小小的街亭也守不住嗎？"諸葛亮說："司馬懿不是等閒之輩，先鋒張郃又是魏國的名將，恐怕你不是他們的對手。"馬謖說："別說是司馬懿、張郃了，就是曹睿親自來，我也不怕他。如果出了事，丟了街亭，我願意以全家性命擔保。"諸葛亮說："軍中無戲言。"馬謖說："我願立下軍令狀。"

話說到了這個地步，諸葛亮也就答

應馬謖前去，馬謖也寫了軍令狀交上。諸葛亮給了他二萬五千名精兵，又派王平當他的副手。他叮囑王平說："我知道你一向小心謹慎，所以將這一重任託付給你。你一定要在當路要道之處紮營，使敵兵不能偷偷溜過。你們安營完畢，立刻畫出地形圖送給我看。凡事要商議定當再做，千萬不可輕舉妄動。切記，切記！"

馬謖、王平帶兵走後，諸葛亮又召高翔來，吩咐說："街亭東北上有一城，名叫列柳城，是山間荒僻小城，可以屯兵紮寨。我給你一萬兵，駐守列柳，萬一街亭危急，你可以帶兵去救。"

諸葛亮又想：高翔不是張郃的對手，還應當有一員大將屯兵在街亭的右邊。於是，他派魏延率領本部兵馬駐紮在街亭的後面。這樣安排停當以後，諸葛亮命令趙雲、鄧芝進軍箕谷，自己率大軍從斜谷攻取郿城，任命姜維為先鋒，向魏軍展開正面進攻。

再說馬謖、王平帶兵到了街亭以後，看了地勢，馬謖就嘿嘿笑道："丞相真是太多心了！這種山野偏僻小城，魏兵怎麼敢來？"王平說："即使魏兵不敢來，也應當在五岔路口立下營寨，要士兵們伐木建立柵欄，這樣才可以長久守下去。"馬謖反對，說："要道路口怎麼能是建立營寨的地方？這裏側旁有座山，四面都不相連，而且樹木很多，是少見的天險，應當把軍隊駐紮在山上。"

王平一聽，連忙說："屯兵道口，筑起城牆，即使有十萬敵軍來也無法通過。如果在山上屯兵，敵軍將我們四面圍住，我們就束手無策了。"

馬謖不以為然，哈哈大笑，說："你真是見識短淺！兵法說：'居高臨下，勢如破竹。'如果魏兵到來，我保證讓他們片甲不回，一網打盡。"

王平堅持勸阻，說；“這山是軍事上的絕地，如果魏兵切斷我們取水的道路，那我軍就不戰自亂了！”

馬謖放下臉來呵斥說：“你不要胡言亂語。兵書上說：‘置之

王平諫阻 周志宏 畫

死地而後生。’如果魏兵斷絕我取水的道路，蜀兵豈不要拚死作戰，以一當百。我熟讀兵書，連丞相遇到軍事上的問題也經常向我請教，你為什麼老要和我鬧彆扭！”

馬謖是主將，既然他固執己見，王平也拗不過他。於是，王平請求率兵五千，到山下西邊另紮一個小寨，與山上大寨成為犄角之勢，互相呼應。馬謖開始連這一點也不肯答應，幾經苦口婆心勸說，才勉強分出五千兵給王平。王平帶兵匆匆下山，在十里路外紮營，趕緊畫出地形圖，派人連夜趕去稟告諸葛亮，具體說明馬謖在山上紮寨的情況。

司馬懿在進攻前，派他的兒子司馬昭去探路。司馬昭探路回來向父親報告：“街亭有兵把守。”司馬懿仰天長歎說：“諸葛亮用兵如神，我的確及不上他。”

司馬昭笑笑說：“父親為什麼要自己喪失志氣？我看街亭很容易攻取下來。”司馬懿說：“你怎麼敢說這種大話？”司馬昭說：“我親眼看見當路並沒有建寨立柵，軍隊都駐紮在山上，所以知道街亭一定可以攻取。”司馬懿十分高興地說：“如果蜀兵真的在山上，那是老天保佑我成功了！”

當天晚上，天氣晴朗，月色皎潔，司馬懿到山下周圍察看了一遍，然後回營。馬謖在山上看見司馬懿在偵察，大笑說：“他如果要活命，就別來圍山！”他傳令諸將：“如果敵兵過來。只要看見山上紅旗搖動，立刻往四面衝下去。”

司馬懿回到寨中，派人打聽是誰帶兵在守街亭，回報說是馬良的弟弟馬謖。司馬懿嘿嘿冷笑說：“徒有虛名，是個蠢才！諸葛亮選用這種人物，怎麼能不誤事！”他又問：“街亭左右還有軍隊嗎？”探子報稱：“離山十里有王平駐紮的營寨。”司馬懿派張郃帶領兵馬擋住王平的來路，又派申耽、申儀帶兩支兵圍山，先斷了蜀兵取水的道路。等蜀兵自亂，然後乘勢攻擊。

當夜調度完畢。第二天一早，張郃領兵先往背後去了。司馬懿指揮兵馬，一擁而上，把山四面圍住。馬謖在山上看下去，只見魏兵漫山遍野，旌旗招展，隊伍嚴整。山上蜀兵見了，膽戰心驚，不敢衝下山來。馬謖搖動紅旗，將士們你推我，我推你，沒有一個人敢往下衝。馬謖怒氣沖沖，親手殺掉兩名將領。於是，將士們只得硬着頭皮衝下山來。魏兵巋然不動，蜀兵被逼退回山上去。這一下，馬謖才感到形勢不妙，只得下令守住寨門，等待外面援軍來救應。

大戰街亭 周志宏 畫

王平帶兵來救，被張郃帶兵擋住。兩人交戰了幾十個回合，王平力窮勢孤，打不過張郃，只得退走。從早上到夜晚，魏軍圍山整整圍了一天，蜀兵山上沒有水，軍隊吃不上飯，寨中大亂。到了半

揮淚斬馬謖 戴敦邦 畫

夜時分，山南蜀兵大開寨門，下山降魏。馬謖禁止不住。司馬懿又派人沿山放火，山上蜀兵更加亂了。

馬謖眼看守不住了，只得帶着殘餘兵卒從山的西面殺下逃命。司馬懿故意讓開一條路給蜀兵逃竄，然後命令張郃跟隨後面追殺。蜀軍狼狽不堪，死傷嚴重。

張郃追殺了三十幾里路，忽然前面殺出一員大將，原來是魏延率兵趕到了。張郃回馬就走，魏延率兵追來，想重新奪回街亭。趕了五十多里路，兩邊伏兵奔了出來，左邊司馬懿，右邊司馬昭，抄到魏延背後，張郃回頭殺來。三路人馬將魏延困在垓心。魏延左衝右突，不能脫身，手下兵馬，損失大半。正好高翔將列柳城的兵全部帶來救援街亭，想重新奪回街亭。誰知高翔中了埋伏，衝不出重圍。幸虧這時王平率兵殺到，救了高、魏二人。他們奔回列柳城來，列柳城已被司馬懿佔領。魏延擔心陽平關失守，就與王平、高翔領兵回陽平關去了。

司馬懿大獲全勝後，下令向西城進軍。他認為西城雖是個偏僻的小縣，卻是蜀兵屯糧的地方。如果進佔了這座城，南安、天水、安定三郡就都在掌握之中了。於是，司馬懿留申耽、申儀守列柳城，親自率領大軍向斜谷進發。

諸葛亮回到漢中以後，清點人馬。馬謖知道自己犯了大罪，難逃軍法的懲罰，就叫人把自己捆綁起來，一進軍帳，就跪在地上請罪。

諸葛亮一見馬謖，氣得臉色都變了，憤怒地説道："你從小熟讀兵書，對戰略、戰術都很了解，應該知道街亭是戰略要地，關係重大。我幾次三番叮囑你：街亭是我軍的根本重地。你以全家性命作保，領受這一重任。你如果肯早聽王平的忠告，怎麼會有這場大禍？如今損兵折將，失地陷城，都是你不聽忠告、固執己見所造成的。如果不正軍法，怎麼能使大家心服？”

馬謖流着淚説：“我這次闖了大禍，死罪難逃。希望丞相能好好照顧我的兒子。那麼，我死去以後，也決無遺憾了！”諸葛亮也流着淚説：“我與你義同兄弟。你的兒子就是我的兒子。”就下令將馬謖推出轅門外斬首。

這時，參軍蔣琬從成都來，看見武士要斬馬謖，大吃一驚，高聲叫道：“刀下留人！”他慌忙進帳去見諸葛亮説：“人才難得。當今天下未定，殺掉智謀之臣，豈不可惜！”諸葛亮流着眼淚回答：“現在三國分立，四方興兵，如果不嚴格執行軍法，又怎麼能去征討敵人？馬謖必須處斬！”他下令左右立即執行命令。

一會兒武士將馬謖的頭顱獻上。諸葛亮見了，痛哭流涕，十分傷心。蔣琬問諸葛亮：“既然馬謖犯了罪，根據軍法當斬，丞相為什麼要這樣傷心？”諸葛亮流淚回答：“我不是為馬謖而痛哭，而是想到先帝在白帝城臨危之時，曾經囑咐過我：‘馬謖言過其實，不可重用。’現在果然應驗了先帝當時的判斷。我深恨自己用人不當，知人不明，追憶先帝的遺言，因此才會這樣傷心流淚呀！”大小將士，聽了諸葛亮的話，一個個都淚流滿面。

諸葛亮下令斬了馬謖，將他的頭顱傳給各營將士看後，用線縫在屍體上，放在棺內埋葬，親自寫了祭文，對馬謖的家屬從優撫恤，按月發給錢米。接着，他親自寫了一道奏章，責備自己用人不當，見事不明，因此造成了箕谷之戰的失敗，請求自貶三級。

第四十四章 空城計

馬謖丟失了街亭後，諸葛亮跺腳歎氣說："完了，完了！這全是我用人不當的錯誤造成的！"

他立即進行了緊張的撤軍部署：先派關興、張苞各帶三千精兵，從武功山小路進發。如果遇到魏兵，就搖旗吶喊，虛張聲勢，使敵人驚恐退走，但不要去追。他又命令張翼去修理劍閣的棧道，準備軍隊的退路；同時，命令馬岱、姜維斷後，埋伏在山谷中，等到其他隊伍都撤完後才能撤。諸葛亮還派心腹分路通知天水、南安、安定三郡官吏軍民，統統撤退到漢中去，另外還派心腹到冀縣搬取姜維老母，送進漢中。

分派完畢，諸葛亮帶了五千名士兵去西城縣搬運糧草。忽然一連傳來十幾次流星快馬告急，說是司馬懿帶領十五萬大軍，向西城蜂擁殺來。當時諸葛亮身邊沒有大將，只有一班文官，五千兵分了一半去搬運糧草，只剩下二千五百老弱士兵在城中。一旦和魏軍交戰，後果簡直不堪設想。

諸葛亮身邊的人聽到這個消息，都嚇得驚

慌失措，面如土色。諸葛亮不動聲色，獨自登上城樓，只見遠方塵土沖天，魏兵分成兩路望西城縣殺來。諸葛亮傳令：城上的旌旗一律撤下，收藏起來，各將領把守住城上巡查的崗位，如果有人妄自出入，或者是高聲説話的，立即斬首；打開四面的城門，每一門派二十名士兵，扮成老百姓，清掃街道，如果魏兵到來，不可擅自行動。

將士們聽了諸葛亮的佈置，不知道丞相葫蘆裏賣什麼藥，但既然丞相説他自有妙計退敵，反正照着去執行就是了。

諸葛亮身披鶴氅，頭戴綸巾，帶着兩個童子，登上城樓，憑着欄杆盤膝坐下，膝上放着一張七弦琴，手撫琴弦，叮叮咚咚彈了起來，兩個童子點燃香爐內的奇楠香。青煙繚繞，琴聲悠揚。

司馬懿的前軍到達城下，只見城門大開，城樓上諸葛亮正在彈琴，對樓下的兵馬連眼角都不去掃一下。大家感到驚奇，不敢進城，急忙派人去報告司馬懿。

司馬懿聽了，嘿嘿冷笑，根本不相信有這種事。他下令三軍暫時停止前進，親自騎馬來到城下，遠遠一看，果然看見諸葛亮滿面笑容，悠然自得，雙手正在撫琴。身邊爐內點着香，青煙縷縷。左邊有一個童子，手捧寶劍；右邊也有一個童子，手執麈尾。城門內外，有二十幾個百姓，低着頭灑掃街道，旁若無人。他細心辨聽琴聲，悠閒平靜，如山間泉水悠悠流去，聽不出有半點驚慌或緊張。

司馬懿面對如此情景，越看越覺得不對勁，越想越感到大惑不解，就回到中軍，下令要後軍作前軍，前軍作後軍，望北邊山路退兵。

這時，司馬懿的次子司馬昭説：“莫非諸葛亮手中無兵，故意

裝出這副模樣？父親為什麼要退兵？”司馬懿説：“你懂得什麼？諸葛亮這個人一生謹慎，從來不肯冒險。今天大開城門，其中必有

空城計 戴宏海 畫

重兵埋伏。我軍如果進城，必定會中了他的計。你哪裏搞得清楚其中的奧妙？趕快退兵！”於是，兩路兵馬全部退走。

諸葛亮看見魏軍遠遠離去，消失在山路的盡頭，就放下七弦琴，站起身子，面露微笑。那些屬官到這時驚魂甫定，來問諸葛亮：“司馬懿是魏國的名將，今天統領了十五萬精兵到這裏來，可是見了丞相，一言不發，趕快退兵，這究竟是什麼道理？”

孔明釋疑 王宏喜 畫

諸葛亮平心靜氣地對他們說：“他認為我一生謹慎小心，從來不肯冒險。所以他見我這副模樣，就懷疑城中有伏兵，因此急急忙忙地撤退了。我不是歡喜冒險的人，這次是因為萬不得已才這樣做的。我估計他必定從山北小路退走，已經命令關興、張苞兩位將軍在那裏帶兵等候。”那些屬官都十分佩服地說：“丞相的機謀，神鬼莫測。要是換上了別人，早就棄城而逃了。”諸葛亮説：“我這裏雖有二千五百名士兵，如果棄城而逃，肯定逃不遠。司馬懿大軍追來，逃得掉嗎？一個個都得給他們活捉了。”他説完，拍手大笑説：“如果我是司馬懿，一定不肯立即退兵。放過了這樣一個好機會，真是太遺憾了！”

司馬懿帶着兵馬望武功山小路退走。忽然山坡後出現一片喊殺聲，戰鼓聲咚咚響起。司馬懿回頭對兩個兒子説：“我如果不退走，一定中諸葛亮的計了！”只見大路上殺過來一支軍隊，旗號上寫着“右護衛使虎翼將軍張苞”十個大字。魏軍隊伍立刻大亂，將士們棄甲拋戈，紛紛逃走。

魏兵走了沒有多遠，山谷中殺聲震地，鼓角喧天，又是一支兵馬殺來，前面一杆大旗，上面寫着“左護衛使龍驤將軍關興”。蜀軍的喊殺聲加上山谷中的回聲，不知道有多少人殺來，似乎漫山遍野都是。魏兵疑心這裏有重兵埋伏，不敢在山谷中停留，將攜帶的裝備與糧食、車輛等，一概拋棄，奪路逃走。關興、張苞只是虛張聲勢，嚇唬魏軍，並不追擊，將魏兵拋棄的兵器、糧食、車輛等運了回去。

司馬懿看見山谷中都是蜀兵，不敢出大路，直接回到街亭。這時曹真聽説諸葛亮退兵，也想來撈便宜，急忙帶兵追趕。誰知山背後一聲炮響，蜀兵漫山遍野殺來，領兵的大將是姜維、馬岱。曹真大吃一驚，急忙退兵，先鋒陳造已被馬岱一刀殺死。曹真帶領敗兵狼狽竄逃。蜀兵連夜全部奔回漢中。

諸葛亮傳令退兵，趙雲對鄧芝説：“魏軍知道我軍退兵，必定來追，我帶一支軍隊伏在後面，你領兵打出我的旗號，慢慢退兵，我一步步護送。"

魏軍副都督郭淮果然來追，吩咐先鋒蘇顒："趙雲英勇無敵。你要小心提防。" 蘇顒說："都督如果肯及時接應，我要活捉趙雲。"他帶領前部三千兵，奔進箕谷，眼看快要追上蜀兵，只見山

趙雲出戰 趙志田 畫

坡後閃出一支人馬，紅旗上寫着兩個大字："趙雲"。他連忙收兵退走，走了沒多久，又有一支兵殺出，為首大將挺槍躍馬，大聲喊道："你認得我趙雲嗎？"蘇顒大吃一驚，怎麼又來了一個趙雲？他措手不及，被趙雲一槍刺死，魏軍四散奔逃，潰不成軍。趙雲帶兵跟隨鄧芝回軍，郭淮部將萬政率兵趕來。趙雲勒馬挺槍，站在路口，等待來將交鋒。這時，蜀兵已遠去三十餘里。萬政認得趙雲，不敢前進。趙雲等到天色黃昏，才撥回馬頭慢慢走去。

郭淮帶兵趕到，萬政向他報告，說是趙雲仍像過去那樣英勇。郭淮傳令軍隊一定要追上趙雲，爭取活捉後，獻上朝廷報功。萬政率領幾百名壯士騎馬去追，追到一座大樹林邊上，忽聽得背後大喝一聲："趙子龍在此！"魏兵中許多人都嚇得膽戰心驚，落下馬來，其餘的人趕緊逃走。萬政勉強上前來戰，被趙雲一箭射中盔纓，嚇得跌落山澗之中，拚命逃回。趙雲護送車輛人馬，向漢中而去，途中沒有損失一人一馬。

蜀軍全部退回漢中後，司馬懿又重新佔領了西城。這時他才知道：諸葛亮只有二千五百名老弱殘兵，身邊沒有一個大將，關興、張苞也都只是各有三千兵馬。

真相大白，司馬懿後悔不已，仰天長歎，自言自語地說："我不如諸葛亮！我的確不如諸葛亮呵！"

第四十五章

木牛流馬

諸葛亮六出祁山，打了大勝仗，殺掉了魏軍的前將軍秦朗，於是司馬懿從此堅守，再不出戰。諸葛亮每天派兵去魏軍寨前挑戰，司馬懿下令不理不睬。

時間一長，蜀軍又發生糧食供應不上的老問題。長史楊儀向諸葛亮報告："後方運來的糧草都停滯在劍閣，山險路阻，人夫牛馬，搬運不便，怎麼辦呢？"諸葛亮笑笑說："我早已派人在葫蘆谷內秘密製造木牛流馬，用它們搬運糧草，十分方便。它們既不喝水，也不吃草，而且不用休息，可以晝夜不停地搬運。"

過了幾天，木牛流馬都造好了。眾將領看到這些木頭製造的牛馬，活動起來就像是活牛活馬，上山下嶺，十分方便，既驚奇又歡喜，大家把丞相看成是活神仙。諸葛亮派右將軍高翔帶一千士兵，駕着木牛流馬，從劍閣到祁山大寨，往來搬運糧草，蜀軍的後勤供應有了保證。

司馬懿吃了敗仗，心中憂悶，忽然接到探子的報告，說是蜀軍用木牛流馬轉運糧草軍需，人不勞累，木牛流馬不必吃草飲水。司馬懿聽了，大吃一驚，心中想："我之所以堅守營寨，拒不出戰，是為了蜀軍長途出征，蜀道崎嶇，跋涉困難，糧草接濟不上，用不着攻打就自己垮掉了。現在蜀兵用木牛流馬運糧，就不會因為缺糧而退兵，那可怎麼辦呢？"

他想了半天，辦法有了，連忙喊張虎、樂綝二人進帳吩咐："你倆等蜀兵驅趕木牛流馬經過時，搶着三五匹就馬上回來。"

張、樂二人接受將令後，各帶五百名士兵出發，他們裝扮成蜀兵的模樣，在晚上偷過小路，埋伏在山谷中，果然看見高翔帶兵驅趕木牛流馬而來。等到隊伍快要走完的時候，兩邊伏兵大聲呼喊，一齊殺出。蜀兵措手不及，丟下了幾匹，匆匆逃走。張虎、樂綝歡歡喜喜地將它們帶回本寨。司馬懿一看，這木牛流馬果然像活的一樣，進退自如，轉動靈活。司馬懿高興地說："你諸葛亮會用這種辦法運糧，難道我就不會用？"他派遣了一百多個巧匠能手，將木牛流馬當面拆開，根據它的尺寸、式樣、厚薄去製造新的木牛流馬。不到半月，造了二千多隻，與諸葛亮所造的一般規格，照樣也能奔走。於是，他下令鎮遠將軍岑威帶領一千名士兵驅趕木牛流馬，到隴西去搬運糧草，往來不絕。魏軍的將士們看了，無不興高采烈。

過了幾天，蜀軍探子來報魏兵也會造木牛流馬，目前正在往隴西搬運糧草。諸葛亮高興地說："果然不出我之所料，司馬懿呀，你中計了！"他立即召來王平吩咐："你帶一千兵，扮作魏國人，連夜偷偷溜過北原，有人來查問，就說自己是巡糧軍，混進魏國的運糧軍中，將護糧的士兵統統殺散，驅趕木牛流馬，奔過北原回營而來。北原那裏必定有魏兵追趕，你們將木牛流馬口中的舌頭扭轉，牛馬就不會行動了，你們丟棄這些木牛流馬就走。背後魏兵趕到，牽不動，扛不走。我自會派兵來將他們趕跑，你們再將牛馬的舌頭扭回來，驅趕回我大營。魏兵一定會懷疑自己遇到神仙鬼怪了。”王平受計後帶兵走了。

魏奪木牛流馬 周志宏 畫

諸葛亮又對張嶷吩咐：“你帶五百名士兵，扮成六丁六甲神兵，鬼頭獸身，用五彩顏料塗在臉上，一手拿旗，一手握劍，身掛葫蘆，葫蘆裏裝好煙火等物，埋伏在山旁。等到木牛流馬到來的時候，放起煙火，驅趕木牛流馬走回。魏兵一定懷疑你們是神鬼，不敢來追趕。”

諸葛亮又召魏延、姜維吩咐：“你們二人帶一萬名士兵，到北原寨口接應木牛流馬，準備敵人追來交戰。”他還召廖化、張翼來吩咐：“你倆率五千名士兵，去斷司馬懿的來路。”他又對馬忠、馬岱佈置：“你們二人帶領二千名士兵到渭南去挑戰。”

再說魏將岑威率領人馬趕着木牛流馬，裝載糧草，正往魏營前進，忽然聽到報告說前面有兵行動，派人去探聽，見是魏兵，就放心前進。兩支隊伍合在一起，忽然喊聲大震，蜀兵從本隊裏殺起，

驅駕木牛流馬　周志宏 畫

大聲呼喊："蜀中大將王平在此！"魏兵措手不及，被蜀兵殺死大半。岑威帶領敗兵來抵擋，被王平一刀斬了，其餘的人四散潰逃。敗兵飛奔報告北原寨內，郭淮聽說軍糧被劫，帶兵來救。王平叫士兵扭轉木牛流馬舌頭，將木牛流馬拋棄在路上，一邊打，一邊逃。郭淮叫部下將士不要追，只要趕回裝載軍糧的木牛流馬就可以了。士兵們一齊驅趕，哪裏趕得動？郭淮心中疑惑，但搞不清楚究竟是什麼道理，怎麼木牛流馬忽然都不會走了？

就在這時，突然鼓聲喧天，殺聲震地，魏延和姜維各帶一路人馬殺了過來。接着，剛才敗逃的王平也領着人馬回頭殺來，三路夾攻，郭淮大敗而逃。

魏兵逃走後，王平命令士兵們將牛馬的舌頭再扭轉回來，趕着木牛流馬就走。郭淮見了，正要帶兵去追，只見山後煙霧彌漫，一個個奇形怪狀的人，手執旗劍，擁護木牛流馬，飛快地離去。郭淮認為蜀兵有鬼神相助，不敢追趕。

司馬懿聽說郭淮在北原打了敗仗，急忙帶領援軍來救，剛走到半路，忽然聽到一聲炮響，張翼、廖化兩路人馬從險峻處殺出。魏兵着慌，各自逃竄，司馬懿被張翼、廖化殺敗，單槍匹馬，往密林深處逃去。廖化追了一段路程，不見司馬懿的蹤跡，奔出谷口，遇見姜維，一起回寨來見諸葛亮。張嶷已經驅趕木牛流馬回寨，獲得一萬餘石糧食。

第四十六章 臥龍升天

諸葛亮屯兵五丈原，屢次派人到魏兵營前挑戰，魏兵無論如何不肯出戰。諸葛亮就派遣使者送信進魏寨。司馬懿當着大家的面開啟，發現盒子裏面盛着女人穿的衣服和胭脂花粉之類的化妝品。另外，信中挖苦司馬懿身為大將，不敢出戰，跟膽小的婦女沒有什麼兩樣！如果不敢出戰，就接受婦女的衣服與化妝品，承認你像女子那樣膽小；如果你還有點男子氣概，可對來使約定日期交戰。

司馬懿看完信，當然氣得不得了，但表面上卻若無其事，笑嘻嘻地說："諸葛亮將我看成是女子，我的胡子都一大把了，就是想當女子也當不起來。"他將那隻盛婦女衣服和化妝用品的盒子收了下來，還隆重地招待使者。他殷勤地問使者："你們丞相飲食的情況怎樣？睡得好嗎？處理公文忙不忙？"

使者不知道司馬懿的用意，如實回答："丞相起得早，睡得遲。凡是罰二十軍棍以上的公文都親自批閱。

吃得很少，一天不過幾升米。”司馬懿高興地對魏營諸將說：“諸葛亮食少事煩，怎麼能長久支撐下去呢？”

使者回來見諸葛亮，具體匯報經過情形，說是司馬懿認為丞相食少事煩，難以持久。諸葛亮聽了，歎了一口氣說：“司馬懿對我了解得真深刻呀！”主簿楊顒說：“我以為丞相事無大小，都親自處理，大可不必。司馬懿的話，很有道理呢！”諸葛亮流着淚說：“我也知道這個道理。但是我受先帝託孤的重任，只恐怕別人不像我那樣地盡心盡力，所以事必躬親。”大家聽了他的話，也都感動得流下淚來。從此以後，諸葛亮覺得神思不寧，身體越來越差，因此諸將也都不敢進兵。

孔明送禮 周志宏 畫

再說魏將知道諸葛亮羞辱主將司馬懿，個個氣忿不平。於是，司馬懿假意上表請戰。曹睿看完奏章後，問身邊的官吏：“司馬懿堅守不出，現在為什麼又上表求戰？”衛尉辛毗說：“司馬懿本心並不想出戰，一定是因為諸葛亮羞辱他，眾將忿怒，氣憤難平，所以特地上表，希望陛下頒發詔旨，平伏諸將求戰之心。”於是曹睿向諸將宣佈：“如果再有人敢要求出戰，立刻以違反聖旨論罪。”眾將只得奉詔行事。諸葛亮知道後說：“這是司馬懿安定三軍的辦法。”姜維問：“丞相怎麼知道？”諸葛亮說：“將在外，君命有所不受。天下哪裏有千里請戰的道理？這是司馬懿因為將士忿怒，所以用曹睿的聖旨來壓服眾人之心。現在又將這件事傳播出來，是為了使我軍寬下心來，痲痺鬆懈，喪失鬥志。”

這時，忽然費禕從成都來報告：“魏主曹睿聞知東吳三路進兵，親自到合肥前線督戰。魏國謀士滿寵設計燒掉了東吳的糧草戰具，吳兵中疫病流行。陸遜約會吳王前後夾攻，不料送信人被魏兵抓住，機關泄漏，吳兵只得無功而回。”諸葛亮聽到這一不幸消息，長歎一聲，昏倒在地。眾將急救，過了好長時間，方才蘇醒過來。諸葛亮歎氣說：“我的心很亂，舊病復發，恐怕活不長了！”

第二天，他吐血不止，但仍舊帶病處理公務。諸葛亮知道自己病勢日重，危在旦夕，就乘姜維入帳問安的機會，把自己寫的兵書傳給了姜維，並將蜀國在軍事上的安排作了交代。姜維走後，諸葛亮喚馬岱進帳，附着他的耳朵告訴他密計，要馬岱在他死後，依計行事。馬岱領計後離帳，楊儀進帳。諸葛亮給了楊儀一個錦囊，秘密囑咐他說：“我死以後，魏延必反。如果魏延反了，你在臨陣時拆開錦囊，那時自會有人斬掉魏延。”

諸葛亮氣息奄奄，仍不忘戰事，不忘蜀漢，將身後之事一一交代完畢後，重又昏倒，到晚上方始醒來。後主劉禪知道諸葛亮病危

孔明巡營　黃全昌 畫

後，大吃一驚，派尚書李福來問安，同時徵詢諸葛亮對後事安排的意見。

諸葛亮叮囑：國家制度，不能輕易改變。原先所用的人，也不要輕易排斥不用。自己的兵法已傳給姜維，姜維會繼承他的遺志，為國家出力。自己命在旦夕，另有遺表上奏給天子。李福聽了這些話後，匆匆告別而去。

諸葛亮支撐病軀，叫左右將自己扶上小車，出寨視察各營，覺得秋風吹面，徹骨生寒，回到帳中，病轉沉重，就上表給後主，要求在他死後，不使自己家中內有餘帛，外有餘財。他又召喚楊儀到榻前，囑咐他說："我死去以後，不可發喪，一營一營，慢慢退兵。如果司馬懿來追，你可以佈成陣勢，將我的木雕像安放在車上，推出軍前，大小將士，分列左右。司馬懿見了，一定會被嚇走。”

這時，諸葛亮又昏死過去了。眾將正在慌亂之時，李福又返回到帳內，看見諸葛亮昏絕，口不能言，放聲大哭說：“我誤了國家的大事了！”過了一會兒，諸葛亮又醒過來了，看見李福立在榻前，說：“我已經知道你重新再來的用意了。”李福說：“我奉天子之命，問丞相百年之後，應當由誰來繼任？我剛才心情太亂，走得太急，忘記詢問，所以趕緊返回。”諸葛亮說：“我死去以後，可由蔣琬繼任。”李福又問：“蔣琬之後，誰來繼任？”諸葛亮說：“費禕。”李福再問：“費禕之後，應當由誰繼任？”諸葛亮沒有回答，大家近前一看，原來諸葛亮已經死去了。當夜天愁地慘，星月無光，天地為之動容，山川為之哭泣。

“出師未捷身先死，長使英雄淚滿襟。”這是他畢生最大的遺憾。那一年，諸葛亮五十四歲。

諸葛亮死後，姜維、楊儀遵照諸葛亮遺命，不敢舉哀，傳下密令，要魏延斷後，各處營寨，有計劃地一一撤退。

再說司馬懿見蜀軍這幾天毫無動靜，料定諸葛亮已經死去，傳令全軍出擊。但他剛出寨，又懷疑這是諸葛亮的誘兵之計，就勒馬回寨，派夏侯霸帶領幾十名騎兵悄悄出發，到五丈原去探聽虛實。夏侯霸率領騎兵到五丈原察看時，不見一人，趕忙報告司馬懿：“蜀兵已經全部退去了。”司馬懿頓足說：“諸葛亮真的死了！趕快去追！”他帶着兩個兒子率領大軍一齊殺奔五丈原來，搖旗吶喊，殺進蜀寨，果然沒有一人。

司馬師、司馬昭到後面去催兵前進，司馬懿一馬當先，領着先

死諸葛嚇退活仲達　周志宏 畫

頭部隊去追，一直追到山腳下，忽然山後一聲炮響，喊聲大震，只見蜀兵回旗返轉，樹影中飄出中軍大旗，上面寫着："漢丞相武鄉侯諸葛亮"。司馬懿一見，大驚失色，仔細望過去，只見蜀軍中幾十員大將，擁出一輛四輪車來，車上端坐着諸葛亮，羽扇綸巾，十分瀟灑。司馬懿嚇得手腳發抖，自言自語地説："啊呀，不好！諸葛亮還活着呢！我輕入重地，又中了他的計啦！"

司馬懿勒轉馬頭就走。背後姜維大叫："賊將別走！你中了我丞相的計了！"魏兵魂飛魄散，丟盔棄甲，拋戈擲戟，各逃性命，結果自相踐踏，死傷了許多人。

過了兩天，鄉民告訴魏軍："諸葛亮果真死了，只留姜維帶二千兵斷後。前天車上的諸葛亮，是個木頭人。"司馬懿歎氣説道："我能料諸葛亮的生，卻不能料諸葛亮的死。"從此蜀地就有了這樣一條諺語："死諸葛嚇退活仲達。"

第四十七章 三國歸晉

司馬懿死後，長子司馬師繼任丞相，在把持朝政上比他父親有過之而無不及。他對皇帝也照樣吆五喝六，曹芳受不了這種窩囊氣，就聯絡親信臣下，想除掉他。不料事機泄露，司馬師殺死參與的人，廢掉了曹芳，另立十四歲的曹髦為皇帝。

幾個月後，司馬師的左眼上長了個肉瘤，又痛又痒，就叫醫官割去。恰巧在這時，淮南的毌丘儉和文欽不服司馬師擅自廢立魏主，舉起了反對司馬師的旗號。司馬師親自率兵出征，不料在夜間遭到猛將文鴦率軍偷襲，形勢極其危急，司馬師急得眼珠從肉瘤瘡口內迸出，血流遍地，疼痛難當。後來毌丘儉與文欽的淮南兵馬雖被司馬師率兵平定，但司馬師的眼瘤瘡口卻病情越來越嚴重，最後活活痛死。他在臨終前將大權交付給司馬昭，叮囑他無論如何不能放掉兵權。

司馬昭自封為天下兵馬大都督，出門有三千鐵甲軍護衛，一切國家大事都由他在丞相府裏獨斷專行。皇帝在他眼裏，只比死人多一口氣。曹髦有怨言，司馬昭知道後就怒氣沖沖地來到宮內，將曹髦狠狠地臭罵了一通。他出宮後，決定一不作，二不休，叫心腹賈充帶兵去將曹髦殺死，另立曹奐為皇帝。

不久，司馬昭命令鄧艾帶領關外隴右十餘萬兵，絆住姜維，派鍾會帶領關中精兵二三十萬，起兵伐蜀。雙管齊下，企圖一舉消滅蜀國。

單騎劫營　戴敦邦 畫

當時蜀國後主劉禪只知道飲酒作樂，信任宦官黃皓，整天醉生夢死，根本不理國事，全賴姜維、廖化、張翼等幾位將軍在忠心耿耿地支撐危局。姜維繼承諸葛亮的遺志，九伐中原，但都沒有成功，與鄧艾率領的魏軍在渭南對峙，互有勝負。鄧艾派人帶了金珠寶貝悄悄進入成都去賄賂黃皓，散佈流言，説姜維要投奔魏國。黃皓奏告劉禪，派人宣召姜維連夜回朝。姜維正在渭南與鄧艾交戰，連連獲勝，誰知忽然被宣召回朝，只得退兵。

鍾會率領魏軍大舉攻蜀，姜維寫奏章稟告後主劉禪，請求派張翼領兵守陽安關，廖化領兵守陰平橋頭，因為這兩個地方一失守，漢中就保不住了。但是劉禪聽信黃皓的讒言，去問巫求神。神巫的答覆是魏兵不戰自退。於是，劉禪十分高興，根本不聽姜維的忠告，每天只在宮中花天酒地。

鍾會大軍往漢中進發，蜀兵各地守將見魏兵人多勢眾，不敢出戰，閉城自守。劉禪聽信黃皓的話，不發救兵，有的城被魏軍攻陷，有的守將投降魏兵。

姜維與鄧艾作戰，很不順利，只得在大寨堅守。忽然流星快馬來報："鍾會打破陽安關，守將蔣舒投降。漢中失守，已被鍾會率兵佔領。"姜維大吃一驚，傳令拔寨，連夜帶兵去收復漢中，遇到魏軍楊欣的阻擋。姜維與楊欣交戰，後面鄧艾追來，姜維首尾不能兼顧，只能在山上險要處立下營寨。魏兵駐紮在陰平橋頭，姜維進退無路，仰天長歎："天亡我也！"

後主劉禪眼見魏軍兵臨城下，好似從天上降下一般，慌忙召見大臣們商議，最後決定出城投降。劉禪命令譙周寫降書，派遣張昭、鄧良與譙周帶了玉璽來到鄧艾軍營中請求投降。鄧艾十分高興，接受了降書與玉璽。

劉禪被俘到洛陽後，司馬昭封他為安樂公，賜給住宅，絹萬匹與僮僕、婢女等百餘人。

第二天，劉禪到晉公司馬昭府下拜謝，司馬昭設宴招待。宴會上先表演魏國的音樂舞蹈，蜀國的官吏都很感傷，唯獨劉禪看了，面有喜色。司馬昭又叫蜀人在宴會上表演蜀地的音樂舞蹈，蜀國官吏看了，都流下了眼淚。唯獨劉禪看了，依舊興高采烈，嘻嘻哈哈。

宴會進行到一半的時候，司馬昭對賈充說："這個人沒有出息。即使是諸葛亮輔助他，也難免要亡國，更何況是姜維呢！"司馬昭故意問劉禪："你還想不想你的蜀國？"

劉禪笑嘻嘻地回答："這裏很快樂，誰還會去想蜀國！"過了一會兒，劉禪起身去上廁所，郤正跟了出去，對劉禪說："陛下怎麼會答應他不想蜀國呢？如果他再問，可以流淚回答：'先人墳墓，遠在蜀地，心中悲傷，沒有一天不想。'司馬昭一定會放陛下回蜀地了。"劉禪牢牢記在心間，重新入席時，酒吃到微醉時，司馬昭又問："你還想蜀國嗎？"劉禪就用郤正吩咐他的話去回答。想哭吧，又哭不出眼淚，就閉起了眼睛。司馬昭說："這兩句話怎麼很像是郤正所說的話？"劉禪張開眼睛，吃驚地說："的確如您所說的那樣。"司馬昭與左右侍從都笑了起來。因此，司馬昭認為劉禪很窩囊，就不再懷疑他了。

司馬昭消滅了蜀國，自以為功高蓋世，就暗示大臣們向皇帝提出封他為晉王。曹奐當然照辦不誤。但是，司馬昭只做了幾天晉王，就忽然中風死了。於是，他的兒子司馬炎繼承為晉王。

司馬炎當了晉王以後，一待司馬昭安葬完畢，就召賈充、裴秀入宮，說："曹丕可以繼漢朝而立魏，我為什麼不能繼魏而立晉呢？"賈充、裴秀說："陛下應當效法曹丕的故事，修築受禪台，佈告天下，登上大位。"

第二天，司馬炎帶劍進入宮內，曹奐慌忙迎接，雙方坐定後，司馬炎問："魏得天下，是誰之力？"曹奐說："全靠晉王的祖父、父親之力。"司馬炎笑笑說："我看陛下文不能論道，武不能安邦，為什麼不讓有才有德的人來當皇帝呢？"曹奐嚇得連話也說不出來了。黃門侍郎張節說："晉王的話說得不對。從前魏武祖皇帝南征北討，好不容易才得到天下，當今天子有德無罪，為什麼要讓給別人？"

樂不思蜀 王宏喜 畫

司馬炎大怒說："天下原來是大漢的天下，曹操挾天子以令諸侯，自立為魏王，篡奪漢室。我祖父、父親三世輔魏，取得天下不是靠姓曹的才能，而是出自我司馬氏之力。我今天難道不應該接替曹魏的天下嗎？"

張節說："你這樣做，就是篡國之賊。"司馬炎大怒說："我為漢家報仇，有何不可？"他下令將張節處死。曹奐束手無策，只好捧着國璽給司馬炎。司馬炎改朝換代，成為大晉皇帝。

司馬炎篡魏後，吳國皇帝孫休擔憂晉國來攻吳國，憂慮成疾而死。新帝孫皓即位，他貪杯好色，且十分殘暴，前後十幾年，殺忠臣四十餘人。名將陸抗勸他不要窮兵黷武，要勤修內政，孫皓不僅不聽，反而收了陸抗的兵權，將他從前線調回，降為司馬，另派孫冀去接替陸抗的前線主帥職務。

羊祜入朝，對司馬炎說："孫皓暴虐到了極點，今天可以不戰而攻克東吳。如果孫皓死後，另立賢良的君主，要攻吳國就難了。"司馬炎覺得有理，拜杜預為大都督，統領水陸人馬，王濬由四川出兵，浮江東下。

三國歸晉　王宏喜 畫

孫皓得到消息，大驚失色。沒有多久，兵抵石頭城下，孫皓只得投降。

這一年是公元280年，吳國滅亡，魏、蜀、吳三國鼎立的歷史也隨之結束。天下統一於晉。

編寫：

王　征

繪畫：（按姓氏筆畫排列）

王宏喜　王家訓　池沙鴻　吳大成　杜覺民　周志宏
孟慶江　袁　輝　張培成　張鴻飛　逢　俊　陳白一
陳　勝　陳明大　傅伯星　曾　毅　焦成根　程多多
華三川　賀友直　黃　昌　楊宏富　葉　雄　趙志田
劉旦宅　潘寶子　戴宏海　戴敦邦　顏梅華　龐先健
曠昌龍　顧曾平